LIEBE JENSEITS DES GLAUBENS

EIN-SCHOTTISCHER ZEITREISE-ROMANZE

BETHANY CLAIRE

Deutsche Übersetzerin: Anja Möst

Deutsche Lektorin: Nicole Wszalek

Cover entworfen von Damonza

E-Book ISBN: 978-1-970110-37-1

Taschenbuch ISBN: 978-1-970110-51-7

http://www.bethanyclaire.com

PROLOG

Festung Cagair – September 1649

Callum konnte durch den aufsteigenden Rauch kaum etwas sehen. Das Brennen in seinen Lungen machte es ihm schwer, zu denken, während er über den Rasen rannte, um besser beurteilen zu können, was alles in Flammen stand. Warum wurde es immer heißer, je weiter er sich von der Festung entfernte? Er drehte sich um und sah, wie die Quelle der Hitze – Oricks alte Hütte – von lodernden Flammen verschlungen wurde. Das Strohdach zerfiel schnell und die Holzbalken knarrten, als das Feuer sie verzehrte.

Verzweifelte Gedanken schossen ihm durch den Kopf, bis er bei der einzigen beruhigenden Tatsache landete, die er erfassen konnte. Keiner der Bediensteten war anwesend. Er hatte sie alle fortgeschickt, bevor er sich auf den Weg zu den Feierlichkeiten mit dem Rest seiner Familie und Freunden gemacht hatte. Gott sei Dank.

Er ließ zu, dass die Erleichterung über ihn hereinbrach, bis er ein Geräusch hörte, das so beunruhigend war, dass er es nicht für möglich hielt – die Schreie eines Babys, eines kleinen Kindes. Der Klang der Schreie – kreischend, schmerzerfüllt und verängstigt – erschütterte Callum bis ins Mark und er fröstelte, selbst als die Hitze um ihn herum anstieg.

Es war nicht echt. Das konnte nicht sein. Er war der Einzige auf der Festung. Dann erinnerte er sich an Tom – den alten Mann aus dem Dorf, der immer nach dem Rechten sah, wenn Callum fort war. Er hoffte, dass Tom zu Hause bei seiner Familie war, dass er gekommen und gegangen war, lange bevor das Feuer ausgebrochen war. Sicherlich bildete er sich das Geräusch nur ein. Wie konnte ein Kind hier sein?

Er rannte los, um der wachsenden Rauchwolke zu entkommen, und stolperte über einen Gegenstand, der ihm im Weg lag. Er kam wieder auf die Beine und schrie, wobei er so viel Rauch einsaugte, dass sein Verstand durcheinander geriet. Tom. Bewusstlos und mit einer Stichwunde im Unterleib lag der Mann blutend auf der Wiese.

Das Geräusch. Er konnte es wieder hören. Schreie. Wieder und wieder. Er musste nachsehen gehen. Er musste das Kind da drinnen retten. Er konnte nicht zulassen, dass der Rauch ihn in die Knie zwang. Nicht, bis er das Kind in Sicherheit wusste.

In einem kurzen Moment der Klarheit riss er sich das Hemd vom Leib und band es sich über Nase und Mund, um zu verhindern, dass etwas von dem Rauch in seine Lungen drang. Ohne eine Sekunde länger über seine Entscheidung nachzudenken, stürmte er in die brennende Hütte und blindlings auf die Schreie zu.

Er fand das Kind schnell. Als er nach ihm griff, konnte er die Umrisse von zwei anderen sehen, die eindeutig nicht durch das Feuer, sondern durch den Rauch gestorben waren. Dieselbe tödliche Bedrohung würde wahrscheinlich auch sein Leben in wenigen Augenblicken beenden. Er hoffte nur, dass er das Kind sicher nach draußen bringen konnte und dass es wie durch ein Wunder überleben würde.

Es gelang ihm, das Kind weit aus dem Rauch herauszutragen, bevor er wegen eines plötzlichen Schmerzes in seinem Bein stürzte. Er ließ den Säugling los und hoffte, dass er weit genug von den Flammen entfernt war, um zu überleben. Sein Bein brannte, und der Schmerz verdrängte jeden klaren Gedanken. Er rollte und strampelte, bis das Feuer um ihn herum erlosch, aber der Schmerz ließ alles um ihn herum verschwimmen.

Nichts würde das Feuer aufhalten, außer Magie, und er war bei Weitem kein Zauberer.

Bewusstlosigkeit drohte ihm. Ob es am Rauch oder am Schmerz lag, wusste er nicht. Gerade als er sich auf den Tod einzustellen begann, prasselten ihm Regentropfen ins Gesicht. Panisch warf er sich über das Kind, um es vor dem Ertrinken zu bewahren.

Dann sah er sie – eine Frau. Alt und verhüllt stand sie da, die Arme ausgestreckt, als hätte sie den Sturm allein aus Willenskraft heraufbeschworen. Das Feuer ließ nach, und auch er schloss die Augen, während er das Kind an sich drückte.

KAPITEL 1

Festung Cagair – März 1650 – Sechs Monate später

»Du musst aufhören zu weinen, Jane. Ich weiß, dass du sie liebst. Ich liebe sie auch. Adwen konnte es nicht einmal ertragen, hier zu sein, so traurig war er, sie gehen zu sehen, aber sie gehört nicht uns. Du hast sie gut behandelt, aber du musst aufhören zu weinen, bevor der Bruder von Laird Allen kommt. Bitte! Du brichst mir das Herz.«

Callum sah Jane an, die sich schluchzend an die kleine Nora klammerte, so fest sie konnte. Das Baby weinte genauso wie sie. So sehr er sich auch bemühte, es nicht zu tun, Callum ertappte sich selbst dabei, wie er bei dem Gedanken, das kleine Mädchen gehen zu sehen, ein paar Tränen vergoss.

»Ich weiß, dass sie nicht mein Kind ist, aber sie gehört jetzt zu mir. Niemand wird sie jemals so sehr lieben wie ich. Sie gehört mir in jeder Hinsicht, die zählt. Was wird Laird Allens Bruder mit ihr machen? Wir wissen nichts über ihn. Er könnte grausam sein. Höchstwahrscheinlich wird er seinen

Hilfskräften ihre Erziehung überlassen. Frag ihn einfach, Callum. Das ist alles, was ich will. Wenn du es nicht tust, werde ich es tun, und wir wissen beide, welchen Eindruck ich auf die Menschen dieser Zeit mache.«

Er schlang seine Arme um seine Schwägerin und drückte sie tröstend an sich, während er beobachtete, wie der neueste Laird des Allen Territoriums den Hügel herauffritt, den schmalen, hohen Pfad entlang, der zur Festung Cagair führte. Es war für sie alle ein trauriger Tag, aber für niemanden so sehr wie für Jane. Da sie keine eigenen Kinder haben konnte, hatte sie Nora am Tag nach dem Brand als ihr Kind angenommen.

»Aye, gut. Ich werde mit ihm sprechen. Hier, Mädchen.« Er zog ein Tuch hervor, das er zur Sicherheit in den Bund seines Kilts gesteckt hatte, und tupfte damit Janes Gesicht ab.

»Er wird gleich hier sein.«

»Warum zum Teufel hat er überhaupt so lange gebraucht, um hierherzukommen? Es ist sechs Monate her, Callum.«

»Jane, er war nicht einmal im Lande. Es hat Monate gedauert, bis ihn jemand aufgespürt hat. Du kannst seine späte Ankunft nicht darauf schieben, dass er sich nicht um das Kind schert. Das wissen wir nicht.«

Callum kannte keinen der Allens. Obwohl sie das größte Territorium in ganz Schottland besaßen, lag ihr Land so weit im Norden, dass sie vom Großteil Schottlands isoliert waren. Selbst Callum, der lange ein Weltenbummler gewesen war, hatte ihr Gebiet noch nie besucht. Es schockierte ihn immer noch, dass Laird Allen und seine Frau seinerzeit so unerwartet in seiner Festung aufgetaucht waren, und das an dem einen Tag, an dem er nicht da gewesen war, um sie zu beschützen.

Raudrich Allen ritt mit viel mehr Männern, als Callum erwartet hatte. Er hoffte, dass dies nicht bedeutete, dass der neue Laird sich an demjenigen rächen wollte, der für den Tod seines Bruders verantwortlich war.

Callum bedeutete Jane, zurückzubleiben, und ging auf ihn zu, wobei er erleichtert aufatmete, als der Mann ihn freundlich anlächelte und ihm zur Begrüßung zunickte.

»Laird MacChristy. Ich freue mich, Euch endlich kennenzulernen, obwohl ich wünschte, es wäre nicht nach einer solchen Tragödie.«

Callum wartete, bis Raudrich abgestiegen war, und reichte ihm dann die Hand.

»Aye, ich freue mich auch. Ihr könnt Euch nicht vorstellen, wie sehr ich bedaure, was geschehen ist. Hätte ich gewusst, dass sie kommen würden, hätte ich die Festung seinerzeit nie verlassen. Ich hätte dafür gesorgt, dass wir Schutzmaßnahmen ergriffen hätten.«

Callum schätzte Raudrich auf das gleiche Alter wie sich selbst, aber der Mann sah viel älter aus, da er stärker von der Sonne gezeichnet war als er selbst.

»Natürlich hättet Ihr das. Ihr tragt keine Verantwortung für das, was passiert ist. Unfälle passieren, egal wo wir uns befinden. Mein Bruder und seine Frau wussten das. Sie wollten vor der Geburt ihres Kindes wieder zu Hause sein, aber eine frühe Entbindung hat offenbar ihre Pläne durchkreuzt.«

Callum konnte sich nicht vorstellen, wie die Nachricht von der Wahrheit über das Feuer Raudrich noch nicht erreicht haben konnte. Ein Unfall war es nicht gewesen.

»Laird Allen, wisst Ihr nicht, was hier geschehen ist? Es tut mir sehr leid, dass Ihr es nicht früher erfahren habt. Das Feuer wurde absichtlich gelegt.«

»Nein. Das kann nicht sein.«

7

Callum konnte an Raudrichs Gesichtsausdruck ablesen, dass er diese Nachricht tatsächlich zum ersten Mal hörte.

»Wir haben es erst einige Wochen später erfahren, aber es war Laird Macaslan. Der alte Mann, der die Burg bewacht, während ich fort bin, wurde nach dem Brand erstochen. Macaslan hielt ihn für tot, aber er überlebte. Als er aufwachte, erfuhren wir, was geschehen war.«

Laird Allen lehnte sich an sein Pferd, um sich zu stützen. Callum wusste, wie sich die Nachricht für ihn anfühlen musste. Ein versehentliches Feuer war eine Sache, aber ein Gewaltakt, der nicht für seine Familie bestimmt gewesen war, war etwas ganz anderes.

»Was ist genau passiert?«

»Tom war hier, als Ihr Bruder und seine Familie ankamen. Er wollte sie gerade hineinbegleiten, als er Macaslans Männer heranreiten sah. Er wusste um die Feindseligkeit zwischen Macaslan und mir und befahl ihnen, sich in der Hütte zu verstecken. Er konnte sie nicht davon abhalten, die Burg in Brand zu stecken, aber er hoffte, dass sie das Außengebäude in Frieden lassen würden. Das hätten sie vielleicht auch getan, wenn das Baby nicht geschrien hätte. Macaslan zündete die Hütte an, denn er wollte keine Zeugen für seine Tat. Dann stach er auf Tom ein, in dem Glauben, er würde sterben. Ich kam zurück, als Macaslan und seine Männer schon auf und davon waren. Ich konnte nur noch das Baby retten.«

Er konnte immer noch nicht von dieser Nacht sprechen, ohne dass seine Kehle eng wurde. Raudrich streckte die Hand aus und legte sie ihm auf die Schulter.

»Danke, dass Ihr das Kind gerettet habt. Ich könnte den Gedanken nicht ertragen, es zu verlieren.«

Callum sagte nichts. Er war auch froh, aber er hatte nicht

annähernd genug getan. Wenn er nicht gewesen wäre, wären die Eltern des Kindes noch am Leben.

»Ihr seht also, es war kein Unfall, der Eure Familie getötet hat. Niemand hat Schuld daran, außer mir.«

»Niemand? Ich bin der Meinung, dass Macaslan der Schuldige ist. Was hast du getan, um ihn zu verärgern?«

»Ich habe seinen Sohn daran gehindert, ein Mädchen zu heiraten, das ihn nicht wollte – ein Mädchen, das bereits einem anderen gehörte.«

»Ah. Das ist kein ausreichender Grund, um den Besitz eines Mannes niederzubrennen. Das war nicht dein Werk, Callum. Wir müssen Macaslan bestrafen.«

Die freundschaftliche Ansprache beruhigte ihn, und er stimmte Laird Allen zu. Wenn der Schuft doch nur den Weg zurück nach Schottland finden würde.

»Ja, aber er wurde seit der Nacht des Brandes nicht mehr gesehen. Sein Sohn versteckt sich in ihrer Burg, und sein Vater ist aus dem Land geflohen. Wir haben Augen an fast jeder Küste. Wenn er zurückkehrt, werden wir es wissen.«

»Was glaubst du, wohin er gegangen ist? Meine Männer und ich werden nicht eher zurückkehren, bis wir zugesehen haben, wie Macaslans Kopf von seinem Körper getrennt wurde. Während du auf seine Rückkehr wartest, werden wir ihn suchen gehen.«

Callum war sich sicher, dass die meisten in Schottland so dachten. Er konnte sich nicht vorstellen, dass jemand sich mit Macaslan verbünden würde. Den meisten Clans hatte er in irgendeiner Weise Unrecht getan.

»Ein Händler in Macaslans Gebiet behauptet, er habe Freunde in Spanien, aber ich weiß nicht, ob er so weit reisen würde.«

»Dann werden wir nach Spanien gehen.«

Zum ersten Mal deutete Raudrich auf das Kind in Janes Armen.

»Wie geht es der Kleinen? Habt ihr ihr einen Namen gegeben? Ich weiß nicht, wie mein Bruder das Mädchen genannt hat.«

Callum konnte hören, wie Jane sich hinter ihm näherte. Es überraschte ihn nicht, dass sie sich weigerte, dort stehen zu bleiben, wo er sie zurückgelassen hatte.

»Nora. Ich habe sie Nora genannt.«

»Das ist ein schöner Name. Kann ich sie sehen?«

Callum beobachtete Jane genau und hoffte mit jedem Atemzug, dass sie sich nicht umdrehen und mit dem Kind im Schlepptau zum Portal stürmen würde. Sie zitterte am ganzen Körper, aber langsam übergab sie das Baby an Laird Allen. Nora begann sofort zu schreien.

Raudrich hielt das Baby unbeholfen von sich weg und fletschte unbehaglich die Zähne, als er seine Stimme über das Geschrei hinweg erhob.

»Sie sieht ihrer Mutter sehr ähnlich. Sie scheint jedoch nicht sehr angetan von mir zu sein.«

Jane antwortete mit weinerlicher, gebrochener Stimme.

»Ihr … Ihr müsst sie näher an Euch drücken.«

Laird Allen nickte, aber er hielt das Kind weiterhin von sich weg.

»Ja, da bin ich mir sicher. Wie heißt du? Bist du Callums Frau?«

»Nein.« Er und Jane meldeten sich gleichzeitig zu Wort. Peinlich berührt trat Callum zurück und überließ Jane die Führung des Gesprächs.

»Nein. Ich bin Jane, Adwens Frau. Adwen ist Callums Bruder.«

Laird Allen nickte erneut und starrte das Baby weiterhin mit Besorgnis an.

»Liebst du sie, Jane?«

Callum fürchtete, Jane würde ihm das Kind jeden Moment aus den Armen reißen. Als sie antwortete, klang ihre Stimme verzweifelt.

»Sehr sogar.«

»Das kann ich sehen. Warum behältst du sie nicht einfach? Alles, was die Eltern des Kindes wollten, ist, dass es geliebt wird. Ich würde sie lieben, aber ein Baby braucht mehr als nur Liebe, nicht wahr? Ich bin nicht verheiratet, und allem Anschein nach werde ich bald nach Spanien reisen. Ich kann nicht so gut für das Kind sorgen wie du.«

Jane trat vor und nahm Nora überglücklich wieder in die Arme.

»Wirklich? Wenn Ihr sagt, ich kann sie behalten, brauche ich Euer Wort, dass Ihr sie nicht wieder zurückfordern werdet. Es hat mich fast umgebracht, sie Euch zu geben. Ich könnte mich nicht noch einmal von ihr verabschieden.«

Laird Allen kehrte ihnen den Rücken zu, sagte ein kurzes Wort zu seinen Männern und stieg wieder auf sein Pferd, bevor er sprach.

»Aye, Mädchen. Ich werde ruhig schlafen, weil ich weiß, dass Nora bei einer Mutter aufwachsen wird, die sie genauso liebt wie ihre leibliche Mutter. Ich werde eure Zeit nicht länger in Anspruch nehmen. Meine Männer werden die Überreste meiner Familie sicher in unsere Heimat zurückbringen. Ich werde mich auf die Suche nach Laird Macaslan machen und mich bald wieder bei dir melden, Callum.«

Sie warteten beide, bis ihr Besucher außer Sichtweite geritten war, bevor sie sprachen. Als Laird Allen fort war, legte Jane einen ihrer Arme um Callum und drückte das Baby so fest zwischen sie, dass Nora einen unglücklichen Schrei ausstieß.

»Danke. Danke, danke, danke, danke, danke, Callum.«

Er starrte sie ungläubig an und drehte sich um, um sie beide zurück zum Portal zu führen.

»Warum bedankst du dich bei mir? Mir hast du nichts zu verdanken. Das war allein Laird Allens Entscheidung.«

»Aber du hast sie gerettet, und sie ist jetzt meine Welt. Ich bin Laird Allen auch dankbar, aber ich meine, ernsthaft, was ist los mit ihm? Wer überlässt seine Nichte einer völlig Fremden? Er weiß nicht einmal, ob er seine Nichte gerade einer völlig durchgeknallten Irren überlassen hat.«

Callum lachte. »Ich glaube, das hat er.«

Jane stieß ihm den Ellbogen in die Rippen, bevor sie vor ihm durch das Portal am unteren Ende der Treppe ging.

Als er ihr ins einundzwanzigste Jahrhundert folgte, wusste er, dass dies für sie alle der glücklichste Tag seit vielen Monaten sein würde.

KAPITEL 2

Italien – Gegenwart

Das Geräusch von Turnschuhen auf Kopfsteinpflaster beruhigte mich immer auf eine Art und Weise, wie es nur wenige Dinge konnten. Es bedeutete, dass der Rest der Welt, oder zumindest alle in meinem kleinen Dorf, noch schliefen. In diesen wenigen, kostbaren vierzig Minuten zählten nur das Geräusch meiner Turnschuhe und der gleichmäßige Rhythmus meiner eigenen, schweren Atmung. Es war die einzige Zeit des Tages, die ich für mich allein reservierte. Trotz der Erkältung, mit der ich heute Morgen zu kämpfen hatte, wollte ich meine Joggingrunde nicht verpassen.

Als Kind hatte ich meine Sommer im Restaurant verbracht und meiner Großmutter bei allem geholfen, was sie mir gestattet hatte, und sie mit einer träumerischen Bewunderung beobachtet, die meine Erinnerungen auf eine Art und Weise verzerrt hatte, die ich erst jetzt erkennen konnte. Vor ihren Gästen war sie lebhaft, energiegeladen und dynamisch gewesen, auch wenn es manchmal stressig gewesen war, in der Küche zu arbeiten und drei Mal am Tag Mahlzeiten für ihre Stammgäste zu servieren. Sie brachte alle um sie herum zum Lächeln. Man konnte ihre Liebe in jeder Mahlzeit schmecken, die sie kochte, und ich wollte immer so sein wie sie.

Aber außerhalb ihres Restaurants, in dem kleinen Haus, in dem sie ihr Leben verbrachte, war sie so müde, dass sie jedes Mal einschlief, wenn sie sich hinsetzte. Sie hatte so wenig Kontakt zu allem, was außerhalb ihres Restaurants geschah, dass sie kaum über etwas anderes reden konnte. Als ich jung war, dachte ich immer, das Restaurant sei die Quelle all ihrer Energie – ein Leuchtfeuer in ihrem Leben, das sie so sehr liebte, dass es sie jedes Mal schmerzte, wenn sie weg war. Hätte ich mehr als nur ein paar Sommerwochen mit ihr verbracht, hätte ich vielleicht die Wahrheit erkannt. Sie liebte ihre Arbeit, so viel hatte gestimmt, aber das Restaurant hatte ihr bis zu ihrem Tod die Energie geraubt. Nicht nur ihre Energie, auch ihre Konzentration, ihre Zeit und jede Chance, jemals wirklich glücklich zu sein.

Jetzt verstand ich das alles. Jetzt wusste ich es, weil ich es aus erster Hand erfahren hatte. Meine Großmutter hatte vielleicht zugelassen, dass die Arbeit ihr Leben beherrschte, aber ich weigerte mich, es so weit kommen zu lassen. Mr. Abbiati wäre schockiert, wenn ich mir einen neuen Job suchen würde – er hatte keine Ahnung, dass ich überhaupt auf der Suche war -, aber ich wusste, dass er sah, wie sehr mir das alles zusetzte, auch wenn er es vielleicht zugunsten seiner Geschäfte ignorierte.

Ich stieß einen frustrierten Seufzer aus, als ich um die letzte Ecke meiner üblichen Joggingroute bog. Mir stockte der Atem in der Brust und ich bekam einen Hustenanfall, der mir signalisierte, dass ich heute eigentlich für niemanden kochen sollte. Trotzdem wusste ich, dass ich es tun würde. Es gab niemanden, der mir die Arbeit abnehmen konnte, und viele Einheimische würden sehr verärgert sein, wenn ich ohne Vorankündigung schließen würde. Ich blieb vor der Tür des Restaurants stehen und kramte eilig nach meinem Schlüssel, um mir ein Glas Wasser zu holen, das meinen Husten lindern würde.

»Du hörst dich schrecklich an.«

Ich keuchte und fuhr zusammen, als ich die Stimme hörte. In den drei Jahren, in denen ich das Restaurant führte, war ich beim Joggen noch nie einer anderen Person begegnet. Mr. Abbiati sprach italienisch, so wie es hier alle taten, aber ich antwortete ihm achtlos auf Englisch und fasste mir an die Brust, während ich nach Luft schnappte und mich bückte, um die Schlüssel aufzuheben, die ich fallen gelassen hatte.

»Du hast mich erschreckt.« Ich bemerkte meinen Fehler und fuhr auf Italienisch fort. »Warum bist du so früh auf?«

Mr. Abbiati kam oft tagsüber vorbei, um nach mir zu sehen und mich auf eine Tasse Kaffee zu besuchen, aber nie so früh am Tag.

»Ich bin immer so früh wach, aber ich verlasse das Haus nur selten, wenn die Sonne schon aufgegangen ist. Um ehrlich zu sein, schlafe ich selten. Ich habe an meinem Fenster Zeitung gelesen und dich vorbeijoggen sehen. Ich dachte mir, Francesca und ich könnten nach deiner Joggingrunde einen Kaffee mit dir trinken. Ich muss mit dir reden.«

Ich blickte auf Francesca hinunter und nahm die angeleinte Katze erst jetzt richtig wahr. Es mochte viele Katzen geben, die daran gewöhnt waren, an der Leine geführt zu werden, aber die einzige, die ich je gesehen hatte, war Francesca – eine Katze, die

15

einem Hund so ähnlich war, dass sie mir immer ein Lächeln ins Gesicht zauberte. Mr. Abbiati ging nie ohne sie aus dem Haus.

»Natürlich, komm doch rein. Ich hole uns einen Kaffee und Francesca etwas Milch. Macht es dir etwas aus, wenn ich währenddessen meine E-Mails durchsehe? Ich muss meine letzte Meeresfrüchtebestellung verfolgen.«

Er nickte und folgte mir nach drinnen, wo ich mich an den kleinen Küchentisch setzte, an dem ich mich oft zwischen den Restaurant-Essenszeiten ausruhte. Es dauerte nicht lange, den Kaffee zu brühen. Nachdem ich ihn so zubereitet hatte, wie Mr. Abbiati es mochte, drückte ich seine Schulter, setzte mich neben ihn und klappte meinen Laptop auf, um die Bestellung zu überprüfen. Er begann sofort zu sprechen.

»Ich mache mir Sorgen um dich, Sydney. Schon seit einiger Zeit.«

»Ach ja?« Ich hörte ihm nur mit halbem Ohr zu. Während ich meine Bestellung verfolgte, erregte eine andere E-Mail ganz oben in meinem Posteingang meine Aufmerksamkeit. Fast sechs Monate waren vergangen, seit ich mich auf die Stelle beworben hatte, und ich hatte diesen Traum schon lange aufgegeben. Dass ich nach all dieser Zeit eine Antwort von der Festung Cagair in Schottland erhielt, erstaunte mich.

»Ja. Du bist in drei Jahren viel mehr gealtert, als es bei einer jungen, gesunden Frau wie dir der Fall sein sollte. Du hast schon viel zu viel in diesen Ort investiert. Wenn du nicht bald etwas unternimmst, um deine Gesundheit zu bewahren, wirst du dich selbst an ihn verlieren. Ich mag dich zu sehr, um das zuzulassen.«

»Aha.« Jetzt hatte ich definitiv nicht mehr zugehört, denn der erste Satz der Nachricht ließ mein Herz so schnell schlagen, dass ich genauso gut noch einmal hätte losrennen können. Das war sie. Die Veränderung, die ich brauchte. Es war mir egal, dass der Job mir noch nicht offiziell gehörte. Eine Chance war alles, was ich brauchte, um mir das Selbstvertrauen zu geben, die Entscheidung zu treffen, über die ich so lange nachgedacht hatte.

»Sydney, hörst du mir zu?«

Ich atmete tief durch, um meinen Puls zu beruhigen und neuen Mut zu schöpfen, klappte meinen Computer zu und blickte zu ihm auf.

»Nein. Es tut mir leid. Ich war nicht bei der Sache. Ich habe nur gerade Neuigkeiten bekommen, die ich mit dir teilen muss. Was hast du gesagt?«

Ich konnte sehen, dass ich ihn frustrierte. Er verschränkte die Arme, um mir zu zeigen, wie unglücklich er war, bevor er fortfuhr.

»Das spielt keine Rolle. Du bist gefeuert, Sydney.«

»Ich kündige.«

Wir sprachen beide genau zur gleichen Zeit, und waren ebenso verblüfft von den Worten des anderen. Ich zeigte auf ihn, lehnte mich in meinem Stuhl zurück und verschränkte die Arme, um seine Haltung zu imitieren.

»Du zuerst. Du feuerst mich? Warum?«

»Na ja, ich schätze, ich muss es nicht tun, wenn du kündigst. Aber ich muss sagen, ich bin froh, das zu hören. Ich wollte dich nicht feuern, aber ich war bereit, es zu tun.«

Ich verstand es immer noch nicht. »Noch mal. Warum?«

»Deine Großmutter, Sydney. Ich habe sie mehr als vierzig Jahre lang geliebt, und ich weiß, dass sie mich auf ihre eigene Art und Weise auch geliebt hat. Ich hätte sie geheiratet, wenn sie mich gelassen hätte. Aber leider konnte sie sich nie lange genug von diesem Ort losreißen, um sich ein eigenes Leben aufzubauen. Ich will nicht, dass das mit dir passiert. Ich weiß, dass sie das auch für dich nicht wollen würde.«

»Das will ich auch nicht.« Ich wusste nicht, was ich noch sagen sollte. Ich konnte mir vorstellen, dass wir beide sehr schockiert waren, einer Meinung zu sein. Das kam selten vor.

»Du bist viel mutiger, als sie es war. Dass du diesen Job aufgibst, beweist das. Deine Großmutter kannte jeden, aber sie kannte gleichzeitig niemanden. Sie kannte Namen und Gesichter von unzähligen Menschen, aber sie verstand zu wenig von sich selbst, um das Herz oder den Verstand eines anderen zu kennen. Es war ein leeres Leben, und es bringt einem nichts als Schmerz, jemanden zu lieben, der sich selbst an etwas verloren hat, was im Großen und Ganzen keine Rolle spielt. Das soll nicht heißen, dass harte Arbeit nicht wichtig ist – das ist sie, aber nur, wenn man weiß, wofür und für wen man arbeitet. Arbeit um der Arbeit willen bringt einen nicht weiter. Genau so hat Elizabetta ihr Leben verbracht.«

Tränen stiegen mir in die Augen. Ich konnte nicht unterscheiden, ob sie der Erleichterung oder der traurigen Erinnerung an das Leben meiner Großmutter geschuldet waren.

Er wartete nicht auf eine Antwort von mir. »Also, erzähl mir von deinem neuen Job.«

»Na ja, eigentlich gehört er mir noch nicht, aber das wird er, wenn ich ihnen gezeigt habe, wie gut ich bin. Er ist in Schottland.«

»Schottland, hm? Wenigstens wirst du uns dann nicht mehr mit deinem furchtbaren Italienisch quälen.«

Ich schüttelte den Kopf und fuhr fort. Mein Italienisch war perfekt, und jeder im Dorf wusste das.

»Ja, es ist auf einer Burg, die erst kürzlich renoviert wurde.

18

Sie verwandeln sie in ein Luxus-Resort. Aber es ist schon ein bisschen seltsam. Ich habe mich vor so langer Zeit beworben und erst heute Morgen die Antwort bekommen.«

Er kippte den Rest seines Kaffees hinunter und schenkte sich nach, bevor er fortfuhr.

»Was stand in der E-Mail?«

»Nur, dass ich für eine Probezeit auf die Burg kommen soll, damit sie entscheiden können, ob sie mich einstellen wollen. Aber keine Sorge, ich werde nicht hingehen, bis ich einen Nachfolger gefunden habe.«

Ich hoffte, dass dieses Vorhaben nicht lange dauern würde. Wenn ich gekonnt hätte, wäre ich auf der Stelle gegangen.

KAPITEL 3

Festung Cagair – Gegenwart

Die täglichen Sitzungen mit Morna waren eine schmerzhafte Notwendigkeit für seine Heilung. Sowohl er als auch die kleine Nora kamen jede Nacht in das provisorische Schlafgemach, das die Hexe sich auf der Burg eingerichtet hatte, um ihre angeschlagenen Lungen und die Brandwunde an seinem Oberschenkel behandeln zu lassen. Mornas Magie half und so wurde es von Tag zu Tag leichter für die beiden.

Er genoss es immer, das kleine Mädchen im Arm zu halten, und er fand, dass es Jane jetzt, wo sie wusste, dass die Kleine für immer ihr gehörte, etwas leichter fiel, sie ihm zu übergeben. Sie war ein glückliches Kind, trotz ihres tragischen Einstiegs ins Leben. Er lachte, als sie sanft an seinen Ohrläppchen zog, während er sie auf seine Seite hob und zu Mornas Zimmer humpelte. Callum klopfte an, wartete aber nicht auf eine Antwort, bevor er eintrat. Er wusste, dass sie sie erwartete, wie sie es immer tat.

»Guten Abend, Morna. Wie geht es meiner Lieblingshexe?«

Sie lächelte ihn an, aber es war ein unsicheres Lächeln, und er bereute seinen Scherz sofort. Für einen Moment hatte er vergessen, dass Morna sich Sorgen wegen der Geschehnisse machte, die sich in der Nacht des Feuers auf der Festung zugetragen hatten. Vor allem wegen dem, was er bezeugt hatte.

»Ich bin deine einzige Hexe. Jetzt bring die Kleine her. Ich will sie auf die Wangen küssen.«

»Ja, das bist du.« Er übergab Nora und sammelte dann die Kräuter und Tränke zusammen, die Morna jeden Abend für sie benutzte.

»Sie scheint heute sehr gut gelaunt zu sein, nicht wahr, Callum? Glaubst du, sie weiß, dass sie jetzt bei Jane bleibt? Der Gedanke scheint ihr zu gefallen.«

Das hatte er sich auch schon gefragt. Nora war zwar immer gut gelaunt, aber heute schien sie besonders zu strahlen.

»Ich glaube, sie kann spüren, dass Jane nicht mehr so ängstlich ist, sie zu verlieren. Wahrscheinlich macht Janes Glück sie auch glücklich. Was ist mit dir, Morna? Du siehst aus, als wären Janes Sorge auf dich übergegangen.«

»Ja, ich glaube, so ist es auch. Ich mache mir Sorgen um Jerry. Aber es gibt noch etwas anderes, das mir auf der Seele liegt.«

Als er Jerry zuletzt gesehen hatte, schien es dem alten Mann gut zu gehen.

»Was ist mit ihm? Geht es ihm gut?«

»Ja, vorerst. Es ist sein Herz. Er hat es nicht so gepflegt, wie er es hätte tun sollen, und es ist gefährlich nahe daran, ein echtes Problem zu werden. Ich kann es sehen, aber er will nicht, dass ich ihn mit Magie behandle. Ich habe ihm vor langer Zeit versprochen, das zu unterlassen.«

»Warum? Er muss doch wissen, dass es einen guten Grund gibt, deine Kräfte einzusetzen. Das muss er dir doch erlauben, wenn du so besorgt bist.«

»Ja, das sollte er, aber er ist dickköpfig.«

»Möchtest du, dass ich mit ihm rede? Ich weiß nicht, ob er auf mich hören wird, aber ich kann es versuchen.«

Morna griff nach seinem Arm, zog ihn in den Raum und schloss die Tür.

»Ja, aber lass uns erst die Kleine behandeln, bevor sie ihr Lächeln verliert.«

Callum half dem kleinen Mädchen, auf dem kleinen Tisch zu balancieren, damit Morna ihr den Rücken mit den beruhigenden Ölen einreiben konnte – sie hatte sich schon so daran gewöhnt, dass sie kaum noch einen Aufstand machte.

»Was meinst du, wie oft sie das noch brauchen wird?«

Morna zuckte mit den Schultern und beugte sich vor, um Noras Atmung zu lauschen.

»Nicht mehr oft. Vielleicht noch eine Woche. Sie heilt sehr gut. Du auch. Callum, kann ich dich etwas fragen?«

»Natürlich.« Es war untypisch für Morna, vorher um Erlaubnis zu fragen. Ihr Zögern machte ihn neugierig.

»Die Hexe, die du am Tag des Feuers gesehen hast … Ich weiß, dass es schon viele Monate her ist, aber kannst du dich an ihr Aussehen erinnern? Kannst du sie mir beschreiben?«

Er erinnerte sich gut. Selbst als er durch die Schmerzen in seinem Bein und den Rauch in seiner Lunge das Bewusstsein verloren hatte, war sie ihm wie die Sonne an einem wolkenlosen Tag erschienen. Er war sich sicher, dass ohne sie viel mehr von seiner geliebten Festung verloren gegangen wäre.

»Ja. Sie war groß. So groß, wie Männer es normalerweise sind, und ziemlich schlank. Sie hat beide Hände zum Himmel gestreckt, und ihre Nägel waren spitz und scharf. Ihr Haar war ergraut und hatte nur noch ein paar schwarze Strähnen. Sie war alt, vielleicht die älteste Person, die ich je gesehen habe.«

Ihm entging nicht, dass Morna schwer schluckte, bevor sie sprach. Callum hatte noch nie so viel Sorge und Angst in ihren Augen gesehen.

»Ja. Sie ist alt, viel älter, als irgendjemand sein sollte.«

»Kennst du sie? Warum hast du sie nicht schon früher erwähnt?« Callum hatte seit dem Feuer zweimal nach der Hexe gesucht und war nie fündig geworden.

»Es tut mir leid, Callum. Ich wollte es nicht wahrhaben. Der Gedanke hat mich erschreckt. Ich wollte nicht, dass du sie findest. Obwohl ich tief im Inneren wusste, dass kein Weg daran vorbeiführt. Ich habe sie dieses Mal hier in der Burg gespürt. Bis jetzt war ihre Anwesenheit nie spürbar. Ich dachte, sie sei tot, bis du mir selbst erzählt hast, was bei dem Feuer passiert ist.«

»Wer ist sie? Was bedeutet sie dir?«

»Wenn ich es dir sage, musst du es für dich behalten. Niemand weiß es, außer mir und Jerry.«

Er schwor seine Verschwiegenheit und nahm die kleine Nora in den Arm, um sie zu wippen, während Morna sprach.

»Ihr Name ist Grier. Das letzte Mal, als Jerry und ich sie gesehen haben, war ich achtzehn Jahre alt.«

»Meinst du ... Du kannst doch nicht ernsthaft meinen, dass Jerry in deiner Zeit war – der Zeit, in der du geboren wurdest, nicht nur in dieser?« Das konnte er sich nicht vorstellen. So unwohl, wie Jerry sich bei der Verwendung von Magie fühlte, konnte er unmöglich durch die Zeit gereist sein.

»Ja, aber er hat sich nicht freiwillig dazu entschieden. Er spricht nicht darüber, also frag ihn nicht danach.«

»Du scheinst Angst vor ihr zu haben. Hat sie dir oder Jerry etwas getan?«

»Nein, sie hat mir nichts getan, aber nur, weil ich gegangen bin, bevor sie es konnte. Aber, ja, ich habe Angst vor ihr. Sie war schon lange nicht mehr in dieser Gegend, aber dank des Portals ist ihre Macht hier immer noch vertreten. Deshalb dachte ich, sie sei tot. Natürlich wurde diese Annahme jetzt widerlegt. Und das nicht nur, weil du gesehen hast, wie sie das Feuer gelöscht hat. Normalerweise habe ich hier keine Macht. Jetzt habe ich sie.«

Morna hatte die Angewohnheit, von ihren Kräften und ihrer Magie zu sprechen, als wüssten alle anderen, was sie meinte. Die meisten wussten es aber nicht.

»Ich verstehe das nicht. Was hat dich davon abgehalten, deine Kräfte zu nutzen?«

Morna bedeutete ihm, sich auf die Holzbank zu setzen, damit sie sich der Heilung seines Beins widmen konnte.

»Wenn wir Hexen sterben, können wir unsere Kräfte an einem Ort oder sogar in einer Person verwurzeln, wenn wir das wollen. Das bedeutet, dass all unsere Zaubersprüche selbst nach unserem Tod bestehen bleiben können, und dass unser Revier nicht von jemand anderem mit Macht angetastet werden kann. Ich wusste nicht, dass man seine Macht an einem Ort zurücklassen kann, auch wenn man nicht tot ist, und dann zurückkommen kann, um sie wieder einzufordern.«

»Das hat diese Grier also getan?«

»Ja. Sie hat ihre Macht wiedererlangt. Ich weiß das, weil ihr Reich nicht mehr geschützt ist und ich hier zaubern kann. Allerdings hat sie das Portal auch nach ihrer Rückkehr offen gelassen. Ich glaube nicht, dass das etwas Gutes für uns bedeutet.«

»Was sollte sie einem von uns Böses wollen? Wenn sie uns Schaden zufügen wollte, warum hätte sie das Feuer dann löschen sollen?«

»Callum, Cagair war Griers Zuhause. Egal, was du behauptest, ich nehme an, dass sie es noch immer so sieht. Sie wollte es beschützen. Wenn sie noch einmal wiederkommt, dann nur meinetwegen.«

Er würde die Suche nach dieser Hexe fortsetzen müssen. Es gab schon genug Bedrohungen für seine Lieben, denn Macaslans Zorn war noch nicht verflogen. Er konnte nicht zulassen, dass noch jemand die Gelegenheit bekam, die Menschen in seiner Nähe zu verletzen.

»Was will sie von dir? Wenn sie dir wehtun will, werde ich sie finden und töten, das schwöre ich.«

»Nein, ich will nicht, dass du auch nur in ihre Nähe gehst. Sie wird mir nicht wehtun. Und ich glaube auch nicht, dass sie jemand anderem etwas antun würde. Aber sie wird mit mir sprechen wollen, und ich weiß nicht, was sie tun wird, um mich zur Rückkehr zu bewegen. Ich kann nicht zurückgehen, Callum. Niemals. Du kannst dir nicht vorstellen, wie schmerzhaft es für mich ist, auch nur daran zu denken.«

Nora fing an zu weinen und als Morna ihr Bein fertig behandelt hatte, übergab Callum ihr das Baby, damit sie es in ihrem Armen herumwippen konnte. Er hoffte, dass diese Bewegung nicht nur Mornas Nerven beruhigen würde, sondern auch die des Säuglings.

»Dann geh nicht zurück. Ignoriere die Hexe. Wenn sie harmlos ist, lass sie doch tun, was auch immer sie für nötig hält, um uns zu stören. Wir sind inzwischen alle daran gewöhnt, mit unerwarteten Ereignissen umzugehen. Ist es möglich, dass sie sich melden wird?«

Morna schüttelte den Kopf und antwortete ihm.

»Nein. Ich glaube nicht, dass sie das tun würde. Aber Callum, du nimmst besser zurück, was du gerade gesagt hast. Wenn du glaubst, dass sie gerade nicht mithört, bist du ein Narr. Sie ist gerissener, als jeder andere Mensch, den ich kenne. Bring sie nicht in Versuchung, sich in dein Leben einzumischen. Wenn du das tust, kannst du sicher sein, dass sie die Herausforderung annehmen wird.«

»Morna, in den letzten Monaten ist so viel passiert. Das Letzte, worüber ich mir Sorgen mache, ist eine harmlose Hexe wie du es bist. Es wäre mir lieber, sie würde mit mir machen, was sie will, als jemand anderes.«

Als Morna wieder sprach, war ihr Ton rau und ihre Worte kühl.

»Ich habe nie gesagt, dass sie harmlos ist, Junge. Du hast das in die Welt gesetzt. Ich glaube nur nicht, dass sie jemanden ohne weiteres umbringen würde. Es gibt einen großen Unterschied zwischen harmlos und mörderisch, findest du nicht auch? Es wäre gut, wenn du dir das merken würdest.«

KAPITEL 4

Italien

Innerhalb einer Woche hatte Mr. Abbiati drei online Vorstellungsgespräche für uns beide organisiert, und alle waren ausgezeichnete Kandidaten gewesen. Am Ende hatte er sich für einen eifrigen, aber ziemlich zugeknöpften Studenten namens Mark entschieden, der ein paar Jahre jünger war als ich. Er sprach genauso fließend italienisch wie ich und schien ein Temperament zu haben, von dem wir beide glaubten, dass es sich gut mit den Einheimischen vertragen würde.

Am besten gefiel mir an meinem Nachfolger, dass er den Job genauso gerne übernehmen wollte, wie ich ihn abgeben wollte. Deshalb würde er morgen anreisen und eine kurze Einarbeitung mit mir machen. Dann würde ich frei sein.

Ich schlich mich am späten Nachmittag davon, um seine Anstellungspapiere aufzusetzen. Es dauerte nicht lange und gerade als ich den Computer ausschalten wollte, tauchte ein vertrautes und freundliches Gesicht auf meinem Bildschirm auf – meine kleine Schwester Liv. Erst da wurde mir bewusst, dass ich meiner Familie die große Neuigkeit noch nicht mitgeteilt hatte. Meinen Berechnungen zufolge musste sie noch in der Schule sein. Aber das war mir egal, denn ich würde sie niemals dafür tadeln, mich anzurufen.

Ich lächelte, als ich auf den grünen Hörer drückte, weil ich ihr lächelndes kleines Gesicht sehen wollte.

»Hey, Liv. Ich vermisse dich.« Und das tat ich auch. Jeden Tag. In einem Monat würde sie neun Jahre alt werden, und ich hasste es, dass ich in den letzten drei Jahren so viel von ihrem Leben verpasst hatte. Hoffentlich würde ich nicht mehr so viel arbeiten müssen und öfter nach Hause fahren können, wenn ich den Job in Schottland bekommen würde.

»Ich vermisse dich auch. Was machst du? Ich bin überrascht, dass du rangegangen bist.«

Ehrlich gesagt, war ich auch überrascht. Nicht, dass ich ihren Anruf abgelehnt hätte, aber ihr Timing hätte nicht perfekter sein können. Sie hatte mich in den fünf Minuten des Tages erwischt, in denen ich ihren Anruf überhaupt hätte sehen können.

»Das bin ich auch ein bisschen. Ich habe mich gerade für ein paar Minuten hingesetzt. Ich werde aber bald nach dem Essen sehen müssen, das auf dem Herd steht.«

»Ja, ich wusste, dass du viel zu tun haben würdest, aber ich hatte heute Morgen einen Zahnarzttermin und musste die Schule ausfallen lassen!«

Livs Lächeln brachte mein Herz immer so sehr zum Schmelzen, dass ich am liebsten in das erste Flugzeug nach Hause springen wollte. Sie war die schönste Überraschung gewesen, die meine Eltern und ich je erlebt hatten. Ich wünschte nur, ich wäre nicht schon ausgezogen, als sie auf die Welt kam.

»Das ist schön, aber ich habe noch nie erlebt, dass sich jemand so sehr über einen Zahnarztbesuch freut.«

Sie blies die Luft durch ihre Lippen, um mir klarzumachen, wie lächerlich sie das fand. »Ich weiß nicht, warum die Leute nicht gerne zum Zahnarzt gehen. Es macht doch Spaß. Ich muss in ein paar Minuten wieder in die Schule, aber Mom hat gesagt, dass ich dich ganz schnell anrufen und Hallo sagen kann.«

»Ich bin so froh, dass du das gemacht hast. Es ist wirklich praktisch, dass du angerufen hast, denn ich habe große Neuigkeiten für euch alle. Ist Dad zu Hause?«

»Nein. Er ist noch in der Arbeit. Willst du, dass ich Mom hole?«

»Ja, bitte.« Ich wartete geduldig, während sie loslief, um unsere Mutter zum Videoanruf dazu zu holen, und ich lächelte, als die Gesichter der beiden wieder auf dem Bildschirm erschienen.

»Hey, Sydney. Du siehst gut aus, so gut wie schon lange nicht mehr. Was ist denn los? Gibt es einen neuen Mann in deinem Leben?«

»Nein, Mom. Keinen Mann. Viel besser. Ich habe meinen Job gekündigt.«

Beide starrten mich mit offenen Mündern an. Ich beschloss, ihnen den Rest der Neuigkeiten zu erzählen, bevor sie sich Hoffnungen machten, dass ich zurück in die Vereinigten Staaten kommen würde.

»Ich ziehe nach Schottland, um dort einen Job zu bekommen. In einer Burg!« Ich versuchte, so aufgeregt zu klingen, wie ich es in Wirklichkeit war. Als sie beide lächelten, beruhigte meine Nervosität sich ein wenig.

»Schottland!« Livs Stimme klang aufgeregt. »Du liebst doch Burgen, oder?«

Ich lächelte und nickte zustimmend. »Wer denn nicht?«

Sie zuckte mit den Schultern und kicherte dann, als sie fortfuhr. »Na ja, ich wette, die Leute, die in den Kerker einer Burg geworfen wurden, würden dir da widersprechen. Aber du wirst nicht in den Kerker geworfen, also finde ich das klasse.«

Ich lachte und nickte zustimmend. »Ich finde es auch klasse. Was sagst du, Mom?«

Das Signal war etwas verzögert und ich brauchte ein paar Sekunden, um zu sehen, dass sie weinte.

»Mom? Was ist los? Ich dachte, du wärst glücklich?« Es hatte ihr nie gefallen, dass ich im Restaurant ihrer Mutter arbeitete.

»Ich bin so glücklich, dass ich platzen könnte. Wirst du dort auch so viel arbeiten müssen?«

»Ich glaube nicht, und ich werde ihnen gleich sagen, dass ich den Job nur annehmen werde, wenn ich an Weihnachten nach Hause fliegen kann.«

»Vielleicht können wir auch zu dir kommen, Sydney. Ich würde so gerne eine echte Burg sehen.«

Ich wünschte mir nichts sehnlicher, als dass sie auf der Stelle in ein Flugzeug springen würden.

»Das wäre schön. Und solange du Dad erlaubst, so viel aus *Braveheart* zu zitieren, wie er will, hat er bestimmt auch nichts dagegen.«

Meine Mutter schniefte. »Ich … Das fände ich auch schön.«

»Toll, dann lass uns das planen. Ich muss jetzt ein paar Dinge in der Küche überprüfen, aber ich melde mich bald bei euch. Ich liebe euch beide so sehr.«

Sie verabschiedeten sich von mir und ich schaltete meinen Computer aus, bevor ich fröhlich zurück zum Restaurant ging. Wenn der Morgen nur schneller vergehen würde. Ich war mir sicher, dass mir das alles so lange surreal vorkommen würde, bis ich die Reise tatsächlich antreten würde.

KAPITEL 5

Festung Cagair – Gegenwart

Erst nachdem Morna es erwähnt hatte, bemerkte Callum, dass Jerrys Gesundheitszustand sich in letzter Zeit tatsächlich verschlechtert hatte. Er schlief bereits am frühen Nachmittag ein, und selbst wenn er wach war, saß er zusammengesackt auf seinem Stuhl, und die Müdigkeit zeichnete sich in jeder Furche auf dem Gesicht seines Freundes ab. Als er Callum beim Ausmisten des Hühnerstalls half, war er auch ungewöhnlich schnell müde. Das sah Jerry gar nicht ähnlich. Genauso wenig wie die Schwindelanfälle, von denen er dachte, dass sie niemandem auffielen. Callum wusste, dass Jerry sein Bestes tat, um es vor allen zu verbergen.

»Du siehst doch, was ich meine, oder?«

Callum stand in der Ecke des Wohnzimmers. Er war auf dem Weg gewesen, um mit Jerry zu sprechen, wie er es Morna versprochen hatte, nur um Jerry schnarchend vor dem Kamin anzutreffen. Es überraschte ihn nicht, als Morna auf ihn zukam.

»Ja, das sehe ich. Soll ich ihn wecken oder ein anderes Mal mit ihm sprechen?«

»Ein anderes Mal. Komm. Wir sollten ihn bis zum Abendessen schlafen lassen. Wie ist die Arbeit heute gelaufen?«

Er verschränkte seinen Arm mit dem von Morna und führte sie in den Korridor. Es kam ihm so seltsam vor, dass er nach Monaten der Abgeschiedenheit auf der Festung mit so vielen Freunden und Familienmitgliedern zusammenlebte.

Das Überleben der kleinen Nora und ihre Anwesenheit war der einzige Segen dieses elenden Feuers gewesen, aber Macaslans Gewalttat bewies ihm, wie glücklich er sich schätzen konnte, so selbstlose Freunde zu haben – die alle mit der in Schottland verborgenen Magie vertraut waren.

Donal MacChristy, sein Onkel, der wesentlich verantwortungsbewusster war als sein Vater, war als erster mit seinen Männern eingetroffen. Zu jedermanns Überraschung hatte Donal Spione in Macaslans Gebiet geschickt, sobald er von der Lösegeldforderung des Lairds für Callums Vater und Bruder erfahren hatte. Durch seine Spione hatte Donal von Macaslans Plan erfahren, das Feuer auf der Festung Cagair zu legen. Leider war die Nachricht zu spät eingetroffen. Er war nicht mehr rechtzeitig gekommen und erst aufgetaucht, als Callum im Regen das Bewusstsein verloren hatte. Trotzdem wussten sie alle, dass die Dinge ohne Donal ganz anders gelaufen wären. Nur durch Donals Männer wussten sie, dass Macaslan an Bord eines Schiffes mit unbekanntem Ziel gegangen war, nachdem im ganzen Land Rufe nach seinem Kopf laut geworden waren.

Nur durch Donals Aufklärung wussten sie, dass es sicher war, sich zu versammeln und an den Reparaturen der Burg zu arbeiten. Denn wenn Macaslan in Schottland geblieben wäre, hätte Callum dem Rest seiner Familie niemals erlaubt, sich hier aufzuhalten und dadurch ihre eigenen Gebiete geschwächt zurückzulassen. Denn im Moment waren sie alle der Bedrohung durch Macaslan ausgesetzt.

Morna und Jerry waren sogar noch vor Donal und seinen Männern angekommen, und Morna war sofort bereit gewesen, ihre Kräfte auf die Kleine anzuwenden, als sie erfahren hatte, was passiert war.

Die McMillans, deren Verbindung zur Festung bereits durch den jungen Cooper und seine Tante Jane entstanden war, kamen als Nächstes an. Die Conalls, seine angeheirateten entfernten Vettern, trafen nach ihnen ein und stellten eine große Anzahl von Männern zur Verfügung, die beim Wiederaufbau der Burg helfen würden.

Da das Treppenportal ein einfacher Weg war, um zwischen den Jahrhunderten hin und her zu reisen, fanden sich alle in der Zeit zusammen, die seiner eigenen weit voraus war. Jeden Tag reisten er und die anderen Männer hindurch, um sich mit den angeheuerten Männern aus der Zukunft zu treffen, welche am Ende des Tages wieder durch das Portal zurück zu ihren Ehefrauen und Kindern gingen. Die Monate zogen sich in die Länge und es ging nur langsam voran, aber es war schon viel besser als noch vor ein paar Monaten – eine schöne Erinnerung für sie alle, dass die Zeit so viel verändern konnte.

»Es ist sehr gut gelaufen. Die Schlafgemächer im rechten Flügel sind fertiggestellt, auch wenn die Einrichtung noch nicht fertig ist. Dutzende von Frauen aus dem Dorf arbeiten fleißig daran, die notwendige Bettwäsche herzustellen, die Vorhänge zu nähen und Kerzen zu besorgen. Ich verdanke meinem Volk und euch allen, die ihr hierhergekommen seid, so viel.«

»Wir alle haben auch dir viel zu verdanken, Callum. Auch

wenn wir alle in dieser Burg so eng zusammengepfercht sind, dass wir in den Gängen übereinander stolpern, glaube ich, dass wir die Zusammengehörigkeit hier alle sehr genießen. Wirklich. Es sind so viele hier, von denen ich dachte, ich würde sie nie wiedersehen. Ich wünschte, ich hätte meine Kamera dabei gehabt, als Donal hier angekommen ist.«

Callum lachte, als er sich an die Reaktion seines Onkels auf das alles erinnerte. Für Menschen aus der Vergangenheit, wie er es selbst war, schienen die Wunder des einundzwanzigsten Jahrhunderts kein Ende zu nehmen – jeden Tag gab es etwas Neues zu entdecken.

»Mir gefällt es auch, obwohl ich meine Burg wiederhaben möchte.«

»Ja, das ist verständlich. Wie lange dauert es noch, bis die Renovierungsarbeiten fertig sind? Ich freue mich auch schon darauf. So schön und unterhaltsam es auch sein mag, mit euch allen versammelt zu sein, ich fürchte, Grier führt etwas im Schilde.«

Callum hatte in den letzten Tagen wenig an die Hexe gedacht. Er sah keinen Grund für Mornas Sorge. Soweit er das beurteilen konnte, hatte sie die Absicht, sich fernzuhalten. Warum sonst hätte sie ihm nach dem Feuer nicht erlaubt, sie zu finden?

»Ich vermute, dass es noch mindestens einen weiteren Vollmond dauert, vielleicht sogar noch ein paar Wochen. Solange uns nichts in die Quere kommt.«

»Hmm ...«

Mornas besorgtes Geräusch verriet mehr, als ihre Worte es je könnten.

»Morna ... Hast du Grund zu der Annahme, dass etwas passieren wird?«

Die Hexe zuckte mit den Schultern und löste sich von seinem Arm, als sie sich auf der obersten Stufe der Haupttreppe niederließ.

»Nein. Es ist nur so ein Gefühl. Grier hat schon mit dem begonnen, was sie zu tun gedenkt. Warte nur ab.«

Eine Erinnerung blitzte in seinem Kopf auf, etwas, das er Morna schon vor langer Zeit hatte fragen wollen.

»Kann ich dich etwas über die Magie hier fragen, Morna? Ich weiß, dass es nicht deine Aufgabe ist, aber ich frage mich, ob du vielleicht weißt, wie sie funktioniert.«

Morna lachte leise, und er konnte an jeder ihrer sarkastischen Gesten erkennen, wie aufgewühlt sie in letzter Zeit war.

»Natürlich verstehe ich nichts von der Magie hier, weil ich die ganze Zeit dachte, sie sei tot. Aber bitte, stell mir deine Frage. Ich werde dir erklären, was ich kann.«

»Ich nehme an, du weißt, wie wir alle das Portal entdeckt haben, oder? Cooper hat das alles eingefädelt. Als wir anderen dachten, wir würden Geister sehen, wusste er, dass wir Trugbilder derer gesehen haben, die in einer Zeit nach unserer leben.«

»Aye. Ich erinnere mich. Er hat danach gesucht, damit er mich finden konnte. Er wollte, dass ich Isobel heile. Obwohl ich es für einen Fehler gehalten habe, bin ich froh, dass sie noch lebt. Worauf willst du hinaus?«

Callum nickte und dachte an diese Zeit zurück. Ihnen allen waren die freundliche Frau und ihr Mann ans Herz gewachsen. Er vermisste Isobel oft. Sobald alles wieder in Ordnung war, würde er mit Adwen und Jane zu ihr reisen.

»Ich habe hier oft etwas gesehen, was ich für Geister hielt. Immer dieselben Leute – drei Frauen und ein Mann – ich weiß jetzt, wer drei von den vieren sind, aber die vierte Person habe ich nie gesehen.«

»Und wer sind die drei?«

»Gillian, Anne und Aiden. Die Vierte habe ich immer in meinem Schlafgemach gesehen. Ihr schwarzes Haar war so schön, ihre Augen so durchdringend. Sie war schön, auch wenn sie nur eine Erscheinung war. Aber als ich zum ersten Mal durch das Portal ging und diejenigen kennenlernte, die ich gesehen hatte, konnte ich mir nicht erklären, warum dieses Mädchen nicht dabei war. Wie kann das sein? Glaubst du, das war ein echter Geist?«

Seine Frage schien Morna zu verblüffen, denn sie saßen eine ganze Weile schweigend nebeneinander, während er ihr beim Grübeln zusah. Als sie schließlich zu ihm aufblickte, stand ihr der Zorn ins Gesicht geschrieben. Er ahnte ihre Antwort, bevor sie überhaupt etwas gesagt hatte.

»Das ist Griers Werk, ganz klar. Grier ist diejenige, die sie dir gezeigt hat. Schließlich bist du es, der Grier am Feuer gesehen hat. Ich verstehe es jetzt – es ist dein Leben, das sie durcheinanderbringen will. Ich habe dir neulich gesagt, dass du sie nicht herausfordern sollst. Wenn ich wetten müsste, würde ich sagen, dass du diesem Mädchen bald über den Weg laufen wirst.«

Das hoffte er auch. Jeder um ihn herum hatte die Liebe gefunden. Warum sollte nicht auch er an der Reihe sein?

»Meinst du wirklich?«

Morna stand auf und verschränkte die Arme, während sie darauf wartete, dass er es ihr gleichtat. Als er sich zu ihr gesellte, kehrte sie ihm den Rücken zu und ging davon.

»Ja, das wirst du, da bin ich mir sicher. Und Callum, wenn es so weit ist ... traue dem Mädchen keine Sekunde lang.«

KAPITEL 6

Italien

Ich war davon ausgegangen, die Zeit würde wegen meiner Aufregung über die Abreise schleppend vergehen, aber sobald Mark eintraf, ging alles ganz schnell. Er war ein wahrer Experte in der Küche. Schon nach einem Nachmittag mit ihm konnte ich einschätzen, dass alle im Dorf bis zum Ende der Woche in ihn verliebt sein würden. Seine unverzügliche Ankunft und seine Kompetenz in der Küche brachten mich zu dem Schluss, dass ich den Job ohne schlechtes Gewissen aufgeben konnte.

Als ich am Morgen meines Abflugs alles im Auto verstaut hatte, schaute ich ein letztes Mal bei Mr. Abbiati vorbei, bevor ich mich auf den Weg machte. Ich hatte erwartet, dass er traurig sein würde, mich gehen zu sehen. Stattdessen konnte er meine Abreise kaum erwarten.

»Geh schon, Sydney. Verschwinde von hier. Du kommst sonst zu spät.«

Es waren noch fünf Stunden bis zu meinem Flug, und ich

hatte nur eine Stunde Fahrt zum Flughafen. Selbst wenn ich noch zwei Stunden länger bleiben würde, bestand keine Gefahr, zu spät zu kommen.

»Nein, das werde ich nicht. Ich bin dem Zeitplan weit voraus und ich bin nie zu spät.«

Er lachte. »Oh, das hast du dir jetzt aber selbst eingebrockt. Jetzt, wo du das Schicksal auf die Probe gestellt hast, kommst du bestimmt zu spät. Los, geh. Verschwinde.«

Ich lächelte und wollte ihn umarmen.

»Was ist los mit dir? Ich dachte, du wärst wenigstens ein bisschen traurig über meine Abreise.« Ich wusste, dass es wahrscheinlich kindisch war, aber ich wollte, dass mich jemand vermisste.

»Sydney. Ich habe Angst, dass du dir die Abreise ausredest, wenn du zu lange zögerst, und das wäre doch schade. Wissen sie, dass du kommst?«

Ich war mir ziemlich sicher, dass ich es mir nicht ausreden würde, aber nach all den Jahren verstand ich, warum er diese Befürchtung hatte.

»In der E-Mail stand, ich solle einfach vorbeikommen, also werde ich das auch tun. Ich bin jetzt ein spontaner Mensch, weißt du?«

Er sah mich stirnrunzelnd an und schob mich durch die Haustür, hinaus auf die Straße, wo mein Auto mit laufendem Motor wartete.

»Du solltest sie anrufen, damit sie wissen, dass du unterwegs bist.«

»Gut, ich rufe sie während meines Zwischenstopps in Paris an.« Ich öffnete die Fahrertür und setzte mich ins Auto. Ich wollte mich von ihm verabschieden, aber er schlug mir mitten im Satz die Tür vor der Nase zu, lächelte und winkte in

Richtung Straße, damit ich mich auf den Weg machte. Ich hatte mich in meinem ganzen Leben noch nie so unerwünscht gefühlt.

Festung Cagair – Gegenwart

»Was machst du schon so früh hier?«

Callum griff nach einem Apfel von der Theke, bevor er sich zu Anne umdrehte, die ihm die Frage gestellt hatte. Sie stand am anderen Ende der Kücheninsel und war mit Mehl bedeckt. Sie sah aus, als würde sie gleich schreien – oder vielleicht weinen, das konnte er bei Anne nie rechtzeitig einschätzen.

»Ich bin nicht zu früh. Es ist fast Nacht. Wir sind alle zurückgekommen. Ich habe nur keine Frau oder Kinder, die meine Aufmerksamkeit fordern, also kann ich mich schneller als die anderen fürs Abendessen fertig machen. Brauchst du Hilfe?«

Er wusste nicht, wie er ihr helfen konnte, aber selbst er war in Sachen Haushalt vermutlich geschickter als Anne. Er bewunderte jedoch ihre Entschlossenheit. Egal wie schlecht ihr Essen am Vorabend gewesen war, sie versuchte es am nächsten Abend wieder. Er befürchtete, dass ihre Kleidung immer lockerer an ihren Körpern herunterhängen würde.

»Na ja …« Gerade als sie ihm antworten wollte, klingelte das Telefon auf der gegenüberliegenden Seite der Küche.

Callum kannte sich nur vage mit diesen Apparaturen aus, und ihr Geräusch ließ ihn jedes Mal zusammenzucken. In all den Monaten, in denen er hier gewesen war, hatte er dieses Telefon nicht ein einziges Mal klingeln hören.

Anne streifte sich die Hände ab, um das Mehl zu entfernen, und ging zu dem schrillenden Ding hinüber.

»Das ist ja seltsam. Ich wusste gar nicht, dass dieses Telefon funktioniert. Gib mir nur eine Sekunde.«

Er nickte und zog eine der Bänke heran, um sich zu setzen und das Gespräch leise mitzuhören.

»Hallo, hier ist Anne?«

Es folgte ein kurzer Moment der Stille, als er sie dabei beobachtete, wie sie der Person am anderen Ende zuhörte.

»Sie tun was? Sie sind auf dem Weg hierher? Job? Ma'am, ich habe keine Ahnung, wovon Sie reden. Wer ist da überhaupt?«

Ein weiterer Moment des Schweigens. Als Morna durch den Türrahmen links von Callum in die Küche kam, hob er einen Finger, um sie zum Schweigen zu bringen und zog den Hocker neben sich heraus.

»Mit wem spricht sie?«

Er zuckte mit den Schultern und beobachtete Anne weiterhin genau. Sie sah so aufgewühlt aus, und ihre Augen wurden mit jeder Sekunde größer.

»Ich weiß es nicht.«

»Oh.« Anne flüsterte die Antwort beinahe und wirbelte herum, wobei sie sich mit dem Kabel des Telefoniergeräts einwickelte, während sie den beiden einen verwirrten Blick zuwarf. »Ja, das ist tatsächlich meine E-Mail-Adresse. Aber ich habe Ihnen nicht … wissen Sie was, vergessen Sie es. Sie sind ja schon auf dem Weg hierher. Es tut mir leid, dass Sie mit so vielen Verspätungen zu kämpfen haben. Wie lautet Ihre nächste Flugnummer? Machen Sie sich keine Sorgen um einen Mietwagen. Wir sind ziemlich schwer zu finden. Ich werde

Ihren Flug auf meinem Handy mitverfolgen und dafür sorgen, dass Sie morgen früh jemand abholt.«

Callum und Morna starrten sie weiterhin neugierig an, als Anne einen kurzen Moment aufhörte zu sprechen. Sie setzten sich aufmerksam auf, als sie wieder das Wort ergriff.

»Aha, okay, danke für den Anruf. Wir sehen uns morgen. Gute Reise.«

Als Anne den Hörer auflegte, zeigte sie direkt in Mornas Richtung.

»Du hast das getan, nicht wahr?«

Callum stand auf und ging hinüber, um sich neben Anne zu stellen und Mornas Reaktion ganz genau zu beobachten. An ihrem irritierten Blick konnte er jedoch erkennen, dass sie nichts mit dieser Sache zu tun hatte.

»Was glaubst du denn, was ich getan habe, Liebes?«

»Morna, komm schon. Willst du wirklich so tun, als hättest du das nicht eingefädelt? Das war eine Frau, die behauptet, erst vor ein paar Tagen eine E-Mail von mir erhalten zu haben, in der es um eine offene Stelle als Köchin hier auf der Burg geht. Gillian und ich haben die Stelle vor sieben Monaten zur Bewerbung ausgeschrieben. Nach ein paar Wochen hat sich eine hervorragende Kandidatin beworben. Ich habe zwar eine E-Mail verfasst, in der ich das Mädchen zu einem Probetag eingeladen habe, aber ich habe die Mail nie abgeschickt, weil ich von dem Brand erfahre habe, kurz bevor ich sie abschicken konnte. Sie befindet sich schon seit Monaten in meinem Entwurfsordner. Du musst sie doch abgeschickt haben, oder?«

»Nein, Mädchen, auch wenn deine Kochkünste nicht einmal einer Horde Schweine würdig sind und ich keine Mühen scheue, uns alle jeden Abend vor dem Verhungern zu bewahren, werde ich nichts dergleichen tun.«

Callum hatte sich schon lange nicht mehr so gut amüsiert. Er hoffte nur, dass die Frauen nicht anfangen würden, die Fäuste zu schwingen.

Zum Glück riss Anne sich zusammen und blieb höflich.

»Ich verstehe. Du kannst es leugnen, so viel du willst, aber ich weiß, wie du bist, Morna. Sie ist auf dem Weg hierher, aber sie hat anscheinend ihren ersten Flug verpasst und sitzt über Nacht in Paris fest. Sie wird gleich morgen früh landen. Einer von uns wird sie abholen müssen.«

Morna stand auf und entfernte sich von der Kücheninsel. Callum wusste, dass sie gleich aus dem Raum stürmen würde, aber bevor sie das tat, ging sie zu ihm hinüber und drückte ihm zwei Finger auf die Brust.

»Das war ihr Werk, und genau davor habe ich dich gewarnt. Wage es nicht, sie abzuholen, Callum. Und du überredest diese Wahnsinnige besser, es ebenfalls zu unterlassen. Es ist besser, wenn wir das Mädchen am Flughafen festsitzen lassen, wo sie wahrscheinlich aufgibt und zurück nach Hause fliegt. Vielleicht arbeitet sie sogar mit Grier zusammen.«

Callum wusste, dass es nichts gab, was er sagen konnte, um sie zu beruhigen, aber er versuchte trotzdem sein Bestes.

»Morna, selbst wenn Grier ihre Finger im Spiel hatte, weiß das Mädchen wahrscheinlich nichts davon. Wie oft ahnen die Leute es, wenn sie in die Pläne einer Hexe verstrickt sind? Du verrätst uns doch auch nie von deinen Machenschaften.«

Ihre Finger trafen ihn diesmal fester gegen die Brust, und er musste die Zähne zusammenbeißen, um nicht zusammenzuzucken.

»Wage es nicht, meine Pläne mit denen von Grier zu vergleichen, Callum.«

»Wer ist Grier?« Annes Frage war gut gemeint, aber Callum

hätte alles getan, um sie zu verhindern, wenn er sie hätte kommen sehen.

»Das geht dich einen feuchten Dreck an, Anne.«

Morna drehte sich um und marschierte aus dem Raum, während Callum mit einer weinerlichen Anne zurückblieb.

KAPITEL 7

»Zum Teufel mit dir, Grier. Verdammt sollst du sein, weil du mich in dem Glauben gelassen hast, du wärst tot, und dann deine Kräfte hier benutzt hast, ohne dein Gesicht zu zeigen. Es ist an der Zeit, dass du dich zu erkennen gibst. Was auch immer du mit mir oder meiner Familie vorhast, bring es hinter dich, denn du solltest nicht warten, bis ich meine eigene Magie einsetze. Willst du sehen, wer von uns beiden mächtiger ist? Ich denke nicht, dass du das willst, denn wir beide kennen die Antwort.«

Callum machte noch einen Schritt auf Morna zu, und er zog eine Grimasse, als sie überrascht zusammenzuckte. Er hatte sich nicht an sie herangeschlichen, aber sie war so in ihre Ansprache zum Treppenhaus vertieft, dass es ihm gelungen war, sie zu erschrecken. Hastig entschuldigte er sich.

»Es tut mir leid. Ich dachte, du hättest mich gesehen. Was machst du hier draußen, Morna? Du warst nicht nett zu Anne. Du musst gehen und dich entschuldigen. Normalerweise macht es ihr nichts aus, wenn man sie wegen ihrer Kochkünste neckt, aber du bist sonst immer freundlich zu ihr. Es hat sie

49

überrascht, dass du so grausam warst. Sie hatte nichts mit all dem zu tun. Sie hat es nicht verdient, so behandelt zu werden.«

Sie drehte sich mit zornigem Blick zu ihm um. Er machte sich auf seine eigene Standpauke gefasst.

»Du hast mir nicht zu sagen, dass ich mich entschuldigen soll, Callum. Du bist nicht mein Vater, du bist ein Freund.«

Morna konnte so kratzbürstig sein, wie sie wollte. Er wusste, dass ihr seltsames und ungeduldiges Verhalten in letzter Zeit auf Angst beruhte.

»Nein, Morna. Du hast kein Recht, dich so zu verhalten. Es gibt keinen Grund dafür. Ich weiß nicht, was zwischen dieser Grier und dir vorgefallen ist, aber wir haben keine Beweise dafür, dass sie ihre Finger im Spiel hat. Du bist paranoid. Das kann ich verstehen, aber du musst damit aufhören. Jetzt sofort.«

Er wartete darauf, dass sie noch mehr von ihrer Frustration an ihm ausließ. Stattdessen ließ sie sich auf das Gras fallen und zitterte am ganzen Körper. Er ging zu ihr und nahm sie in seine Arme.

Callum rieb Mornas Hände sanft und drückte so viel Wärme wie möglich in ihre kalten, zitternden Finger. Er hatte die Hexe noch nie in einem solchen Zustand erlebt. Wahrscheinlich konnten die wenigsten von sich behaupten, sie schon einmal so gesehen zu haben.

»Ich hatte noch nie in meinem Leben so viel Angst, Callum. Und ich hatte auch noch nie so wenig Kontrolle. Wenn ihr anderen immer so sehr von Umständen beeinflusst werdet, die ihr nicht kontrollieren könnt, dann tut mir das leid für euch, denn mir gefällt das ganz und gar nicht.«

»Ich weiß, dass ich nicht deine Kräfte habe, aber ich habe keine Spur des Bösen in Griers Nähe wahrgenommen. Ich glaube wirklich, dass du dir umsonst Sorgen machst. Du machst dich deswegen selbst krank. Wir haben alle genug um die Ohren, und wir verlassen uns zu sehr auf dich, als dass du durchdrehen könntest, Morna.«

Er hielt sie in den Armen, als sie weinte. Das hatte er in letzter Zeit oft getan – mit Jane, mit Anne, mit dem kleinen Baby und jetzt auch mit Morna. Er war in der schroffen Gesellschaft seines Vaters und seiner Brüder aufgewachsen. Die Erkenntnis, dass er gut darin war, Frauen zu trösten, überraschte ihn sehr.

»Aye, ich weiß es. Angst bringt uns alle dazu, törichte Dinge zu tun, nehme ich an. Ich werde mich sofort bei Anne entschuldigen. Du hast nicht auf mich gehört, oder? Was das Mädchen angeht? Jemand wird sie abholen.«

Keiner von ihnen war bereit gewesen, das arme Mädchen am Flughafen warten zu lassen, nur weil Morna Angst hatte.

»Aye, Morna. Sie wird zur Festung kommen. Allerdings weiß ich nicht, wo wir sie unterbringen sollen.«

»Gut. Hilf mir hoch. Bitte denk an meine Warnung. Sei vorsichtig mit dieser Maid, Callum. Wir wissen nicht genug über sie, und ich für meinen Teil werde ihr nicht trauen, bis wir sie kennen.«

Er hoffte, dass Mornas Ängste bald nachlassen würden. Alle waren es gewohnt, dass sie bodenständig, offen und liebevoll zu allen war. Misstrauen passte nicht zu ihr.

»Gut. Ich werde ihr gegenüber misstrauisch sein, bis wir sie alle besser kennen. Aber wir sollten ihr eine Chance geben, nicht wahr?«

Sie beantwortete seinen Appell mit einem finsteren Blick, und er lachte, als er es wagte, eine weitere Frage zu stellen.

»Ich will dich nicht mit Grier vergleichen, aber warum bist

du der Meinung, dass dein Eingreifen in die Angelegenheiten anderer sich so sehr von Griers Vorgehen unterscheidet?«

Morna löste sich von ihm, stemmte sich auf die Knie und rappelte sich vom Boden auf. Er blieb sitzen und starrte zu ihr hoch.

»Ich mische mich um der Liebe willen ein, Callum. Grier mischt sich zu ihrem eigenen Vergnügen ein. Ich fürchte, du wirst den Unterschied noch früh genug aus erster Hand erfahren.«

KAPITEL 8

Callum lehnte sich direkt gegenüber von Morna an dem langen Holztisch zurück, um den sich der Rest der vorübergehenden Bewohner der Burg versammelt hatte. Morna plauderte selten so offen am Tisch. Niemand würde die Hexe als still bezeichnen, aber Callum wusste, dass sie gerne anderen zuhörte – vor allem ihrer Familie.

Jeden Abend, wenn sie sich zu einem weiteren von Annes gut gemeinten, aber grässlichen Mahlzeiten versammelten, lauschte Morna genüsslich jeder neuen Geschichte, die die Kinder von ihren fantasievollen Abenteuern des Tages zu erzählen hatten. Sie freute sich über jedes Wort, das bezüglich des Baufortschritts an der Festung fiel. Aber dieser Abend war anders. Anstatt sich einzubringen, wenn es das Gespräch erforderte, führte seine Freundin die Unterhaltung ziellos an und ging von einem Thema zum anderen über, als könne sie sich nicht auf eine Sache festlegen.

Er konnte es keinen Moment länger aushalten. Es war an der Zeit, das zu tun, was er ihr vorhin versprochen hatte – es war an der Zeit, dass alle von der neuen Bewohnerin der Burg erfuhren.

»Anne.« Er stand auf und zog damit die Aufmerksamkeit aller am Tisch auf sich. »Kann ich dich einen Moment sprechen?«

Callum ignorierte alle verwirrten Blicke und ging in die Küche, um dort auf Anne zu warten. Er würde zu seinem Wort stehen, aber zuerst musste er es Anne begreiflich machen.

»Was sollte das denn?«

Er lehnte sich an die Tür und drehte sich zu Anne um, als sie auf halbem Weg der Treppe stehen blieb, die in die Küche führte.

»Hat Morna sich bei dir entschuldigt?«

»Ja, das hat sie. Ich habe die Entschuldigung angenommen. Was ist denn los?«

»Ich bin schon den ganzen Tag hin- und hergerissen zwischen euch beiden. Ihr seid beide so stur, dass keine von euch das unter sich ausmachen will. Ihr seid schon zwei seltsame Persönlichkeiten. Ich sollte mich da gar nicht erst einmischen.«

Anne wirbelte eine ihrer Hände dramatisch in der Luft herum, damit er seine Ansprache beschleunigte.

»Ja, ja. Wir gehen dir auf die Nerven. Ich weiß. Aber jetzt beeil dich.«

»Ich weiß, ich habe dir gesagt, dass ich dein Geheimnis bewahren würde, wenn du es für das Beste hältst, alle mit der Ankunft des Mädchens zu überraschen, aber Morna hat mich eines Besseren belehrt. Alle müssen es wissen, bevor sie morgen abgeholt wird.«

Er konnte sehen, wie Annes Gesicht vor Wut errötete, und er machte sich auf ihren Ausbruch gefasst.

»Ist das der Grund, warum Jerry nicht zum Abendessen gekommen ist? Will sie nicht, dass er etwas von dieser Grier erfährt? Morna hat mit der Sache nichts zu tun. Ich stelle jemanden ein, der hier arbeiten soll. Das ist meine Aufgabe. Zumindest wird das so sein, wenn die Arbeit auf der Burg beendet ist und alle nach Hause gegangen sind. Das ist meine Sache – nicht ihre. Ich sehe keinen Grund, warum Morna ein Mitspracherecht dabei haben sollte, wie ich das Ganze handhabe. Ich weiß nicht, wie oder warum die E-Mail verschickt wurde, aber ich bin froh, dass es passiert ist. Ich habe es so satt, für euch zu kochen, dass ich jeden einstellen würde, der den Job haben will.«

Er ließ sie ausreden. Natürlich konnte er ihre Frustration nachvollziehen, aber das würde nichts ändern.

»Ja, in vielem hast du recht, Anne. Es ist deine Aufgabe und ich glaube nicht, dass irgendjemand etwas dagegen hat, das Mädchen hier zu haben, aber du weißt, dass das hier keine normale Situation ist. Es gibt Dinge zu entscheiden. Dinge, die mit allen besprochen werden müssen.«

»Zum Beispiel?«

»Wir müssen entscheiden, ob wir ihr von der Magie erzählen wollen. Meinst du nicht, dass es schwierig ist, das vor jemandem zu verbergen, der nicht nur in der Burg arbeitet, sondern auch hier lebt? Der einzige Grund, warum dieses Arrangement während des Wiederaufbaus der Burg so gut funktioniert hat, ist, dass jeder hier die Wahrheit kennt. Fühlen wir uns wirklich wohl dabei, wenn wir jemand anderen in all das einweihen? Ein solches Wissen würde das Leben des Mädchens für immer verändern.«

Er konnte an Annes langem Atemzug ausmachen, dass sie den Sinn dieser Diskussion verstand. Die Entscheidung sollte nicht leichtfertig getroffen werden. Wie auch immer das Ergebnis ausfallen würde, es würde alle auf der Burg betreffen.

»Okay, gut. Das verstehe ich, aber es ist nicht Mornas Problem mit dem Mädchen, oder? Morna hat noch nie ein Problem damit gehabt, jemanden in die Magie einzuweihen. Jedes Mal, wenn wir ihr den Rücken zukehren und kurz mal nicht hinsehen, schickt sie ein weiteres Mädchen durch die Zeit, um von einem von euch Unruhestiftern umworben zu werden.«

Er versuchte, sich nicht über Annes Beschreibung von ihm und den anderen Männern seiner Zeit lustig zu machen. Er hatte sich immer als einen sanften Mann betrachtet. Er nahm an, dass das auch auf die meisten von ihnen zutraf.

»Du hast recht. Es ist nicht die Magie, über die Morna Sorgen sich macht. Sie glaubt, dass das Mädchen bereits davon weiß, denn Morna hatte nichts damit zu tun, dass du diese E-Mail abgeschickt hast. Ich weiß, dass sie vorher nicht gut auf dich reagiert hat, aber jetzt ist sie bereit, euch allen von Grier und ihrem Verdacht zu erzählen, und ja, das ist der Grund, warum Jerry nicht anwesend ist. Trotzdem muss das Mädchen mit allen besprochen werden, ob du es willst oder nicht.«

Er konnte die Entgeisterung in Annes Augen sehen und wartete nicht auf ihre Antwort, als er auf dem Weg zurück in den Speisesaal an ihr vorbei ins Treppenhaus ging.

»Komm, Anne. Lass uns das nicht länger aufschieben.«

Als Callum und Anne zurückkamen, waren alle Kinder bis auf die Babys vom Tisch verschwunden. Callum wusste nicht genau, was Morna sagen würde, aber das Letzte, was sie tun wollte, war, sie zu erschrecken. Er vermutete, dass sie die

Kinder weggeschickt hatte, um sie vor ihren Worten abzuschirmen.

»Also gut, Callum. Jetzt, wo du Anne gesagt hast, dass sie sie morgen nicht alle überraschen wird, bin ich bereit, mit den anderen zu sprechen.«

Jane erhob das Wort, während die kleine Nora in ihren Armen quiekte. »Bitte tu das. Ich glaube, ihr drei habt es geschafft, die Nerven aller zu strapazieren. Warum hast du Cooper und die anderen Kleinen weggeschickt?«

Callum ging um den Tisch herum und bot ihr an, das Kind für sie zu halten, damit sie besser zuhören konnte. Sie reichte ihm das Baby, sobald er sich näherte. Er lächelte, da das Baby sich sofort beruhigte, als er es in seine Arme nahm. Ob es am Feuer oder an den täglichen Heilungssitzungen mit Morna lag, wusste er nicht, aber er und das Baby hatten eine besondere Verbindung miteinander. Es erwärmte Callums Herz, zu wissen, dass sie ihn irgendwann mal ihren Onkel nennen würde.

Morna warf ihm einen kurzen fragenden Blick zu. Als er nickte, um sie zu ermutigen, begann sie zu sprechen.

»Es ist an der Zeit, dass ich euch allen mehr über mich erzähle, als ich es je zuvor getan habe. Doch bevor ich etwas sage, möchte ich eines vorwegnehmen: Stellt mir bitte keine einzige Frage. All das weckt Erinnerungen, mit denen ich mich nicht beschäftigen möchte. Ich werde euch sagen, was ich sagen muss, und das war's dann auch schon. Verstanden?«

Callum sah, wie alle zustimmend nickten, als Morna kurz innehielt.

»Wir alle wissen, dass es auf Cagair Magie gibt – die Magie einer anderen Hexe, von der ich lange dachte, sie sei tot. Das ist sie nicht. Sie war es, die das Feuer in der Burg gelöscht hat, und sie ist es, die es für richtig hielt, jetzt jemand Neues in unsere Mitte zu führen.«

Während Nora in seinen Armen schlief, setzte Callum sich wieder auf seinen Platz und erlaubte Morna, alles, was sie ihm in den letzten Tagen erzählt hatte, an die anderen Bewohner der Burg weiterzugeben. Als sie fertig war, herrschte eine Stille im Raum, die er so nicht erwartet hatte. Er konnte die Anspannung im Raum spüren, die Angst vor einer Frau, die keiner der Anwesenden kannte.

Er verstand, dass Mornas frühere Begegnungen mit Grier sie verängstigt hatten, aber etwas in seinem Inneren sagte ihm, dass seine Freundin in diesem Fall vielleicht ein vorschnelles Urteil gefällt hatte, das nicht unbedingt der Realität entsprach. Er hatte diese Grier mit eigenen Augen gesehen – er hatte ihre Macht erlebt, ihre Gegenwart gespürt. Selbst als er inmitten des aufsteigenden Rauchs gelegen hatte, hatte er nur ihre Liebe zu der brennenden Burg wahrgenommen, als er sie angesehen hatte. In diesem Moment, in dem seine Sicht geschwunden und die Flammen über seiner Burg verschwommen waren, wusste er, dass die Hexe an diesem Tag gekommen war, um sein Zuhause zu retten, weil sie diesen Ort wirklich liebte.

Die Zeit konnte gewisse Erinnerungen verfälschen. Was wäre, wenn die Zeit die Wahrheit über Grier vor Morna verbarg? Was, wenn das, was zwischen ihnen passiert war, Mornas Realität der vergangenen Ereignisse verzerrte? Schließlich war es eine lange Zeit her.

Adwens Stimme riss ihn aus seinen Gedanken.

»Morna, du hast recht. Wenn sie von der Magie weiß, wie du glaubst, dann arbeitet sie mit dieser Grier zusammen, und sie kommt mit Absicht hierher. Wir können nicht zulassen, dass sie hier ist, ohne zu wissen, wie viel sie über die Magie der Burg weiß. Wenn sie morgen früh ankommt, müssen wir sie befragen. Wenn wir alle versammelt sind, wird sie vielleicht genug Angst haben, um uns die Wahrheit zu sagen. Wenn sie das nicht tut, können wir sie von Morna verzaubern lassen, damit sie keine Wahl hat.«

Callum stand auf und wandte sich zu seiner Rechten, wo Blaire bereits ihre Hände nach ihm ausstreckte, um das Baby entgegenzunehmen. Als seine Hände frei waren, schlug er mit den Fäusten auf den Tisch. Adwen war immer voreilig mit seinen Entscheidungen, aber wie konnte er es für gut befinden, die Maid zu überrumpeln und sie zu Tode zu erschrecken, wenn ihre Unschuld viel wahrscheinlicher war als ihre Schuld?

»Du bist ein Narr, wenn du glaubst, dass ich das zulassen werde.« Callum wandte seinen wütenden Blick von seinem Bruder ab und sprach zu Morna. »Es tut mir leid, Morna, aber dein Verdacht reicht nicht aus, um dieses Mädchen anders zu behandeln, als wir es bei jedem anderen tun würden.«

Oricks tiefe und dröhnende Stimme meldete sich von der anderen Seite des Raumes zu Wort.

»Callum hat recht. Ich habe nicht dieselben Erfahrungen mit Morna gemacht wie ihr alle, also verzeiht mir, wenn ich euch mit meinen Worten beleidige. Haben wir nicht alle schon gelernt, dass Hexen normalerweise nicht die Hilfe anderer in Anspruch nehmen, wenn sie sich einmischen?«

Callum wollte über den Tisch springen und Orick zum Dank für seine Weisheit umarmen. Das überraschte ihn nicht – Orick war immer der besonnene und beständige Denker, im Gegensatz zu seinem besten Freund Adwen, der wankelmütig und etwas leichtsinnig war.

Morna leistete ihm Beistand, indem sie aufstand und die Aufmerksamkeit aller auf sich zog, bevor auch nur eine weitere

Person im Raum auf Oricks Frage antworten konnte. Sie deutete direkt auf Callum, als sie sprach.

»Callum, du kannst dich jetzt setzen. Ich übernehme wieder einmal die Leitung dieses Gesprächs.«

Sie drehte sich nach rechts und deutete auf Orick.

»Orick, da du nur die eine Hexe kennst«, sie zeigte auf sich selbst, »mich, solltest du deine Meinung über Hexen im Allgemeinen für dich behalten.«

Adwen war der Letzte, auf den sie ihren wütenden Finger richtete.

»Und, Adwen, Callum hat recht. Was hast du dir dabei gedacht, vorzuschlagen, das Mädchen einfach gefangen zu nehmen? Ich mag Angst haben, aber ich habe es für richtig gehalten, dir meine Befürchtungen mitzuteilen, damit wir sie besprechen können. Ich bin weder grausam, noch bin ich eine Verbrecherin. Jane wird dir für diesen Vorschlag später die Hölle heißmachen, da bin ich mir sicher.«

Callum blickte zu Jane und sah, wie sie zustimmend mit dem Kopf nickte. Sie hatte die Arme verschränkt und die Zähne zusammengebissen, doch auch sie wollte ihre Meinung kundtun.

»Oh, du hast ja keine Ahnung.« Jane drehte ihren Kopf, um ihren Mann direkt anzusprechen. »Du kannst manchmal so dumm sein.«

Callum setzte sich auf Mornas Bitte hin und lehnte sich zurück, um schweigend zuzuhören, während er versuchte, sich das Lachen über Adwens verletzten Gesichtsausdruck zu verkneifen.

»Ich fahre fort, wie ich es vorhatte, bevor Adwen mich unterbrochen hat und Callum und Orick es für angebracht hielten, mich als verrückte Verbrecherin hinzustellen. Mein erster Gedanke war, dass wir die Maid nicht vom Flughafen abholen sollten, aber das war ein dummer Gedanke, denn ich bin mir sicher, dass sie so oder so auftauchen wird. Ich hatte Zeit, mich zu beruhigen. Hier ist mein Vorschlag.

»Wir müssen alle zögerlich mit dem Mädchen sein. Wir müssen vorsichtig sein, aber ich werde niemandem erlauben, unfreundlich zu der Maid zu sein. Ich sehe jetzt, dass die Angst vor Grier mich zu einem wahren Monster gemacht hat. Ich lasse sie gewinnen, wenn ich so weitermache. Natürlich werden wir sie nicht sofort festnehmen, wenn sie ankommt, aber wir müssen herausfinden, ob sie von der Magie weiß. Wer wird das Mädchen morgen abholen?«

Callum hob seine Hand. Er und Anne hatten sich bereits auf das Arrangement geeinigt. »Ich.«

Morna nickte und griff in ihre Tasche, bevor sie ein kleines Fläschchen über den Tisch zu ihm rollte.

»Ich hätte es wissen müssen. Natürlich wirst du sie abholen. Du wirst ihr das geben. Es ist mir egal, wie du es in ihre Kehle bekommst, aber du musst mir versprechen, dass du es tust. Mach dir keine Sorgen, es wird dem Mädchen nicht wehtun. Es wird nur dafür sorgen, dass sie uns nicht anlügen kann, solange sie hier ist. Auf diese Weise werden wir sehr schnell herausfinden, ob sie von der Magie weiß.

Wenn ja, werden wir sie fragen, warum Grier sie geschickt hat. Wenn nicht, schlage ich vor, dass wir das Thema für, sagen wir, eine Woche totschweigen, damit wir Zeit haben, um zu sehen, wie sie sich schlägt. Wenn Gillian und Anne, für die die Maid in naher Zukunft arbeiten wird, ihre Arbeit für gut befinden und sie sich gut einfügt, werden wir ihr alles erzählen. Ich glaube nicht, dass jemand hier leben könnte, ohne von der Magie zu erfahren. Es wäre besser, wenn sie alles weiß.

Zumindest, wenn sie langfristig hierbleibt. Sind alle einverstanden, oder muss ich so lange reden, bis ihr alle zur Vernunft kommt und meinem Plan zustimmt?«

Callum drehte das Glasfläschchen zwischen seinen Fingern. Ihm gefiel der Gedanke nicht, die Fremde auf irgendeine Weise auszutricksen, aber er wusste, dass Morna jetzt rationaler dachte als bei ihrem letzten Gespräch. Ihr Plan war vernünftig, und er ging davon aus, dass auch die anderen zustimmen würden.

»Aye, ich werde dem Mädchen das hier geben, bevor ich morgen früh mit ihr hier ankomme. Sind alle anderen damit einverstanden, so zu handeln, wie Morna es vorgeschlagen hat? Wenn ja, können wir das Thema Magie am ersten Abend beim Abendessen mit ihr besprechen.«

Es dauerte nicht lange, bis alle zustimmten, und die Sache war geklärt.

Erst als Callum aufstand, um den Tisch vor allen anderen zu verlassen, sah er Jerry draußen vor dem Speisesaal stehen, außer Sichtweite, aber sicher nicht außer Hörweite. Mornas Mohnblumen hatten nicht so stark gewirkt, wie sie gehofft hatte. Jerry war eindeutig schon länger wach.

Tränen liefen dem alten Mann über das Gesicht und Callum wagte nicht, ihn anzusprechen, aus Angst, seinen Freund in Verlegenheit zu bringen. Welchen Grund Morna auch immer gehabt hatte, Jerry nichts von Grier zu erzählen, er war nun hinfällig.

Jerry wusste jetzt alles. Dessen war Callum sich sicher.

KAPITEL 9

Als ich tatsächlich in Schottland landete, etwa zwölf Stunden später als ursprünglich geplant, war ich erschöpft, frustriert und kurz davor, zusammenzubrechen. Das Einzige, was mich davon abhielt, ein kurzes Nickerchen auf einer Flughafenbank zu machen, war das Wissen, dass ich nicht selbst zur Festung fahren musste.

Während ich also vor der Gepäckausgabe stand und darauf wartete, dass mein Koffer auf dem Gepäckband erschien, tat ich mein Bestes, für die kleinen Glücksmomente dankbar zu sein. Als ich mein Gepäck in den Händen hielt, fühlte ich mich schon viel besser und eilte nach draußen, um nach der Person zu suchen, die hierhergekommen war, um mich abzuholen.

Als ich ihn zum ersten Mal im Abholbereich entdeckte, war ich schockiert von seinem Anblick. Ich wusste nicht, ob es so etwas in Italien nicht gab, oder ob er wirklich so gut aussah, wie er mir erschien – schließlich war es lange her, dass ich mein verschlafenes Dorf verlassen hatte – aber ich fand ihn ungemein attraktiv.

Er war groß, aber nicht übermäßig groß. Er trug einen

dunkelgrünen Pullover, der gerade so eng anlag, dass jeder sehen konnte, dass er kein Gramm Fett am Körper hatte. Seine hellbraune Cordhose war zwar nicht das normalste Kleidungsstück, aber sie stand ihm.

Ich konnte erkennen, dass er keine Ahnung hatte, wie ich aussah, so unbeholfen, wie er sich umsah. Nicht dass er einen Grund dazu gehabt hätte. Außerdem schätzte ich den Moment der Anonymität, der es mir ermöglichte, ihn genau zu mustern.

Sein Haar war dicht und voll, und ich hatte das seltsame Verlangen, mit den Fingern hindurchzufahren. Meine Reaktion auf ihn kam mir lächerlich vor, aber ich stand trotzdem noch etwa eine Minute lang da und starrte ihn an.

Er war einfach nur ein Mann, wahrscheinlich einer mit einer völlig durchschnittlichen, langweiligen Persönlichkeit, aber aus der Ferne schien es meinen weiblichen Körperteilen völlig egal zu sein, wie langweilig er in Wirklichkeit war.

Plötzlich traf mich ein Knopf an der Nase. Ich blickte nach unten und stellte fest, dass der oberste Knopf sich von meiner Bluse verabschiedet hatte und direkt in mein Gesicht befördert worden war, weil ich so bedürftig und zittrig geatmet hatte, als ich ihn dabei beobachtet hatte, wie er mit verschränkten Armen am Auto lehnte. Die Position sorgte dafür, dass sich seine Muskeln durch den Pullover abzeichneten, also konnte man mir meine Reaktion nicht verübeln. Zum Glück war es der oberste Knopf gewesen und nicht der mittlere zwischen meinen Brüsten, sodass nicht allzu viel freilag, da mein Ausschnitt nur um ein winziges Stück erweitert worden war.

Das genügte jedoch, um mich aus meiner pubertären Benommenheit zu schütteln. Ich griff nach meinem Koffer, der neben mir auf dem Boden stand. Erst dann hörte ich das Kichern der Frau mittleren Alters, die neben mir stand.

»O je, mit dem wirst du Ärger haben, das kann ich dir jetzt schon sagen. Ich nehme an, du bist diejenige, auf die er wartet? Am besten schließt du den Mund und blinzelst ein paar Mal, damit du nicht so verdattert aussiehst, bevor du zu ihm rübergehst. Lass nie einen Mann sehen, wie sehr du ihn magst.«

»Richtig.« Ich richtete mich auf und lächelte die Frau dankend an. »Ich kenne ihn gar nicht. Er holt mich nur ab, um mich zu meinem neuen Job zu bringen. Er ist wahrscheinlich furchtbar langweilig.«

Die Fremde schüttelte den Kopf und lachte. »Liebes, das wäre mir völlig egal, selbst wenn er der langweiligste Mann im ganzen Land wäre. Wenn ich fünfzehn Jahre jünger wäre, würde ich mit dir um die Wette laufen.«

Wir lachten zusammen, bevor ich mich von ihr verabschiedete. Ihre Worte hatten mir gutgetan – nach dem kurzen Gespräch mit ihr fühlte ich mich viel weniger seltsam, weil ich mich von seinem Aussehen hatte einlullen lassen.

Ich schnappte mir meine Sachen und ging auf ihn zu, fest entschlossen, mich wie die erwachsene Frau zu verhalten, die ich war.

———

Er bemerkte sie erst, als sie ihn ansprach und ihre grazile Hand in sein Blickfeld glitt, während er gedankenversunken auf seine Füße hinunterstarrte. Als er ihr in die Augen sah, verschluckte er fast seine Zunge. Selbst als Morna ihm gestanden hatte, dass sie Griers Beteiligung an der Ankunft der Frau befürchtete, hatte er nicht in Betracht gezogen, dass es das Mädchen sein könnte, das er vor so vielen Monaten in seinem Schlafgemach gesehen hatte.

»Hallo. Ich bin Sydney.«

Es dauerte einen Moment, aber nach ein paar Sekunden hatte er sich wieder gefangen. Er hoffte nur, dass der Schock nicht zu lange auf seinem Gesicht zu sehen gewesen war. Er nahm ihre Hand. Als er sie spürte, verkrampften sich die Muskeln in seinem Magen. Die verschwommenen Umrisse, die er vor Monaten von ihr gesehen hatte, wurden ihrer Schönheit kaum gerecht.

»Du kannst mich Callum nennen. Willkommen in Schottland.«

»Danke. Soll ich die hinten reinstellen?«

Als sie sich von ihm entfernte, wehte ihr Haar im Wind, und der Duft der Strähnen brachte ihn fast um den Verstand. Schnell stellte er sich vor sie und griff nach ihren Taschen.

»Nein, schöne Maid. Das musst du nicht tun. Ich werde sie hinten verstauen. Steig schon mal ein. Es ist ein ganzes Stück Fahrt zurück zur Festung Cagair.«

Er brauchte einen Moment, um sich zu beruhigen. Er musste Mornas Warnung beherzigen, denn sie hatte ihn förmlich angebettelt. Er hielt das Fläschchen fest umklammert, um sich an das zu erinnern, was er tun musste. Es schien unwahrscheinlich, dass es dieselbe Frau war, die er gesehen hatte, ohne dass Magie im Spiel war. Obwohl sie allem Anschein nach nicht zu den Menschen gehörte, die sich mit Hexen einließen oder gar von ihrer wahren Existenz wussten. Dennoch würde er sein Bestes tun, um die Wahrheit herauszufinden.

Er schloss den Kofferraum, ging zur Fahrerseite und stieg ein. Sofort schien der kleine Raum zwischen ihnen vor Spannung zu vibrieren. Er musste sie durchbrechen, sonst würde er alle Vorsicht über Bord werfen und seine Lippen jetzt auf ihre pressen. Und er bezweifelte, dass das Mädchen dies nur Sekunden nach ihrer ersten Begegnung zu schätzen wissen würde.

Er legte den Gang ein und fuhr vom Flughafen weg, wobei er der seltsamen, beweglichen Karte folgte, die Anne an sein Armaturenbrett geschnallt hatte, damit er sich nicht verfahren würde. Er liebte das Autofahren – es war die erste Fähigkeit, die er während seiner Zeit im einundzwanzigsten Jahrhundert unbedingt hatte lernen wollen.

Als er die richtige Richtung eingeschlagen hatte, erhob er das Wort. »Warst du schon einmal in Schottland? Warum willst du hier arbeiten?«

Ihre Stimme war angenehm – sanft und freundlich – genau wie er sie sich vorgestellt hatte.

»Nein, ich bin das erste Mal hier. Ich brauchte einfach eine Abwechslung. In meinem alten Job gab es keine Zeit zum Leben. Es war immer das gleiche, jeden Tag den ganzen Tag. Das konnte ich einfach nicht mehr ertragen. Dass ich nach so langer Zeit eine Antwort von der Burg erhalten habe, hat mich allerdings überrascht. Ich habe die Bewerbung vor etwa einem halben Jahr abgeschickt.«

»Ja. Ich kann verstehen, dass das überraschend war.«

Sicherlich war diese Reaktion allein schon Beweis genug dafür, dass sie ein unwissendes Spielzeug in Griers Intrigen war, wie der Rest von ihnen. Ihre Überraschung klang für ihn echt.

»Es war aber eine gute Überraschung. Eine Rettung, wenn ich ehrlich bin. Es kam genau zum richtigen Zeitpunkt.«

Er konnte es nicht tun. Er konnte ihr den Trank nicht geben, wie Morna es sich gewünscht hatte. Sydney wusste nichts über Magie. Das wusste er ebenso sicher wie er wusste, dass Morna ihn erwürgen würde, sobald sie von seiner Entscheidung erfuhr. Er fühlte sich zu dem Mädchen hingezogen, und er wollte, dass sie ihm vertraute. Wie sollte sie das tun, wenn er ihr nur wenige Minuten nach ihrem Kennenlernen eine unbekannte Flüssigkeit aufzwang?

»Was die Überraschungen angeht, schöne Maid, so sollte ich dich warnen, was dich erwartet, wenn wir ankommen.«

Er hörte, wie sie sich leicht in ihrem Sitz verlagerte, aber er wagte nicht, einen Blick zu ihr hinüber zu werfen, aus Angst, ihre Schönheit könnte ihn ablenken. Das Letzte, was er wollte, war, die beiden in einen Graben zu befördern.

»Ach ja?«

»Ja. Es gab eine Verwechslung bei der E-Mail. Sie wurde aus Versehen verschickt.«

»Was? Habt ihr schon einen Koch? Das hätte mir wirklich jemand am Telefon sagen sollen, als ich angerufen habe. Dann wäre ich nicht hergekommen.«

Schnell beruhigte er sie und streckte unbedacht seine Hand aus, um die ihre zu drücken. Sie keuchte bei seiner Berührung. Das Geräusch verursacht eine neuartige Anspannung in seinem Magen.

»Nein. Das ist es nicht. Die Eröffnung der Burg hat sich um einige Zeit verzögert. Die Besitzerin hat ihre Familie zu Gast, also haben sie und die Frau, die sich um den Betrieb der Burg kümmert, ihre Suche nach einem Koch eine Zeit lang aufgeschoben. Aber wir brauchen eine Köchin, daran besteht kein Zweifel.«

»Oh, gut. Du hast mich erschreckt. Sonst wäre mir das wirklich peinlich gewesen.«

Er konnte die Erleichterung in ihrer Stimme hören. Wenn er

sich nicht schon dagegen entschieden hätte, ihr den Trank zu geben, dann wäre dies nun definitiv der Fall gewesen.

»Noch etwas … eine alte Frau wohnt im Schloss. Ihr Name ist Morna. Sie ist eine gute Freundin von uns allen, aber sie ist nicht mehr ganz bei Sinnen, wenn du verstehst, was ich meine. Sie redet oft über Dinge, die keinen Sinn ergeben. Wenn sie etwas zu dir sagt oder dir seltsame Fragen stellt, mach dir keine Sorgen. Sei einfach nett und antworte wahrheitsgemäß, denn sie wird sich am nächsten Morgen weder an deine Antworten noch an deine Fragen erinnern.«

Es war eine furchtbare, aber notwendige Lüge.

KAPITEL 10

Sobald ich Callum tatsächlich kennengelernt hatte, war es einfach, in seiner Nähe zu sein. Es war nicht so, als würde ich ihn weniger attraktiv finden, nun, da ich in sein Auto gestiegen war – ganz im Gegenteil -, aber es gab keinen Grund mehr, mich in das gaffende, zittrige Dummchen zu verwandeln, das ich in diesen kurzen Momenten am Flughafen gewesen war. Er war freundlich, klug und hatte eine stille Heiterkeit an sich, die unglaublich charmant war.

Einmal reichte er mir während der Fahrt zur Festung sogar die Hand und drückte sie sanft. Das kam zwar unerwartet, aber ich schätzte seine sanfte, beruhigende Berührung sehr. Als wir auf die schmale Straße zur Burg einbogen, wurde mir bewusst, dass ich mich nicht einmal erinnern konnte, wie die Landschaft um uns herum ausgesehen hatte, weil meine Unterhaltung mit ihm mich so sehr abgelenkt hatte.

Glücklicherweise würde dies mein Zuhause sein, sobald ich den Job offiziell hatte. Ich würde mehr als genug Zeit haben, um alles gründlich zu erkunden.

»Da wären wir, schöne Maid. Das ist die Festung Cagair. Ich

glaube nicht, dass es in ganz Schottland ein schöneres Bauwerk gibt.«

Ich wollte ihm nicht widersprechen. Obwohl ich das Land nicht kannte, konnte ich mir nichts Prachtvolleres vorstellen.

»Sie ist wunderschön.«

»Und du auch.«

Ich wusste, dass ich angesichts seiner Worte errötete – das taten meine Wangen immer, wenn ich verlegen war. Dennoch gelang es mir, sein Kompliment so hinzunehmen, als wäre es eine beiläufige Feststellung gewesen. Ich war mir sicher, dass er es auch so meinte, egal wie charmant er es sagte.

Ich legte den Kopf schief, lächelte und zog eine meiner Schultern in einer schnellen, nervösen Bewegung hoch, während ich meinen Anschnallgurt öffnete.

»Na ja, danke. Das ist sehr nett von dir.«

Er stellte den Motor ab und stieg aus, um mir die Tür zu öffnen, bevor er hinten herumging, um mein Gepäck herauszuholen.

»Geh du schon mal rein. Ich bin mir sicher, dass Anne auf dich wartet. Ich bringe die Sachen auf dein Zimmer.«

Während ich nervös die Treppe zum Haupteingang der Burg hinaufging, fragte ich mich, welche Rolle Callum hier auf der Burg spielte. War Anne seine Frau? Arbeitete er einfach nur hier? Bei unserem Gespräch über meinen alten Job und seinen Warnungen vor der Burg war mir kaum Zeit geblieben, ihn zu fragen.

»Hallo, Sydney. Ich bin froh, dass du gut angekommen bist. Verspätungen sind wirklich nervtötend.«

Ich blickte auf und sah eine Frau in meinem Alter, die mich zum oberen Ende der Treppe winkte. Sie lächelte mich breit an, als ich näher kam.

»Du musst Anne sein. Ich freue mich, dich kennenzulernen. Ja, Verspätungen sind furchtbar. Ich hatte gehofft, mit viel mehr Energie anzukommen, als ich sie jetzt habe.«

Sie schüttelte verständnisvoll den Kopf und legte mir eine Hand auf die Schulter, als sie mich zur Tür begleitete.

»Das kann ich mir vorstellen. Bevor ich dich hineinführe, erzähle ich dir lieber, was hier vor sich geht, denn du wirst gleich von neugierigen Leuten überschwemmt werden. Wie ich Callum kenne, hat er dir bereits gesagt, dass wir dich nicht wirklich erwartet haben, aber ich freue mich sehr, dass du hier bist. Die Burg ist im Moment randvoll. Es sind keine Gäste, sondern enge Freunde und Familie. Sie sind alle mit der Arbeit beschäftigt, aber du wirst sie heute Abend beim Essen kennenlernen. Wir würden uns freuen, wenn du dich zu uns gesellen würdest, damit du alle kennenlernen kannst.«

»Ich bin für alles zu haben, was du von mir verlangst. Du bist die Chefin.« Ich schaute über meine Schulter und sah, wie Callum sich mit meinen Taschen näherte. Ich hoffte, dass ich nicht zu anmaßend gewesen war, weil ich mir keine andere Unterkunft gesucht hatte. Aber der Lage des Schlosses nach zu urteilen, bezweifelte ich, dass ich irgendwo anders unterkommen konnte. »Ich weiß, dass ich noch nicht angestellt bin, aber ich habe meine Sachen mitgebracht. Habt ihr ein Zimmer für mich? Wenn nicht, kann ich mir sicher etwas einfallen lassen. Wie weit ist es bis zur nächsten Stadt?«

»Oh, du bist eingestellt. Alle haben abgenommen, seit ich das Kochen übernommen habe. Dabei hatte so gut wie keiner von uns vor, Gewicht zu verlieren. Callum wird ein Zimmer für dich einrichten und deine Sachen dort abstellen. Dann muss er sich beeilen und sich wieder an die Arbeit machen.«

Callum nickte mir kurz zu und lächelte, bevor er vor uns

durch die Eingangstür ging. Ich wollte ihn fragen, was er zu tun hatte, aber bevor ich ein weiteres Wort sagen konnte, zerrte Anne mich hinein und in die entgegengesetzte Richtung, in die Callum gegangen war. Sie bewegte sich so schnell, dass ich kaum Zeit hatte, das Innere des Geländes zu erkunden, bevor wir am oberen Ende einer Treppe ankamen, die, wie Anne mir sagte, zu der Küche hinunterführte.

»Komm mit runter. Die Küche ist im Keller. Dort war sie ursprünglich auch. Gillian hat wirklich ihr Bestes gegeben, um sie originalgetreu zu restaurieren. Es ist alles modernisiert, aber wir haben die Lage nicht verändert.«

Ich wusste nicht, wer Gillian war, aber ich ging davon aus, dass ich bald Antworten auf all meine Fragen bekommen würde.

Ich folgte ihr die Treppe hinunter und betrat die schönste Küche, die ich je gesehen hatte. Sie war nicht nur modernisiert, sondern auch zu einem erstklassigen Arbeitsbereich gemacht worden, der selbst den anspruchsvollsten Köchen gerecht wurde. Sie stellte die Küche in meinem Restaurant in den Schatten, denn sie verfügte über insgesamt zwölf Gasbrenner, sechs separate Öfen, zwei große Geschirrspüler, zwei Kühlschränke, einen großen Gefrierschrank und eine umfangreiche Auswahl an erstklassigen Kupfertöpfen und -pfannen, die über einer großen Arbeitsfläche in Form einer Kücheninsel hingen. Ich war mir sicher, dass mir vor Erstaunen die Kinnlade herunterhing. Ich stand unbeholfen da und hatte Mühe, eine Antwort zu formulieren, die meinem Erstaunen über diesen Ort entsprach.

»Wow, Anne. Das ist unglaublich.«

Anne lachte und zog einen der Barhocker unter der Kücheninsel hervor.

»Ich bin froh, dass es dir gefällt. Die Küche ist schön, aber ich hasse sie mit jeder Faser meines Seins. Ich bin so froh, dass du hier bist und die Dinge übernimmst. In den letzten sechs Monaten habe ich fast jeden Abend für alle gekocht, und keine einzige Mahlzeit ist gut geworden. Die häufigste Kritik, die ich von meinen Freunden bekomme, ist, dass mein Essen fad schmeckt, verbrannt oder einfach nur schlecht gewürzt ist.«

Ich konnte mir ein kleines Lachen nicht verkneifen, als sie sich dramatisch neben mich plumpsen ließ. Ich konnte mir vorstellen, dass es viel Spaß machen würde, für sie zu arbeiten. Wenigstens hatte sie Sinn für Humor.

»Oh, so schlimm kannst du doch nicht sein.«

Anne stand auf, marschierte zu einem der Kühlschränke und holte etwas heraus, bevor sie es mir vor die Nase stellte.

»Hast du schon gefrühstückt? Ich habe dir einen Teller aufgehoben, damit du siehst, was ich meine. Gib mir eine Minute, um es aufzuwärmen.«

Ich wartete geduldig. Als sie mir schließlich einen Teller mit gewürzten Kartoffeln, Wurstscheiben und etwas, das wie eine Spinat-Käse-Quiche aussah, vorsetzte, vermutete ich, dass sie mit ihren Unzulänglichkeiten maßlos übertrieben hatte. Alles sah so aus, als würde es gut schmecken. Als ich die erste Gabel in den Mund schob, erwartete ich, dass es schlimmstenfalls passabel schmecken würde.

Da lag ich furchtbar falsch.

So etwas Schreckliches hatte ich schon lange nicht mehr gegessen. Ich versuchte, den Bissen höflich zu kauen, aber schon bei der zweiten Bewegung meines Kiefers konnte ich ihn nicht mehr herunterwürgen. Höflich spuckte ich ihn in meine Serviette, stand auf, trug meinen Teller zum Mülleimer und beförderte den Inhalt hinein, bevor ich mich umdrehte, um die niedergeschlagene Anne zu trösten.

»Das ist schon in Ordnung. Du hast nur noch nicht das richtige Händchen dafür. Warum zeige ich dir nicht mal ein paar Grundlagen? Du kannst mir dabei helfen, mich mit der Küche vertraut zu machen.«

Anne lächelte und ging zu einem Haken an der Wand hinüber, um uns beiden eine Schürze zu holen.

»Klingt perfekt. Bring mir bei, wie man ein perfektes Gericht zubereitet. Dann werde ich dir das alles überlassen. Nach dem Abendessen gehört die Küche dann offiziell dir.«

KAPITEL 11

Meine Mutter war eine nervöse Frau. Egal in welcher Situation. Sie war beim wöchentlichen Einkauf genauso nervös wie bei einem Treffen mit der Königin von England. Sie machte sich vor lauter Sorge verrückt, und dabei spielte es keine Rolle, worum es ging. Sie war umwerfend schön und sah in allem wunderbar aus, aber sie musste sich immer mindestens ein halbes Dutzend Mal umziehen, bevor sie überhaupt das Haus verließ.

Ich war das genaue Gegenteil. Nichts konnte mich aus der Ruhe bringen. Ich konnte mich in fast jeder Situation wohlfühlen und mein natürliches Selbstbewusstsein stand so sehr im Widerspruch zu ihrer Persönlichkeit, dass sie immer scherzte, sie hätte wohl das falsche Baby aus dem Krankenhaus mit nach Hause gebracht.

Es war mir egal, was die Leute von mir dachten. Ich wusste, was ich von mir selbst dachte, und das war alles, was mich interessierte. Wenn mich jemand nicht mochte – na ja, dann konnte ich demjenigen auch nicht helfen.

Meine jüngere Schwester war ähnlich besorgt wie meine

Mutter. Ich hatte immer geglaubt, dass diese tiefe Nervosität mich einfach übersprungen hatte, aber heute fühlte ich mich mehr wie die beiden als je zuvor.

Noch nie hatte mich der Gedanke, ein Outfit auszusuchen, so nervös gemacht. Ich stand da, fest in meinen Lieblingsmantel gehüllt, und starrte verschiedene Outfits an. Nicht sechs, nicht sieben, sondern acht verschiedene. Und kein einziges erschien mir gut genug.

Was zog man zu einem Abendessen auf einer Burg an? Ich erwartete nicht, dass es formell sein würde, aber wie leger war zu leger? Ich hatte keinen blassen Schimmer.

Schließlich entschied ich mich für eine Skinny-Jeans, die ich in ein Paar schwarze Stiefel stecken konnte, welche mir fast bis zum Knie reichten. Dazu trug ich einen schicken roten Pullover und das war's.

»Klopf, klopf.«

Ich war gerade dabei, die Klamotten wegzuräumen, die ich so achtlos weggeworfen hatte, als ich aufblickte. Erst jetzt bemerkte ich, dass ich meine Tür versehentlich einen Spalt offen gelassen hatte. Bevor ich antworten konnte, schwang sie langsam auf, und ein kunstvoller verzierter Wagen wurde in den Raum gefahren. Als ich zur Tür ging, sah ich, wer ihn anschob – ein kleiner Junge mit strahlenden Augen, dem freundlichsten Lächeln und den süßesten Sommersprossen überhaupt.

»Na, hallo, kleiner Mann. Du siehst ein bisschen jung aus, um hier zu arbeiten. Ich hoffe, das ist nicht dein Job.«

Ich lächelte ihn an. Der Junge lachte, als er den Wagen zu mir schob und mir eine Tasse Kaffee einschenkte.

»Nein, ich arbeite hier nicht. Ich wohne hier nur mit meiner Familie. Ich wollte dir nur kurz Hallo sagen. Du wirst mich sicher noch oft sehen. Ich laufe hier gerne durch die Gegend. Ich dachte, du bist vielleicht auch müde, weil du so weit gereist bist. Willst du einen Kaffee? Ich bin hier so etwas wie der offizielle Kaffeekocher.«

Ich grinste, nickte ihm zu und setzte mich an einen kleinen Tisch in der Nähe der Stelle, wo er seinen Wagen abgestellt hatte.

»Ja, bitte. Ich bin müde. Ich habe vorhin ein kleines Nickerchen gemacht, aber das hat mir nicht besonders gut getan. Ich bin mir sicher, dass dein Kaffee mir helfen wird. Darf ich dich nach deinem Namen fragen? Ich heiße Sydney.«

Sorgfältig hantierte er mit der Kaffeekanne und dem Schälchen mit der Kaffeesahne und rührte alles um, bevor er zwei Würfel Zucker in die Tasse gab. Er fragte mich nicht, wie ich meinen Kaffee normalerweise trank. An der Präzision, mit der er den Kaffee einschenkte, und an der Vertrautheit seiner Bewegungen konnte ich erkennen, dass er ihn wahrscheinlich für alle gleich zubereitete.

»Oh, das wird auf jeden Fall helfen. Morna hat Kaffeesahne gefunden. Normalerweise nehme ich nur das normale weiße Zeug, aber die hier soll nach Haselnüssen schmecken, glaube ich. Ich hoffe, das ist in Ordnung.«

»Ich bin sicher, dass er perfekt schmecken wird.«

Er streckte mir die Tasse entgegen.

»Oh, ganz vergessen. Ich heiße Cooper.«

»Freut mich, dich kennenzulernen, Cooper. Das ist wirklich sehr nett von dir. Vielen Dank.«

Ich hob das Getränk an meine Lippen und konnte an dem aufgeregten Trippeln seiner Füße erkennen, dass er auf meine Reaktion wartete. Bei so viel Zucker und Sahne hatte ich erwartet, dass er süß sein würde, aber stattdessen überfiel ein bitterer Geschmack meine Zunge. Ich musste schwer schlucken, um ihn nicht direkt wieder auszuspucken. Das war schon das zweite Mal an einem Tag, dass ich von wirklich schrecklichen Lebensmitteln überfallen wurde. Kein Wunder, dass sie so verzweifelt nach einem Koch gesucht hatten.

Ich tat mein Bestes, um meinen Ekel zu verbergen und versuchte zu lächeln, aber meine Lippen zitterten ein wenig, als ich sie öffnete. Ich konnte es selbst nicht fassen, als die ehrlichen Worte aus meinem Mund kamen.

»Das ist der schlechteste Kaffee, den ich je getrunken habe.«

Was war nur los mit mir? Ich wollte die Gefühle des kleinen Jungen nicht verletzen. Das waren ganz und gar nicht die Worte, die ich hatte sagen wollen.

Ich machte mich darauf gefasst, das Kind zu trösten, da es wahrscheinlich gleich anfangen würde zu weinen. Stattdessen runzelte der Junge die Stirn und verschränkte neugierig die Arme.

»Schlecht? Das kann nicht sein. Ich mache wirklich guten Kaffee. Das sagen alle. Es sei denn …« Er hielt inne und zeigte auf das Tablett. »Es war nicht mein Kaffee, sondern die Kaffeesahne. Ich werde das für dich herausfinden. Trink keinen Schluck mehr.«

Es bestand nicht der Hauch einer Chance, dass ich noch einen Schluck nehmen würde. Ich wollte zwar nicht, dass er die Abscheulichkeit seines Gebräus selbst kosten musste, aber ich wusste, dass ich ihn nicht aufhalten konnte.

Er begann damit, ein wenig Kaffee in eine andere Tasse zu gießen, nahm einen Schluck und ließ ihn in seinem Mund zirkulieren. Sein Gesicht verriet nichts.

»Nö. Nicht mein Kaffee.«

Dann griff er nach einem Stück Würfelzucker und steckte

ihn sich in den Mund. Er lächelte, während die Süße sich auflöste.

»Auf jeden Fall nicht der Zucker. Bleibt nur noch eins.«

Er führte die Schale mit der Kaffeesahne an seine Lippen und nahm einen Schluck, der groß genug war, um ein Pferd zu töten. Sofort verzog er das Gesicht, würgte und fiel auf seinen Hintern zurück, als er die Portion ausspuckte und zwischen den angewiderten Lauten ein entsetztes Gesicht machte.

»Ach du meine Güte. Meinst du, die ist verdorben?«

Ich erinnerte mich an eine ungeöffnete Wasserflasche in meiner Tasche und lief hinüber, um sie ihm zu holen, bevor ich ihm antwortete.

»Es schmeckt nicht verdorben. Es schmeckt nur furchtbar. Du solltest deiner Freundin sagen, dass sie ihr Zeug nicht an andere weitergeben soll. Ist alles in Ordnung mit dir?«

Cooper stand auf, schüttelte sich aus und schluckte das Wasser.

»Ja, mir geht's gut. Diesen Streich muss ich Morna aber lassen. Sie muss gewusst haben, dass das nicht gut schmeckt. Es tut mir so leid. Wie wäre es, wenn ich dir nur Zucker in den Kaffee gebe?«

Ich konnte unmöglich noch einen Schluck Kaffee vertragen, aber als der Junge den Namen der Frau erwähnte, klingelte es bei mir.

»Oh, nein danke. Ich brauche keinen mehr. Ich glaube, der Schluck hat mich wieder aufgeweckt. Hast du gerade gesagt, dass Morna dir die Kaffeesahne gegeben hat? Callum hat mich vor ihr gewarnt, glaube ich. Sie ist ein bisschen verrückt, oder?«

Der Junge kicherte und setzte sich auf den Stuhl mir gegenüber.

»Ha. Es würde ihr nicht gefallen, wenn sie wüsste, dass

Callum das gesagt hat. Sie ist auf jeden Fall etwas Besonderes, aber das liegt nicht daran, dass sie verrückt ist. Sondern weil sie eine Hexe ist.«

»Eine Hexe?« Ich verschränkte meine Arme und lehnte mich neugierig in meinem Stuhl zurück. Ich wusste, dass Kinder oft irgendwelche Geschichten erfanden, aber er wirkte nicht so, als wäre er der Typ für solche Märchen. Er sagte es so lässig, dass ich keine Ahnung hatte, wie ich darauf antworten sollte.

»Ja, sie ist auch wirklich gut in dem, was sie tut. Mein Stiefvater wurde beinahe von einem Schwert in zwei Hälften zerteilt und mein Stiefonkel und meine Stieftante haben ihn zu ihr in die Zukunft geschickt, wo sie ihn geheilt hat. Sie hat das aber nicht mit Medizin geschafft. Sondern mit Magie.«

»Er ist in die Zukunft gereist?« Ich schnappte nach Luft und erhob meine Stimme, um nicht verwirrt, sondern interessiert zu klingen. Es war klar, dass er mir eine Art Märchen auftischen wollte, aber mich wunderte, dass er weder eine Einleitung noch einen Mittelteil an der Geschichte gab.

»Ja, aber wir reisen hier ständig in der Zeit zurück und dann wieder vorwärts. Eigentlich lebe ich im Jahr 1649, aber ich wurde 2008 in New York City geboren.«

Ich rechnete das schnell in meinem Kopf nach. Der Junge war sechs oder sieben Jahre alt, hatte jedoch eine Vorstellungskraft, die es mit einem Erwachsenen aufnehmen konnte, da war ich mir sicher.

»Das ist wirklich erstaunlich. Warum wohnst du jetzt auf der Burg?«

»Oh, das ist eine ziemlich lange Geschichte.«

Ich konnte es kaum erwarten, zu hören, was er sich ausgedacht hatte. Ich warf einen kurzen Blick auf meine Uhr, nickte und ließ mich auf eine Geschichte ein.

»Ich habe Zeit. Erzähl mir alles.«

Callum hoffte, dass Sydney inzwischen wieder in der Küche sein würde. Er wollte nicht in sein Schlafgemach gehen, um das Paar Schuhe zu holen, das er dort vergessen hatte. Wenn er das täte, wüsste sie, dass er ihr sein Gemach überlassen hatte, und er wusste, dass sie das nicht wollen würde.

Er hatte kein Problem damit, im Turm zu übernachten. Anne hatte ein bequemes Feldbett in der Nähe der Heizung aufgestellt, und er konnte jederzeit zu Orick hinübergehen, wenn er eine Dusche brauchte.

Er hörte Stimmen, als er sich näherte, und hätte sich fast umgedreht, um später wiederzukommen, aber angesichts der Worte blieb er kurz vor der Tür stehen.

»Lass mich das klarstellen. Fast jeder, der auf der Burg arbeitet, lebt eigentlich in der Vergangenheit, kommt aber jeden Tag hierher in die Gegenwart, nur um am Ende des Tages über eine Treppe in die Vergangenheit zurückzukehren?«

Mit wem sprach Sydney? Wer von ihnen war so dumm, ihr von der Magie zu erzählen? Und warum klang Sydney nicht erschrocken über diese Enthüllung? War es möglich, dass er sich in ihr geirrt hatte und sie es wirklich die ganze Zeit gewusst hatte?

Callum trat einen Schritt näher, um genauer hinzuhören.

»Ja, das ist richtig.«

Coopers Stimme. Der Junge war nicht dabei gewesen, als alle ihre Pläne für Sydney beschlossen, aber seine Mutter hatte Callum selbst erzählt, dass sie mit Cooper darüber gesprochen hatte, dass er über die Magie schweigen sollte. Warum sollte er ihr nicht gehorchen?

»Wow. Und diese Treppe … meinst du, du kannst sie mir vor dem Abendessen noch zeigen?«

Er konnte nicht länger warten. Er musste jetzt eingreifen, bevor Cooper es für nötig hielt, das Mädchen in seine eigene Zeit mitzunehmen. Er betrat den Raum und kündigte seine Anwesenheit mit einem Tadel an, den er an Cooper richtete.

»Junge, hat deine Mutter nicht mit dir darüber gesprochen, wie wir mit unserem Gast umgehen sollten?«

Bevor Cooper antworten konnte, kam Sydney auf ihn zu und legte ihm eine Hand auf die Schulter. Bei ihrer Berührung durchfuhr ihn ein Anflug von Sehnsucht.

»Es ist alles in Ordnung. Er hat mich überhaupt nicht belästigt, das verspreche ich. Jemand sollte dem Kleinen wirklich einen Notizblock und etwas Papier besorgen, denn er könnte ein Schriftsteller werden. Ich habe noch nie ein Kind mit einer so lebhaften Fantasie getroffen.«

Callum seufzte hörbar erleichtert auf, da sie Cooper offensichtlich kein einziges Wort geglaubt hatte.

»Ja, das sollten wir tun.« Callum starrte Cooper an, um ihn davon abzuhalten, noch mehr zu sagen, aber es war zu spät. Der Junge war schon auf den Beinen und bereit, sich zu verteidigen.

»Fantasie? Das war keine Fantasie, Callum, und das weißt du auch. Sag es ihr. Ich will nicht, dass sie denkt, ich hätte sie angelogen.«

Callum löste sich von Sydney und ging vor Cooper in die Hocke. Er flüsterte dem Jungen etwas zu. Dabei hoffte er, dass Sydney weit genug weg stand, um seine Worte nicht zu hören.

»Cooper, was machst du da? Hast du deiner Mutter nicht versprochen, dass du das nicht tun würdest?«

Die Augen des Jungen wurden groß vor Bedauern, als er antwortete.

»Ja, ich habe es ihr versprochen. Das weiß ich. Ich weiß nicht, was mit mir los ist. Jedes Mal, wenn sie mir eine Frage stellt, kann ich nur die absolute Wahrheit sagen. Ich versuche wirklich, es nicht zu tun. Ich überlege, was ich sagen will, aber stattdessen kommt etwas anderes heraus. Glaubst du, dass Sydney eine Hexe ist, Callum?«

Callum warf einen Blick über seine Schulter und sah, dass Sydney sich höflich von ihnen entfernt hatte.

»Sie ist keine Hexe, Cooper. Was machst du überhaupt hier?«

»Es war Mornas Idee. Mom meinte, ich solle mit der Begrüßung bis zum Abendessen warten, aber dann hat Morna vorgeschlagen, dass ich ihr einen Kaffee koche, weil sie vielleicht etwas müde ist. Also habe ich das getan.«

Der Zaubertrank. Er begriff sofort, was los war. Irgendwie hatte Morna gewusst, dass er ihn Sydney nicht verabreicht hatte. Er entdeckte das Tablett mit Coopers Kaffee und sofort fiel ihm die Schale mit der Sahne ins Auge.

»Cooper, du servierst nie Kaffee mit Sahne. Morna hat sie dir gegeben, nicht wahr?«

Der Junge nickte. Seine gerunzelte Stirn verriet Callum, wie verwirrt er war.

»Und du hast diese Sahne probiert?«

»Ja, aber erst, nachdem Sydney sie probiert und mir gesagt hat, dass es der schlechteste Kaffee ist, den sie je getrunken hat. Ich musste sichergehen, dass es nicht mein Kaffee war, der schlecht war, denn wir alle wissen, dass das nicht möglich ist.«

»Aber natürlich nicht. Du bist der Meister des Kaffees, Junge. Mach dir keine Sorgen. Ich bin nicht böse auf dich. Das ist Mornas Schuld, nicht deine. Sie hat die Sahne verzaubert. Deshalb kannst du nicht lügen. Ich nehme an, dass Sydney das auch nicht kann. Hast du sie etwas gefragt, seit sie das getrunken hat?«

Cooper schüttelte den Kopf und beugte sich näher heran, um ihm etwas zuzuflüstern.

»Nein. Sie wollte nicht aufhören, mich auszufragen. Es ist anstrengend, so viel Wahres zu erzählen.«

Callum gluckste und schob den Jungen aus dem Zimmer.

»Ja, geh und ruh' dich ein bisschen aus. Ich werde das alles mit Morna klären. Wir sehen uns beim Abendessen.«

Als Cooper weg war, drehte Callum sich zu Sydney um. Sie sah nicht gerade erfreut über sein Verhalten aus.

»Ich glaube, du hast seine Gefühle verletzt. Du hättest wirklich nicht mit ihm schimpfen müssen, Callum. Ich habe seine Gesellschaft genossen. Er hat nur Geschichten erzählt. So etwas tun Kinder doch, oder etwa nicht?«

»Nicht solche Geschichten. Mach dir keine Sorgen, es geht ihm gut. Er hat dir einen schlechten Kaffee serviert, aye?«

Er beobachtete, wie sie bei der bloßen Erwähnung des Gebräus das Gesicht verzog.

»O mein Gott, das war das Schlimmste, was ich je gekostet habe. Und weißt du was? Das habe ich ihm tatsächlich mitgeteilt. Was ist nur los mit mir? Was ging in diesem Moment in meinem Kopf vor, dass ich dachte, es sei okay, die Bemühungen eines kleinen Jungen so schlecht zu machen?«

»Mit dir ist alles in Ordnung, Sydney. Aber ich fürchte, du wirst heute Abend noch oft überrascht von den Dingen sein, die du sagst.«

Sie kam auf ihn zu, und er wich ihr aus, damit sie an ihm

vorbeigehen konnte. Sie nickte mit dem Kopf in Richtung Tür, damit er ihr folgte, als sie den Raum verließ.

»Ich muss zurück in die Küche. Du kannst gerne mitkommen, wenn du willst. Ich könnte Hilfe gebrauchen, um das Essen nach oben zu tragen. Was hast du damit gemeint? Warum sollte ich von etwas überrascht sein, das aus meinem eigenen Mund kommt?«

Er brauchte es nicht zu erklären. Es würde nicht lange dauern, bis sie genau wusste, was er meinte.

»Wenn das Abendessen beginnt, wirst du es verstehen, und ich entschuldige mich jetzt schon.«

KAPITEL 12

»Bist du zufrieden mit dir selbst, Morna? Bist du glücklich, dass du es geschafft hast, Cooper zu verzaubern?«

Morna wusste bereits, was mit dem Zaubertrank passiert war. Sonst würde sie nicht im Turm auf ihn warten, das wusste Callum. Ihre Augen sahen so schuldbewusst aus, wie er sie noch nie gesehen hatte.

»Nein, ich bin nicht glücklich. Ich bin nicht glücklich über die Verwechslung und ich bin nicht glücklich darüber, dass ich ihr den Trank geben musste. Wenn du getan hättest, was du versprochen hast, wäre das alles nicht passiert. Warum hast du ihn ihr heute Morgen nicht gegeben, Callum?«

Wie hätte sie das wissen können? Er trug das Fläschchen immer noch in seinem Schuh mit sich herum.

»Ich habe es ihr nicht gegeben, weil es keinen Grund dazu gab. Sie wusste nichts von der Magie, bis Cooper es ihr gesagt hat.«

»Und ...« Morna beugte sich vor, als würde sie erwarten, dass er noch mehr zu sagen hatte.

»Und was?«

»War sie überrascht, als er die Magie erwähnt hat?«

»Sie hat ihm nicht geglaubt. Sie dachte, er würde ihr ein Märchen erzählen.«

Morna schnaubte spöttisch und warf ihren Kopf dramatisch zurück.

»Ha. Oder sie hat nur so getan, als würde sie ihm nicht glauben.«

»Morna, Sydney hatte bereits von deinem Zaubertrank getrunken. Da kann sie doch nicht gelogen haben.«

Callum sah, wie sie verlegen auf ihre Füße hinunterblickte, aber sie erholte sich schnell von ihrem Irrtum.

»Na ja, wir werden schon noch früh genug herausfinden, ob sie wirklich nichts von der Magie weiß. Ich werde es erst glauben, wenn ich sie selbst gefragt habe. Es tut mir leid, dass Cooper dem Trank zum Opfer gefallen ist und dass er ihr gegenüber etwas über die Magie geäußert hat, aber ich kann jetzt nichts mehr dagegen tun.«

Callum tat es auch leid. Sydney kannte jetzt die Wahrheit, auch wenn sie sie nicht glaubte. Sie würden es ihr sagen und ihr alles viel früher zeigen müssen, als sie es geplant hatten.

»Morna, wir sollten keine ganze Woche mehr warten. Das Mädchen hat ihren Job gekündigt. Sie hat nicht vor, hier wegzugehen, und egal, was sie bisher geglaubt hat, man hat ihr bereits alles verraten. Es wird nicht lange dauern, bis sie Dinge sieht, die sie misstrauisch machen. Wir müssen es ihr heute Abend sagen.«

Morna nickte und hielt ihm ein weiteres kleines Fläschchen hin. Er protestierte, bevor sie versuchen konnte, sich zu rechtfertigen.

»Nein. Gib mir nicht noch eine von deinen Mixturen. Ich will nichts mit ihnen zu tun haben.«

»Callum, nimm das verdammte Fläschchen. Das Mädchen könnte heute Abend brauchen, was da drin ist.«

Er runzelte die Stirn und setzte sich auf das Feldbett. Als er sich bückte, um seine Arbeitsschuhe auszuziehen, bemerkte er, dass er vergessen hatte, sein anderes Paar Schuhe aus seinem alten Zimmer zu holen. »Das bezweifle ich sehr stark, Morna.«

»Ich habe vor, dem Mädchen beim Abendessen ein paar Fragen zu stellen. Sie wird sie seltsam finden, aber sie wird sie wahrheitsgemäß beantworten. Dann werden wir ihr die Wahrheit sagen. Gemessen an der Vergangenheit weiß ich genau, wie das ablaufen wird. Sie wird uns alle für verrückt erklären, bis sie den Beweis mit ihren eigenen Augen sieht.

Sie muss die Treppe hinuntergebracht werden, Callum. Nur so wird sie es glauben. Du solltest sie mit in die Vergangenheit nehmen, nicht nur wegen deiner Verbindung zur Festung, sondern weil ich weiß, dass du sie magst. Du hast eine Ausstrahlung, die Frauen beruhigt, Callum. Du schaffst es sogar manchmal, mich zu beruhigen. Das ist eine Errungenschaft, mit der sich nicht viele brüsten können. Von dir wird sie es besser aufnehmen als von jedem anderen, da bin ich mir sicher.

»Wenn sie es glaubt und sich dann wünscht, es nie erfahren zu haben, wenn es sie beunruhigt oder ängstigt, dann ist dieses Fläschchen die Lösung für sie. Wenn sie es vor dem Schlafengehen einnimmt, wird sie sich beim Aufwachen nicht mehr an den Zauber erinnern und wir können ihn so lange wie möglich vor ihr verbergen. Vielleicht wird es ihr mit der Zeit leichter fallen, die Magie zu akzeptieren, wenn sie nicht mehr so neu ist und uns besser kennt.«

Morna hielt inne und setzte sich neben ihn.

»Sie ist diejenige, die du gesehen hast, nicht wahr? Die, die du für einen Geist gehalten hast?«

»Ja, das ist sie.«

Morna nickte und drückte ihm langsam das Fläschchen in die Hand.

»Dann musst du wissen, dass Grier sie hierhergeführt hat, egal ob sie von der Hexe weiß oder nicht. Sei einfach vorsichtig, das ist alles. Ich liebe dich, Callum. Du bist für mich wie der Sohn, den ich nie hatte. Sag mir, dass du mit dem Mädchen vorsichtig sein wirst.«

»Das werde ich.«

Anders als bei Cooper und Sydney hatte er keinen Wahrheitstrank zu sich genommen. Die Worte kamen ihm ungehindert über die Lippen. Auch wenn er sie ernst meinen wollte, wusste er, dass er es nicht tat. Das Mädchen brauchte keine Magie, um Macht über ihn auszuüben. Er stand ohnehin schon in ihrem Bann.

»Das Huhn ist fertig. Das Gemüse ist gebraten. Die Weinflaschen sind offen und bereit zum Einschenken. Der Brotkorb ist warm. Der Tisch ist gedeckt. Der Nachtisch wird fertig sein, wenn alle zu Ende gegessen haben.«

Ich stand vor dem glänzenden Herd und betrachtete mein Spiegelbild, um nach verirrten Haarsträhnen oder Essensresten in meinem Gesicht Ausschau zu halten, während ich laut mit mir selbst sprach und meine gedankliche Liste durchging, um sicherzugehen, dass alles für das Abendessen vorbereitet war.

Ich hatte zu viel gekocht, da war ich mir sicher. Selbst wenn die Zahl der Gäste sechzig übersteigen würde, würde es mehr als genug zu essen geben. Aber Callum, Cooper und Anne zufolge – den einzigen Bewohnern der Burg, die ich bisher kennengelernt hatte – waren alle wegen Annes Essen fast verhungert, also wollte ich sichergehen, dass genug Essen da war, damit jeder so viel essen konnte, wie er wollte.

Ich konnte nicht umhin, mich zu fragen, warum niemand anderes den Job des Kochs übernommen hatte, bevor ich angekommen war, wenn sie alle der Meinung waren, dass Annes Essen so ungenießbar war. Andererseits gehörte sie zweifellos zu der Sorte Frau, die niemals aufgab. Wahrscheinlich hatte sie niemand anderem erlaubt, den Job zu übernehmen, selbst wenn er es gewollt hätte. Ich vermutete, dass sie mich nur einstellte, weil ich eine ausgebildete Fachkraft war und nicht einer ihrer Freunde oder Familienangehörigen, der ihr ständig wegen ihrer Kochkünste auf die Nerven ging.

»Es duftet himmlisch hier drin, Mädchen. Ich konnte es bis in mein Zimmer hinein riechen.«

Das Geräusch erschrak mich und ich drehte mich um, um einen alten, gebrechlich aussehenden Mann zu entdecken, der die Treppe herunter und in die Küche kam. Seine Knie knackten bei jedem Schritt, aber das schien ihn nicht im Geringsten zu stören. Er hielt nicht inne und wurde auch nicht langsamer. Seiner Statur nach zu urteilen, war er wohl nie besonders groß gewesen, aber ich konnte sehen, dass es in seinem Leben sicher eine Zeit gegeben hatte, in der er größer gewesen war als jetzt. Die Zeit hat seine Schultern zu einem starken Buckel gekrümmt, und ich fand, dass er viel strenger aussah, als seine Stimme klang.

Als er die letzte Stufe erreicht hatte, lächelte er mich an und kam mit ausgebreiteten Armen auf mich zu, um mich zu umarmen. Ich kam ihm auf halbem Weg entgegen und freute mich über die herzliche Begrüßung. Ich fühlte mich bei ihm sofort heimisch.

»Ich bin Jerry. Du musst Sydney sein, unsere Retterin. Ich kann nicht genug Schlechtes über den Fraß sagen, den wir in letzter Zeit aufgetischt bekommen haben.«

Er ließ mich los und setzte sich auf einen der Hocker an der Kücheninsel. Ich folgte ihm und ließ mich neben ihm nieder.

»Das scheint die allgemeine Einschätzung zu sein. Die arme Anne. Was sie mir heute Morgen gemacht hat, sah wunderschön aus, aber der Schein kann trügen.«

Jerry gluckste und drehte seinen Hocker so, dass er mir zugewandt war.

»Das kann er. Bist du verheiratet, Mädchen? Oder hast du jemanden, den du liebst?«

Ich grinste und zwinkerte ihm zu, um ihn mit meiner Antwort zu necken. »Willst du etwa mit mir ausgehen, Jerry?«

»Ha.« Der alte Mann lachte kurz auf und drückte meine Hand. »Nein, Mädchen. Du bist zu hübsch, um mit jemandem wie mir gesehen zu werden, obwohl ich dich nach dem heutigen Tag gerne gegen meine jetzige Frau eintauschen würde, wenn du nur ein halbes Jahrhundert älter wärst. Ich frage nur, weil ich wissen möchte, ob du weißt, wie es ist, jemanden so sehr zu lieben und gleichzeitig so wütend auf ihn zu sein, dass du ihn einen Monat lang nicht sehen oder sprechen möchtest. Diese zwiespältigen Gefühle bringen mich ganz aus dem Konzept. Weißt du, was ich meine?«

Ich konnte nicht behaupten, dass ich das aus eigener Erfahrung wusste, aber ich verstand, was er meinte.

»Nicht aus eigener Erfahrung, aber ich glaube, das kommt häufig vor, wenn man verheiratet ist. Ich glaube, meine Eltern haben schon einmal etwas Ähnliches gesagt.«

»Dann verstehst du sicher, dass ich so wütend auf sie bin,

dass ich es nicht ertrage, beim Abendessen mit allen so zu tun, als wäre alles in Ordnung, obwohl es das nicht ist.«

Ich stieß mich von der Insel ab und machte mich sofort daran, ihm seinen eigenen, ganz besonderen Teller zuzubereiten.

»Das glaube ich dir. Ich bin der Meinung, dass es am besten ist, in allen Dingen ehrlich zu sein. Wenn du nicht dabei sein willst, brauchst du auch nicht aufzutauchen und so zu tun, als wolltest du es.«

»Ich wusste, dass ich dich mögen würde, Mädchen.« Er streckte die Hand aus und nahm mir den Teller aus der Hand.

»Warte einen Moment. Lass mich dir ein Glas Wein und ein Glas Wasser einschenken. Ich werde hinter dir hergehen, damit du nicht alles mit zwei Händen tragen musst.«

Er nickte und wartete geduldig am Fuß der Treppe auf mich. Erst als wir einen weiteren langen Korridor mit Zimmern auf der gegenüberliegenden Seite der Burg erreichten, ergriff Jerry wieder das Wort.

»Danke für all das.«

Jerry hielt inne und öffnete die Tür neben uns. Er trat ein und stellte seinen Teller ab, bevor er sich umdrehte und die Gläser entgegennahm, die ich ihm hinhielt.

»Sydney, kennst du jemanden, der Grier heißt?«

Ich schüttelte verwirrt den Kopf. »Nein. Wohnt sie hier? Ich habe noch nicht viele Leute auf der Burg kennengelernt. Ich glaube, ich werde sie beim Abendessen kennenlernen.«

Er lächelte und ich glaubte, so etwas wie Erleichterung oder vielleicht auch Bestätigung über sein Gesicht huschen zu sehen. Die Falten auf seiner Stirn glätteten sich ein wenig und sein Lächeln schien ein wenig heller zu werden, als er sich zu mir beugte, um mich auf die Wange zu küssen.

»Nein, sie wohnt nicht hier. Ich musste dich einfach fragen. Meine Frau ist eine Närrin. Man braucht keine Magie, um den Worten eines anderen zu trauen.«

Er wollte die Tür schließen, aber ich hielt ihn auf. Seine Aussage verwirrte mich nur noch mehr.

»Magie? Was meinst du damit?«

»Nichts. Ich will nichts damit zu tun haben, aber Sydney, es tut mir leid, wenn das Abendessen nicht gut für dich verläuft. Angst verwandelt die, die sie zulassen, in Schwachköpfe.«

Er schlug mir die Tür vor der Nase zu, bevor ich mich weiter erkundigen konnte.

Warum schien jede neue Unterhaltung in dieser Burg seltsamer zu sein als die letzte?

KAPITEL 13

Als ich in die Küche zurückkehrte, konnte ich Schritte über mir hören. Pünktlich begannen alle, sich zum Abendessen im Speisesaal einzufinden. Ich wusste nicht so recht, wie ich mit dem Essen vorgehen sollte. Es gab keine Kellner und keine Kellnerinnen, und ich konnte unmöglich das ganze Essen allein hochtragen. Es erschien mir auch ziemlich unhöflich, jemanden zu bitten, mir beim Hochtragen zu helfen.

Zum Glück musste ich nicht lange darüber nachdenken. Gerade als ich mir Ofenhandschuhe überstreifte und zwei der Hühner hochtragen wollte, erschienen Anne, Callum und ein Mann, den ich noch nicht kannte, im Eingangsbereich. Ich hatte Callum vorgeschlagen, mir beim Hochtragen der Speisen zu helfen, aber ich hatte den Eindruck gehabt, er hätte mich nicht gehört, da er nach seinen seltsamen letzten Worten an mich so schnell wieder aus meinem Zimmer verschwunden war. Ich war froh, ihn jetzt hier zu sehen. Offensichtlich hatte er mich vorhin nicht völlig ignoriert.

»Ist alles fertig? Es riecht noch besser, als es aussieht. Das wird eine ziemliche Umstellung für alle sein. Wenn du bereit bist, sind wir hier, um dir zu helfen, alles nach oben zu tragen. Ich habe vorgeschlagen, hier unten einen Aufzug einzubauen, damit wir die Wagen zur Essenszeit leichter hoch- und runtertransportieren können, aber mein Mann und die eigentliche Besitzerin, Gillian, wollten das nicht. Anscheinend ist ein Aufzug zu viel Modernisierung für eine Burg.«

Anne zuckte entschuldigend mit den Schultern und kam schnell zu mir herüber, um sich ein Paar Ofenhandschuhe anzuziehen und sich ebenfalls ein Huhn von der Kücheninsel zu schnappen.

Der Mann, den ich noch nicht kannte, kam als Nächstes her, verzichtete auf einen Händedruck und nickte zur Begrüßung nur mit dem Kopf. Ich wusste sofort, dass er der Mann sein musste, von dem Anne gesprochen hatte, und die Erleichterung über die Tatsache, dass ihr Mann nicht Callum war, überraschte mich sehr.

»Hallo. Ich bin Aiden, Annes Ehemann und derjenige, der dafür verantwortlich ist, dass es keinen Aufzug gibt. Ich bitte um Entschuldigung. Ich würde dir die Hand schütteln, aber du hast sie ein bisschen voll. Wir sind froh, dich hier zu haben. Ich kann dir gar nicht sagen, wie froh.«

Schnell tat er es seiner Frau gleich, schnappte sich ein paar Handschuhe und griff dann nach der großen Pfanne mit gebratenem Gemüse. Ich stellte mein eigenes Huhn wieder auf der Kücheninsel ab, als sie losgingen, und sah mich einen Moment lang um, um herauszufinden, was Callum am besten tragen sollte.

»Was ist noch übrig? Ich habe lange Arme und bin ziemlich gut darin, Dinge zu balancieren. Lass uns versuchen, den Rest auf einmal zu tragen, aye?«

Ich konnte mir nicht vorstellen, dass Callum besonders

anmutig war – er hinkte leicht beim Gehen, auch wenn er es so gut wie möglich zu verbergen versuchte.

Ich wartete einen kurzen Moment, bis Aiden und Anne weit genug weg waren, damit sie meine Frage an Callum nicht hören konnten.

Ich war noch nicht dazu gekommen, über seine seltsamen letzten Worte an mich nachzudenken, und Jerrys Warnung veranlasste mich dazu, der Sache auf den Grund zu gehen. Warum sollte Callum glauben, dass ich beim Abendessen viele Dinge sagen würde, die mich überraschen würden? Welchen Grund sollte ich haben, meine eigenen Worte nicht zu kennen, bevor ich sie sagte? Ich war keine Trinkerin, und ich versuchte tatsächlich, über Dinge nachzudenken, bevor ich sie aussprach.

»Du solltest nichts balancieren müssen. Oben auf dem Tisch stehen schon Wein und Wasser, und wenn du die fünf Brotkörbe aufstapelst und trägst, schaffe ich auch die zwei restlichen Hühner. Meinst du, ich habe zu viel gekocht?«

Er lachte, und mir wurde ganz flau im Magen, als ich das tiefe Grübchen in seiner rechten Wange sah. Ich hatte es vorher nicht gesehen, aber als er breit lächelte, kam es deutlich zum Vorschein. Ich fand es unglaublich sexy.

»Du hast die meisten von uns noch nicht kennengelernt, oder? Sonst würdest du diese Frage nicht stellen. Unsere Männer sind groß, und es gibt ein paar Frauen, die uns fast in den Schatten stellen können, obwohl sie winzig sind.«

»Nein, die einzigen Menschen, die ich kenne, sind du, Anne, Cooper, Jerry und jetzt Aiden.«

Er machte einen Schritt auf die Treppe zu, und ich stellte mich ihm in den Weg, um ihn aufzuhalten.

»Warte. Geh noch nicht nach oben. Was hast du vorhin gemeint?«

Ich konnte in seinen Augen sehen, dass er genau wusste, worauf ich mich bezog. Ich konnte auch an dem leichten Zucken seiner Unterlippe erkennen, dass er lügen würde.

»Ich weiß nicht, was du meinst. Die Leute warten da oben auf uns. Alle sind gespannt auf dich. Wir sollten los. Du kannst dich neben mich setzen, und ich nenne dir alle Namen, sobald das Essen beginnt.«

Ich schüttelte den Kopf und blieb stehen. Wenn er nicht vorhatte, mich so lange mit Wein abzufüllen, bis mein Mundwerk so locker war, dass ich einfach jeden Gedanken ausspuckte, der mir in den Sinn kam, ergaben seine vorherigen Worte keinen Sinn.

»Nein. Du weißt, wovon ich spreche. Du hast auch jetzt fast etwas anderes gesagt. Warum sollte ich von etwas überrascht sein, das aus meinem eigenen Mund kommt? Ich war nur deshalb so dumm, Coopers Gefühle zu verletzen, weil der Kaffee so schlecht war, dass ich vor Schock leichtsinnig geworden bin. Deine Aussage ergibt für mich überhaupt keinen Sinn. Ich habe den ganzen Tag darüber nachgedacht.«

Er wartete einen Moment lang. Ich konnte nicht einschätzen, ob er versuchte, eine glaubwürdige Lüge zu erfinden oder ob er einfach hoffte, dass ich aufgeben und ihn in Ruhe lassen würde. Letzteres würde nie passieren.

»Sydney, ich verspreche dir, dass du nicht willst, dass ich dir zeige, was ich gemeint habe. Lass uns einfach zu den anderen gehen.«

»Mir zeigen? Was soll das denn heißen? Du musst es mir jetzt zeigen, denn ich werde mich nicht bewegen. Ich werde den ganzen Abend hier stehen und das Essen kalt werden lassen, bis alle sich fragen, wo wir sind, wenn du es mir jetzt nicht sagst.«

Er gluckste, verschränkte selbstgefällig die Arme und lehnte sich gegen den Tresen, während er mich mit amüsiertem Blick anstarrte.

»Gut. Was hältst du von der Burg?«

Ich runzelte die Stirn und schüttelte verwirrt den Kopf. Ich verstand nicht, was das mit irgendetwas zu tun haben sollte.

»Was?«

»Beantworte einfach die Frage.«

»Ich finde sie fantastisch. Ich habe die letzten drei Jahre in Italien gelebt. Dort gibt es einige der schönsten Gebäude auf der ganzen Welt, aber ich glaube nicht, dass eines so schön ist wie dieses. Zufrieden?«

»Nein, Mädchen. Ich fange gerade erst an. Als du mich heute Morgen zum ersten Mal gesehen hast … was hast du gedacht?«

Ich hatte mich immer für einen Menschen gehalten, der nachdachte, bevor er sprach, aber die Worte sprudelten nur so aus mir heraus, bevor ich mir eine Lüge ausdenken konnte. Die richtige Antwort wäre gewesen: ›Ich fand dich professionell und freundlich und wusste die Vorwarnungen zu schätzen.‹ All das stimmte zwar, aber das waren nicht meine ersten Gedanken gewesen. Stattdessen platzte ich mit Worten heraus, die so peinlich waren, dass ich befürchtete, mich nie wieder davon erholen zu können.

»Ich dachte nur: *Heilige Scheiße, ich wünschte, dieser Mann würde mich auf dem Rücksitz des Autos flachlegen.* Ich konnte kaum atmen, als ich dich zum ersten Mal gesehen habe.«

Als ich aufhörte, Worte zu erbrechen, fiel ich fast zurück gegen den Kühlschrank. Ich zitterte vor Schreck, Angst und Scham am ganzen Körper, und er stand einfach nur da und schmunzelte wie eine Grinsekatze.

»Was zum Teufel war das? Wie hast du mich dazu gebracht, das zu sagen?«

Ich lehnte mich mit dem Rücken gegen den Kühlschrank, um mich abzustützen. Ich wäre am liebsten ganz hineingekrochen, wenn ich gekonnt hätte. Callum machte einen langen Schritt auf mich zu und ergriff wieder das Wort.

»Ich habe nichts getan, Mädchen. Du bist diejenige, die die Worte gesagt hat. Du wolltest wissen, was ich meine, und ich zeige es dir. Was ist deine größte Angst?«

Ich wollte etwas Unbedeutendes sagen, wie Spinnen oder Höhenangst. Stattdessen sagte ich: »So zu enden wie meine Großmutter.«

Er machte noch einen Schritt, und ich presste mich gegen die kühle Edelstahloberfläche hinter mir. Es war mir egal, dass der Griff sich in meinen Rücken bohrte. Seine Nähe machte mich nervös. Seine Macht über meine Worte machte mir Angst.

»Bist du böse auf mich, Sydney? Ich tue nur, was du verlangt hast.«

Ich war ihm nicht böse. Ich war nur verwirrt. »Nein.«

»Gut, ich will nicht, dass du wütend auf mich bist.« Er trat noch einen Schritt näher und ließ nur noch wenige Zentimeter zwischen uns übrig. »Wärst du wütend, wenn ich dich küssen würde, schöne Maid?«

Ich flüsterte meine Antwort. Diesmal pochte mein Herz so stark in meiner Brust, dass ich es in meinen Ohren hören konnte, und ich wollte nichts Geringeres als die Wahrheit sagen. Meine Beine waren schwach. Meine Hände zitterten und alles, was ich wollte, war, dass er mich in seine Arme schloss. »Nein.«

Er beugte sich so weit vor, dass sein Mund mein Ohr berührte, als er sprach. Das ließ mich nur noch mehr erschaudern.

»Willst du, dass ich dich küsse?«

Meine Antwort war atemlos und bedürftig. »Ja.«

Ich spürte, wie er an meinem Ohr lächelte, aber anstatt seine Lippen auf meine zu pressen, entfernte er sich von mir und drehte sich um, damit er die Brotkörbe, die auf der Kücheninsel standen, in seine Arme sammeln konnte.

Ich starrte ihm hinterher und meine Wut stieg an.

»Jetzt bin ich wütend. Ich habe immer noch keine Ahnung, wie du das gemacht hast. Ich bin ziemlich verängstigt, und du treibst das alles ans Äußerste und küsst mich dann nicht einmal?«

»Ja, genau so ist es. Ich werde dich jetzt nicht küssen. Aber es freut mich zu wissen, dass du das möchtest. Nimm dein Huhn und folge mir nach oben. Du musst viele Leute kennenlernen und noch so viel mehr erfahren. Aber mach dir keine Sorgen. Nach allem, was ich dich gerade gefragt habe, wird der Rest des Abends sicher nicht mehr so schwer sein.«

Er ging die Treppe hoch und nahm dabei jeweils zwei Stufen auf einmal. Ich wusste, dass er das nur tat, um zu entkommen, bevor ich ihn weiter ausfragen konnte. Ich brauchte drei weitere Minuten, um tief durchzuatmen und meine Beine vom Zittern abzuhalten.

Er wusste wirklich, wie man einen Moment ruinierte. Jetzt wollte ich ihm eher eine reinhauen, als ihn zu küssen. Ich hoffte, dass er mir die Gelegenheit dazu geben würde.

KAPITEL 14

Callums ganzer Körper war angespannt vor Verlangen. Noch nie war es ihm so schwer gefallen, sich von einer Frau zu trennen, aber er wollte Sydney nicht küssen, wenn ihre Entscheidung, ihm ihre Wünsche mitzuteilen, nicht ihre eigene war. Seine Fragen waren schon respektlos genug gewesen. Er wollte ihren verwirrten Zustand nicht noch weiter ausnutzen, indem er sie küsste.

Trotzdem freute es ihn, zu wissen, dass sie sich genauso zu ihm hingezogen fühlte wie er sich zu ihr. Er würde sich bei Morna entschuldigen müssen – er war nicht mehr so wütend auf sie wie vorher. Vielleicht hatte es auch seine Vorteile, Worte zu hören, die ganz sicher die Wahrheit waren.

»Wo ist sie? Braucht sie noch mehr Hilfe?«

Alle saßen schweigend am Tisch und warteten gespannt auf Sydneys Ankunft. Anne stand bereits auf, als sie ihre Frage stellte.

»Nein, Anne. Es geht ihr gut. Sie wird gleich kommen.«

»Callum, warum sind deine Wangen so rot? Ist dir heiß? Ich friere hier drin nämlich.«

Callum zog seinen Stuhl heraus und setzte sich auf seinen üblichen Platz neben Cooper, während er den Platz auf seiner anderen Seite für Sydney frei ließ. Auch er fand die Flure der Burg kühl, aber er wollte Cooper nicht den wahren Grund für seine gerötete Haut verraten.

»Ja, mir ist ziemlich warm. Das ist immer so.«

Anne meldete sich zu Wort und ignorierte ihn, als sie in Richtung Küche ging. »Ich glaube, ich werde ihr trotzdem helfen. Es ist wahrscheinlich zu viel für sie, ohne Begleitung in diese Gruppe zu kommen. Ich werde gleich mit ihr zurück sein. Fangt nicht alle gleichzeitig an, mit ihr zu reden, wenn sie hier oben ankommt.«

»Ah!«, schrie ich, als ich Anne die Stufen hinunter in meine Richtung sausen sah. Ich hatte auf jedem Arm eine Bratpfanne und wusste, dass wir jeden Moment zusammenstoßen würden, wenn sie nicht aufblicken würde. »Anne, bleib stehen!«

Sie hielt sofort inne.

»Oje, das wäre fast eine Katastrophe geworden, nicht wahr? Lass mich einen von denen für dich nehmen. Wenn wir oben sind, werde ich dich allen vorstellen. Wir sind ein ganzer Haufen, also mach dir keine Mühe, dir die Namen der anderen zu merken. Du wirst eine Weile dafür brauchen.«

Ich nickte, gab eine Pfanne mit Huhn an sie weiter und ignorierte ihren Vorschlag völlig. Ich wollte mir jeden Namen und jedes Gesicht merken, und ich war mir sicher, dass ich das konnte. Das war irgendwie mein Ding. Ich bemühte mich immer, mir jeden, dem ich begegnete, genau zu merken.

In dem Moment, als wir eintraten, verstummten alle. Ich zog

die Schultern zurück und ging so selbstbewusst wie möglich hinter Anne her.

»Okay Leute, ich werde es nicht so förmlich machen, da wir unter Freunden sind. Begrüßt bitte alle Sydney. Sie ist die neue Köchin hier, was bedeutet, dass ich mindestens für die nächsten Wochen in den Freizeitmodus wechsle, um zu feiern, dass ich nicht mehr für euch undankbare Trottel kochen muss.

Sydney ist aus Italien zu uns gekommen. Sie hat eine der besten Kochschulen der Welt besucht und die letzten drei Jahre ein sehr beliebtes Restaurant in der Toskana geleitet.«

Anne drehte sich zu mir um und ich wusste, sie erwartete, dass ich etwas sagte.

»Ich wollte euch nur wissen lassen, dass ich mich wirklich sehr freue, hier zu sein. Und obwohl Annes Ansprache sehr schön war, solltet ihr euch nicht von meiner kulinarischen Ausbildung abschrecken lassen. Ich weiß, wie man ausgefallene Gerichte kocht, aber ich bevorzuge einfache und schmackhafte Mahlzeiten. Ich habe die Erfahrung gemacht, dass es den meisten Menschen genauso geht. Ich freue mich darauf, euch alle kennenzulernen.«

Ich lächelte und nickte dem Tisch zu, um das Ende meiner Rede zu signalisieren, und es dauerte nur eine halbe Sekunde, bis Anne wieder das Wort ergriff.

»Großartig. Okay. Ich werde Sydney jetzt allen vorstellen. Ihr bleibt alle sitzen und winkt, wenn ich euren Namen aufrufe, damit sie weiß, wer wer ist. Wir können uns später noch genauer vorstellen. Ich bin am Verhungern.«

Anne holte tief Luft, griff hinter sich nach meiner Hand, zog mich näher heran und begann, den Raum durchzugehen.

»Wir fangen auf der linken Seite an. Der leere Platz dort ist für dich, gefolgt von Callum und Cooper. Die beiden kennst du ja schon. Danach kommen Coopers Mutter Grace, ihr Mann Eoghanan, Coopers Vater Jeffrey und seine Frau Kathleen ...«

Die Namen schienen endlos lange an mir vorbeizuziehen. Obwohl ich mir die meisten gut merken konnte, waren so viele anwesend, dass ich befürchtete, einige von ihnen würden mir wieder entfallen. Ich merkte mir besonders die Frau namens Morna, die am Kopfende gegenüber von mir saß. Sie faszinierte mich mehr als alle anderen am Tisch.

Nach Callums Warnung, dass sie verrückt sei, hatte ich erwartet, dass sie ganz anders aussehen würde. Sie war keine exzentrische, ausgemergelte, alt aussehende Frau, wie ich sie mir vorgestellt hatte, und sie schien nicht im Geringsten verrückt zu sein. Stattdessen hatte ich das Gefühl, dass sie mir mit ihrem klaren Blick in die Seele starrte.

Sie war älter, aber sie sah viel jünger aus als ihr Mann. Die Schönheit ihrer Jugend war nicht verblasst. Graues Haar stand ihr gut, und sie strahlte etwas Ätherisches aus, das mich verstehen ließ, warum Cooper sie als Hexe in seiner Geschichte ausgewählt hatte, obwohl es mich sehr überraschen würde, wenn sie tatsächlich verrückt wäre, wie Callum behauptete.

Sie war so souverän und anmutig, dass es unmöglich schien, sie könnte ein Gedächtnisproblem haben.

Als Anne die scheinbar endlose Vorstellungsrunde abschloss, brach ein kollektives Lachen im Raum aus, als viele von ihnen mir Glück wünschten, mich auch nur an einen einzigen Namen zu erinnern. Eine Frau, die nahe bei mir stand, drückte mir zur Begrüßung die Hand. »Keine Sorge, keiner von uns wird beleidigt sein, wenn du uns mit einem anderen Namen ansprichst.«

Ich blickte zu Blaire hinüber und lächelte bei dem Anblick ihres schwangeren Bauches. Ich erinnerte mich nicht nur wegen ihrer Schwangerschaft an ihren Namen, sondern auch wegen der Ähnlichkeit, die sie mit einem Mädchen namens Bri hatte, sowohl vom Aussehen als auch vom Namen. Ich nahm an, dass sie Zwillinge waren.

»Gut, ich bin froh, dass ihr mir nicht böse sein werdet, aber ich werde mein Bestes tun, um bis zum Ende der Woche herauszufinden, wer wer ist.«

Blaire lächelte. Als sie anfing zu lachen, hob sich ihr schwangerer Bauch mit jedem Glucksen. »Früher konnte ich jeden hier genau beim Namen nennen, aber dieses Baby hat mir wohl das Gehirn vernebelt, denn ich verwechsle ihre Namen jetzt ständig. Ich habe gehört, dass das in der Schwangerschaft ganz normal ist. Setz dich schon mal, damit wir essen können. Dieses Baby macht mich ständig hungrig.«

Mit diesen Worten begannen alle, ihre Teller mit Essen zu füllen, und die lockere Atmosphäre im Raum machte es mir leicht, mich unter ihnen wohlzufühlen. Es gab noch zwei freie Plätze am Tisch – einen neben Callum und einen neben Morna. Ich wollte mich nicht neben einen der beiden setzen. Mornas Blick ließ mich zögern. Es schien, als hätte sie mich nicht mehr aus den Augen gelassen, seit ich den Raum betreten hatte, aber ich kannte die Gefahr, die ich eingehen würde, wenn ich mich neben Callum setzte.

Ich entschied mich für das geringere Übel, ging zu dem leeren Platz neben Callum hinüber, beugte mich vor und tippte Cooper auf die Schulter.

»Hey, willst du dich neben mich setzen? Du bist der Einzige an diesem Tisch, mit dem ich schon öfter zu tun hatte. Dann wäre ich vielleicht weniger nervös.«

Der Junge sprang sofort von seinem Platz auf und zerrte an Callums Stuhl, um ihn zum Aufstehen zu bewegen.

»Du hast die Dame gehört, tausch mit mir.«

Callum warf mir einen Blick über die Schulter zu, zwinkerte und tat dann, was Cooper gesagt hatte. Es amüsierte ihn, dass ich mich nicht neben ihn setzen wollte. Aus irgendeinem Grund machte diese verspielte Seite ihn nur noch attraktiver, was mich wiederum umso mehr ärgerte.

Als Cooper Platz genommen hatte, setzte ich mich zu ihm und wartete, bis die meisten anderen ihren Teller gefüllt hatten, bevor ich mir selbst etwas holte. In dem Moment, in dem ich den ersten Bissen an meine Lippen führte, ertönte Mornas Stimme vom anderen Ende des Tisches.

»Du bist eine gute Köchin, Sydney. Ich glaube, wir sind alle froh, dich hier zu haben. Hast du etwas dagegen, wenn ich dir ein paar Fragen stelle, damit wir dich besser kennenlernen können?«

Nach meiner Erfahrung mit Callum in der Küche hatte ich etwas dagegen, aber ich wollte natürlich behaupten, dass es mir überhaupt nichts ausmachte. Zu meinem Entsetzen schien es keine Rolle zu spielen, was ich wollte. Was ich dachte, kam auch heraus.

»Ja, ich habe tatsächlich etwas dagegen.«

Morna lachte und ihr Grinsen über meine Worte verursachte ein unangenehmes Kribbeln in meinem Magen. Sie sah aus, als hätte sie meine Antwort erwartet – als würde sie sich darüber freuen.

»Ich werde mich kurz fassen. Glaubst du an Magie?«

Ich runzelte die Stirn und schaute mich am Tisch um, in der Erwartung, dass alle Morna mit demselben verwirrten Blick ansehen würden wie ich. Stattdessen starrten alle ausdruckslos in meine Richtung und warteten auf meine Antwort.

»Nein. Ich glaube nicht, dass ich das tue. Warum? Das ist eine sehr seltsame Frage.«

Niemand sonst sagte ein Wort, und ich hatte das Gefühl, dass sie den Befehl hatten, es nicht zu tun. Morna war die Einzige, die sprach.

»Ich nehme an, es ist wirklich etwas seltsam. Nächste Frage: Hast du oder hattest du jemals Kontakt zu einer Hexe namens Grier?«

Es war derselbe Name, den Jerry mir gegenüber erwähnt hatte.

»Nein, das habe ich definitiv nicht. Hast du gerade ›Hexe‹ gesagt?«

»Ja, Mädchen. Ich habe ›Hexe‹ gesagt. Du wirst heute Abend mit dem Wort vertraut werden.«

»Dein Mann hat mich auch nach Grier gefragt. Wohnt sie hier? Ich muss gestehen, dass ich ziemlich verwirrt bin.«

»Mein Mann? Jerry?«

Zum ersten Mal, seit ich den Speisesaal betreten hatte, wirkte Mornas Gesichtsausdruck alles andere als ruhig. Meine Worte überraschten sie.

»Ja. Als ich ihm geholfen habe, einen Teller mit Essen in sein Zimmer zu tragen, hat er mich gefragt, ob ich jemanden namens Grier kenne. Sollte ich?«

»Nein. Das solltest du nicht. Ich bin froh, dass du sie nicht kennst. Zurück zu Jerry – du hast ihm Essen in sein Zimmer getragen? Ich dachte, er käme nicht zum Essen, weil er sich nicht wohlfühlt. Weißt du, warum er nicht hier ist? Hat er es dir gesagt?«

An einem normalen Abend hätte ich ihr gesagt, dass mich das nichts angeht und sie ihn selbst fragen sollte, aber heute Abend platzte ich wie üblich mit der Wahrheit heraus.

»Er ist sauer auf dich, aber er ist nicht ins Detail gegangen. Er hat mich allerdings nach jemandem namens Grier gefragt und mir dann gesagt, dass es ihm leidtut, wenn das Essen nicht gut für mich verläuft.«

Morna wurde blass, aber diese Offenbarung hielt sie nicht davon ab, mich zu befragen.

»Ich habe noch eine letzte Frage an dich. Verzeih mir, dass sie persönlich ist, aber ich muss sicher sein, dass der Zauber funktioniert hat.«

Als sich die verwirrte Furche auf meinem Gesicht vertiefte, meldete sich Callum zu Wort, um sie zu unterbrechen.

»Morna, du brauchst die Maid nicht in Verlegenheit zu bringen. Ich versichere dir, dass ich mich vor wenigen Augenblicken vergewissert habe, dass der Zauber noch wirkt. Das kann ich dir garantieren.«

Ich saß schweigend da und beobachtete die beiden. Mein Verstand hatte Schwierigkeiten, mit all der Merkwürdigkeit fertigzuwerden.

»Du hast mich nicht verzaubert, Morna, also bin ich nicht verpflichtet, dir zu sagen, was ich sie gefragt habe oder was sie geantwortet hat.«

»Dann sagst du es mir eben nicht.«

Ich konnte Mornas Worte schon erahnen, bevor sie sie aussprach.

»Sydney, was hat Callum dich gefragt?«

In einem kurzen Moment der Erkenntnis wurde mir klar, dass Schweigen keine Lüge war. Ich konnte ihre Frage einfach ignorieren. Ich konnte mich weigern, sie zu beantworten, ohne mich noch mehr zu blamieren. Ich konnte mir zwar keinen Reim auf das machen, was mit mir passierte, oder wohin dieses Gespräch führte, aber wenigstens daran konnte ich festhalten.

»Weißt du was, ich will an meinem ersten Tag hier nicht unhöflich sein, aber ich glaube, ich habe für den Moment genug mit dir geredet. Lass uns aufessen. Ich werde keine weiteren Fragen mehr beantworten.«

Vier Plätze weiter meldete sich die Frau, die Anne Jane genannt hatte, zu meiner Verteidigung zu Wort.

»Morna, schau nicht so enttäuscht drein. Es ist ganz schön klug von ihr, dass sie herausgefunden hat, wie sie sich vor deiner Schikane drücken kann. Sie hat doch sicher genug Fragen beantwortet, damit wir alle sicher sein können, dass sie nichts weiß. Wenn Callum sagt, dass er sicher ist, dass der Zauber gewirkt hat, dann glaube ich ihm. Sieh sie dir an. Ich kann mir gar nicht vorstellen, was sie über uns alle denken muss, nachdem wir sie nach Hexen gefragt und über Zaubersprüche gesprochen haben. Das ist sie nicht gewohnt.«

»Was denkst du denn?«

Die Frage kam von Cooper. Als die Aufmerksamkeit wieder einmal auf mich gerichtet war, beschloss ich, diese Frage nicht zu ignorieren.

»Da mir offenbar eine Art Wahrheitsserum verabreicht wurde …« Der bittere Kaffee schoss mir durch den Kopf. Ich hielt inne und blickte auf Cooper hinab.

»Der Kaffee. Es war der Kaffee, stimmt's?«

Er nickte und drückte mir entschuldigend den Arm.

»Ja, aber es tut mir so leid. Ich wusste es nicht. Ich schwöre, ich wusste es nicht. Ich habe auch etwas davon getrunken, weißt du noch? Das war der schlimmste Tag aller Zeiten. Wenn meine kleine Schwester mich bittet, mit ihren Puppen zu spielen, zwinge ich mich entweder, ja zu sagen, oder ich tue so, als wäre ich müde oder so. Heute habe ich ihr gesagt, dass ich lieber zusehen würde, wie mein Dinosaurierspielzeug im Klo runtergespült wird, als mit ihren Puppen zu spielen. Sie hat eine halbe Stunde lang geweint.«

»Stimmt.« Ich wandte meinen Blick von ihm ab und sprach wieder zu der Gruppe. »Wie auch immer … Seit ich unter Drogen stehe – und ich weigere mich, zu sagen, dass ich verhext wurde, denn das gibt es nicht – denke ich, dass es ein großer Fehler war, hierherzukommen, egal wie schön die Burg ist und wie attraktiv die Männer hier sind. Meiner Ansicht nach gibt es hier nur zwei Möglichkeiten. Die erste ist, dass es sich hier um eine Art Einführungsritual handelt, und wenn das der Fall ist, ist das so kindisch, dass ich nicht sicher bin, ob ich in so einer Umgebung arbeiten möchte. Die zweite Möglichkeit ist, dass es irgendwo in der Burg ein Gasleck gibt, das euch alle langsam vergiftet hat, sodass ihr alle euren Verstand verloren habt. So oder so sollte ich meine Sachen packen.«

Als ich zu Ende gesprochen hatte, holte ich tief Luft. Erst als ich die Worte laut gesagt hatte, wurde mir bewusst, wie sehr ich mich jetzt fürchtete. Vorher hatte ich mich noch davon überzeugt, dass ich Callum nur die Wahrheit gesagt hatte, damit er mich vielleicht küsste, aber jetzt? Morna stellte mir absichtlich seltsame Fragen, weil sie glaubte, dass ich sie nicht anlügen konnte. Und das Gesprächsthema als Ganzes war das Seltsamste, was mir je in meinem Leben untergekommen war.

Morna überraschte mich, indem sie sich von ihrem Platz erhob und den weiten Weg um den Tisch herumging, um sich direkt hinter mich zu stellen. Sie lehnte sich zu mir und legte beide Hände auf meine Schultern, während sie mir leise ins Ohr sprach.

»Es tut mir leid, dass ich dir das alles zugemutet habe, aber ich fürchte, es ist wichtiger, dass ich mit meinem Mann spreche, als dass ich dir alles erkläre. Wenn er Grier dir gegenüber erwähnt hat, dann ist etwas passiert, was ich nicht geplant habe. Die anderen werden dir alles erzählen.«

Sie hatte es fast bis zu den Türen geschafft, als Callum aufstand und ihr zurief.

»Bist du jetzt überzeugt, Morna? Können wir das beenden und es ihr sagen, damit sie nicht mehr verängstigt und verwirrt ist? Kannst du mir versprechen, dass du sie genauso behandeln wirst, wie du uns alle behandelst?«

Morna drehte sich um und lächelte sanft in meine Richtung.

»Ja, Callum. Erzähle ihr alles. Ich glaube ihr. Ich mag sie sehr gern. Sie ist genauso temperamentvoll wie die Mädchen, die ich zu euch gebracht habe. Ich wünschte nur, ich wüsste, warum Grier die E-Mail verschickt hat. Die Ungewissheit ist nicht gut für meine Nerven, und jetzt, wo Jerry es weiß, hoffe ich nur, dass sein Herz das aushält.«

»Morna. Warte.« Die zweite Stimme gehörte Cooper. Ich drehte mich um und sah, wie er sich in seinem Stuhl aufrichtete. »Grier hat die E-Mail nicht abgeschickt.«

»Woher willst du das wissen, Junge?«

Ich hatte keine Ahnung, wovon die beiden sprachen, aber ich konnte die Hoffnung in ihren Augen sehen.

»Ich weiß es, weil ich derjenige war, der sie abgeschickt hat.«

»Du hast was?« Die Frage wurde von mindestens drei anderen Stimmen im Raum untermalt.

»Ja, ich habe vor ein paar Wochen an Annes Computer im Büro herumgespielt und es zufällig gesehen. Dann hat mein Magen geknurrt und mir ist in den Sinn gekommen, dass ich keine Lust mehr auf Tiefkühlpizza habe. Ich wollte etwas Richtiges, also wollte ich ausprobieren, ob sie kommen würde.

Und jetzt ist sie da. Das Essen ist doch großartig, also gibt es kein Problem, oder? Ich bin nicht in Schwierigkeiten?«

Morna eilte zu dem Jungen hinüber, nahm ihn in die Arme und küsste sein ganzes Gesicht.

»Cooper, nach allem, was ich dir heute angetan habe, würde ich dich nie ausschimpfen. Ich könnte nicht glücklicher sein, dass du für Sydneys Ankunft verantwortlich bist, nicht Grier.«

Sie stellte Cooper wieder auf die Füße und kam zu mir herüber, um mich fest zu umarmen.

»Es tut mir leid, Mädchen. Das alles. Ich hoffe, du wirst mir mit der Zeit verzeihen und deine Meinung über mich ändern. Willkommen auf der Festung Cagair. Wenn du deinen Verstand und dein Herz öffnest, wirst du hier viele besondere Dinge finden.«

KAPITEL 15

In den kurzen Momenten, nachdem Morna den Speisesaal verlassen hatte, beobachtete Callum Sydney genau. Sie wirkte nicht verängstigt, aber er wusste, dass sie es sein musste.

Der ganze Raum war still, alle warteten darauf, dass sie sprach. Anstatt das Schweigen zu brechen, stand sie schließlich auf und verließ den Raum ohne ein Wort.

Er wartete einen Moment, um ihr Zeit zu geben, etwas Abstand zwischen sie und die anderen zu bringen, bevor er aufstand und ihr folgte.

»Sydney, warte«, rief er ihr hinterher, als sie die Treppe zum zweiten Stock der Burg hinaufeilte und dabei zwei Stufen auf einmal nahm. Da sein Bein immer noch geschwächt war, würde er sie niemals einholen können. Als sie anhielt und sich zu ihm umdrehte, atmete er erleichtert aus, da er es nicht einmal versuchen musste. Er wollte nicht, dass sie ihn humpeln sah oder sich fragte, warum er so lange brauchte, um ihr zu folgen.

»Callum, was ist hier los?«

Sie gingen aufeinander zu, und er antwortete erst, als sie

sich auf halber Höhe der geschwungenen Haupttreppe im Eingangsbereich trafen.

»Ich werde dir alles erzählen, und ich schwöre, dass jedes Wort wahr ist. Das alles tut mir leid. Verzeih uns, wenn du verängstigt oder verwirrt bist. Das ist etwas, was jede Frau an diesem Tisch auf die eine oder andere Weise erlebt hat. Das scheint einfach zum Leben auf dieser Burg dazuzugehören.«

Sie zeigte auf ihn und trat so nah an ihn heran, dass ihre Fingerspitze die Mitte seiner Brust berührte. Ihre Hand zitterte. Am liebsten hätte er sie in die Arme genommen, um sie zu trösten, aber das tat er nicht – dafür war sie jetzt zu aufgebracht.

»Siehst du? All das seltsame Zeug, das ihr alle sagt – was bedeutet das? ›Jede Frau?‹ Jede Frau an diesem Tisch wurde in ihrer ersten Nacht hier unter Drogen gesetzt und manipuliert? Wenn ja, warum zum Teufel sind sie dann geblieben? Ich brauche Antworten, Callum, und zwar viele.«

»Das weiß ich. Schnapp dir deinen Mantel und komm mit. Ich muss dir draußen etwas zeigen.«

Er wartete auf sie und hoffte mit jeder Sekunde, dass sie es gut aufnehmen würde. Es war für alle schwierig, aber er fand, dass die Männer seiner Zeit schneller mit der Realität der Situation fertigwurden. In ihrer Zeit glaubten viele an Magie und manche suchten sie sogar aktiv auf, während die modernen Mädchen, die er kennen und lieben gelernt hatte, Schwierigkeiten mit dieser Enthüllung gehabt hatten. Mit der Zeit hatten sich jedoch alle daran gewöhnt. Sicherlich würde es Sydney genauso ergehen. Er wollte nicht, dass sie das zweite Fläschchen nahm, das er in der Hand hielt, und er wollte nicht, dass sie die Festung wieder verließ.

Er wollte, dass sie blieb und die Wahrheit über all das erfuhr.

Dass sie es akzeptierte und hier arbeitete. Er wollte Zeit haben, um sie besser kennenzulernen.

»Ich bin bereit. Lass uns gehen.«

Als sie in ihrem Mantel zurückkam, ging sie direkt an ihm vorbei, ohne auf seine Anweisungen zu warten, auch wenn sie nicht wusste, wohin sie gingen. Draußen angekommen, stellte sie sich ihm in den Weg.

»Okay. Spuck's aus.«

Er griff nach ihrem Arm und lächelte, als sie ihm erlaubte, ihn zu nehmen. Langsam führte er sie weiter von der Burg weg.

»Ich möchte, dass du die ganze Burg siehst, jeden Winkel, damit du den Unterschied zwischen dieser Zeit und der vergangenen leicht erkennen kannst.«

»Um Himmels willen, kannst du nicht mal mit diesen seltsamen Anspielungen aufhören, wenn sie ohnehin keinen Sinn ergeben?«

»Sydney«, er hielt inne und neigte ihr Kinn zu sich nach oben, sodass sie ihm direkt in die Augen sehen musste, »du wirst es gleich verstehen, aber vorher musst du aufhören, dich darüber zu beschweren. Hör einfach zu.«

Sie schnaubte, löste sich von ihm und verschränkte die Arme, während sie gemeinsam zur Burg hinauf starrten. Der Vollmond leuchtete hell und erhellte die Umrisse der einzelnen Türme und Spitzen.

»Okay, Callum. Ich werde kein Wort mehr sagen, wenn du jetzt anfängst zu reden. Das verspreche ich dir. Was sehen wir uns an?«

Er wusste, dass es ein Wunder wäre, wenn sie wirklich lange genug schweigen würde, damit er ihr sagen konnte, was sie wissen musste. Sie würde ihm kein Wort glauben, bis er sie in seine eigene Zeit mitnahm.

»Ich möchte, dass du dir alles genau ansiehst. Siehst du den Turm da hinten? Er ist komplett und bröckelt nicht. Die Lichter vorne sind elektrisch. Da vorne stehen Autos. Aye?«

Er schmunzelte vor sich hin, als sie nickte. Selbst nachdem er eine Frage gestellt hatte, blieb sie ihrem Versprechen treu.

»Vorhin, als Cooper dir erzählt hat, was du für eine erfundene Geschichte gehalten hast – sein Gerede über Magie, Mornas Hexerei, die Treppe, die in die Vergangenheit führt -, das ist alles wahr. Im Jahr 1650 gehört diese Festung mir. Viele, mit denen du heute zu Abend gegessen hast, wurden in dieser Zeit geboren und leben auch heute noch dort.«

Ihr Gesicht blieb unverändert. Er fand sogar, dass sie gelangweilt aussah.

»Sydney, hast du nicht gehört, was ich gerade gesagt habe?«

»Doch, ich habe es gehört. Ich versuche nur herauszufinden, wie weit und wie lange ich laufen muss, bis ich die nächste Stadt erreiche und euch Verrückten entkommen kann. Ich bin sicher, dass es weit ist, aber ich bin eine gute Läuferin. Selbst wenn es dreißig Meilen entfernt ist, kann ich es eigentlich schaffen.«

Er lachte, wobei er darauf achtete, dass er ihren Arm festhielt, damit sie nicht wirklich versuchte, wegzulaufen.

»Daran habe ich keinen Zweifel. Du bist stramm wie eine Bogensehne, und du hast nicht ein Gramm Fett an dir. Willst du den Beweis sehen, dass ich nicht verrückt bin? Ich nehme dich mit in meine Zeit, wenn du es erlaubst.«

»Ja, bitte, nimm mich mit. Aber wenn wir uns der Treppe nähern und sie sich als eine Art Käfig oder Falle herausstellt, solltest du wissen, dass ich Selbstverteidigungskurse belegt habe. Es spielt keine Rolle, dass du fast dreimal so groß bist wie ich, ich schwöre, dass ich dir in den Arsch treten werde. Kapiert?«

Mit jedem Wort, das sie sagte, gefiel sie ihm noch mehr.

»Aye, schöne Maid. Ich habe es ganz sicher ›kapiert‹. Komm, hier entlang.«

Die Lampen rund um die Burg beleuchteten den Weg. Als sie das obere Ende der Treppe erreichten, war genug Licht vorhanden, um die Stufen zu beleuchten, sodass sie beide die Steinwand am unteren Ende sehen konnten. Er wusste, dass es schwierig sein würde, sie dazu zu bringen, hindurchzugehen.

»Sie ist aus Stein, Callum. Ich werde nicht diese Stufen hinuntergehen, nur um direkt in eine Steinwand zu laufen. Willst du dich nur über mich lustig machen? Willst du testen, wie leichtgläubig ich bin? Das bin ich nämlich nicht. Im Moment halte ich dich nur hin, während ich mir einen Fluchtplan ausdenke.«

»Du bist keine Gefangene. Wenn du gehen willst, steht es dir frei, das zu tun. Ich hoffe nur, dass du es nicht tun wirst.«

Er schätzte ihre Reaktion sorgfältig ab. Er glaubte nicht, dass sie fliehen würde, aber es war schwer zu sagen, da sie immer wieder über ihre Schulter spähte.

»Du musst zuerst gehen. Wenn du bis nach unten gehst und nicht mit der Nase gegen die Wand stößt, werde ich dir folgen.«

Er wusste nicht, ob sie ihm tatsächlich folgen würde, aber er hatte nicht vor, sie gegen ihren Willen die Treppe hinunter zu schleifen. Wenn sie mitkommen wollte, musste sie sich selbst dazu entschließen. Die Entscheidung würde bei ihr liegen.

»Gut. Du wirst sehen, wie ich verschwinde. Wenn du das tust, gehst du die Treppe hinunter und zögerst nicht, direkt durch die Wand hindurchzugehen. Am unteren Ende der Treppe wirst du nicht auf Widerstand stoßen.«

»Gut. Ich bin mir sicher, dass ich das nicht werde.«

Ihre Stimme klang ungläubig, aber er hatte den Eindruck,

dass in ihren Augen mehr Verwunderung als Skepsis zu sehen war. Das ließ die Hoffnung in ihm aufsteigen. Wenn sie erst einmal alles mit eigenen Augen gesehen hatte, würden ihr Widerstand und ihre Angst sicher schwinden.

Callum schenkte Sydney ein kurzes Lächeln und ging dann die Stufen hinunter, wobei er seinen Kopf drehte, um ihr in die Augen zu sehen, als er vor ihr verschwand.

Ihr Schock war offensichtlich. Er wusste mit Sicherheit, dass sie ihm folgen würde.

KAPITEL 16

1650

Ich ließ nur ein paar Sekunden verstreichen, nachdem Callum am Fuß der Treppe verschwunden war, bevor ich ihm die Stufen hinunter folgte. Ich wollte kurz vor der Wand stehen bleiben, um sie langsam zu berühren, aber ich war ihr wohl zu nahe gekommen, denn sie zog mich mit Gewalt hindurch.

Als ich meine Augen an derselben Stelle öffnete, an der ich einen Moment zuvor gestanden hatte, war der erste Unterschied, den ich bemerkte, die Dunkelheit. Mein logischer Verstand verlangte immer noch, dass ich die Wahrheit leugnete, aber im Treppenhaus war es unbestreitbar dunkel. Der Mond schien immer noch, aber es gab keine Spuren von Elektrizität, die meinen Weg hätte beleuchten können.

Ich tastete mich nach oben und sah, wie Callums Hand nach unten griff, um mich aus dem Keller-ähnlichen Eingang zu führen.

»Lass uns zur Vorderseite der Burg gehen.«

Das war das Erste, was ich sehen wollte. Schließlich war das der Grund, warum er mich vor wenigen Augenblicken dazu gebracht hatte, die Fassade zu betrachten. Er wollte, dass ich den Unterschied erkannte.

Nach zehn Metern wusste ich, dass ich die Fassade nicht zu sehen brauchte, um zu wissen, dass das alles irgendwie der Wahrheit entsprach. Trotzdem bewegte ich meine Füße weiter vorwärts. Die Autos waren verschwunden, die Laternenpfähle nicht mehr da und die Stille, die in der Luft lag, war fast unheimlich.

»In Ordnung, Sydney. Dreh dich um.«

Ich tat, was er sagte. Ich genoss das Gefühl, als er seine Arme um meinen Rücken schlang, obwohl ich wusste, dass er das nur tat, um meine Aufmerksamkeit auf die Form der Burg zu lenken.

Und tatsächlich, sie war ganz anders. Der Turm auf der Rückseite war nur zur Hälfte vorhanden.

Ich drehte mich in seinen Armen, und er machte einen halben Schritt von mir weg. Ich war nicht mehr wütend, nicht mehr verängstigt, sondern nur noch unheimlich neugierig und fasziniert.

»In Ordnung. Du hast meine volle Aufmerksamkeit. Wie ist das möglich?«

Er wies mit dem Kopf in Richtung der Türen der Burg, und ich ging neben ihm her, um das Innere zu erkunden.

»Ich kann dir nicht sagen, wie das möglich ist, denn ich weiß es nicht, aber ich sage dir, was ich weiß. Es wird dunkel sein, Sydney. Es gibt nur wenige Fenster, bis wir den Turm erreichen. Ich führe dich direkt dorthin. Darf ich deine Hand nehmen?«

»Ja, bitte. Ich möchte nicht in der Dunkelheit herumstolpern.«

Seine Berührung wärmte mich und ich fühlte mich sicher, als er mich durch die dunklen Gänge der Burg führte.

»Ich möchte mir nicht die Zeit nehmen, eine Fackel anzünden. Wenn wir den Turm erreichen, werden die Mauern, die noch stehen, den Wind abhalten, und der Mond wird hell genug sein, damit wir etwas sehen können.«

Ich versuchte, in der Dunkelheit so viel wie möglich zu erkennen und spähte ab und zu in die Ecken, um Lichtschalter oder Steckdosen ausfindig zu machen, aber soweit ich das beurteilen konnte, gab es keine. Er lief schnell, und ich hatte keine Probleme, mit ihm Schritt zu halten. Als wir den Turm erreichten, dauerte es einen Moment, bis meine Augen sich an die Lichtverhältnisse gewöhnt hatten, die der Mond bot.

»Ich glaube, ich habe noch nie einen so hellen Mond gesehen.«

»Ja, ich stimme dir zu. Ich weiß nicht warum, aber er scheint in dieser Zeit heller zu sein. Komm und setz dich, jetzt, wo du nicht mehr so fluchtbereit bist. Ich bin froh, dass du mich nicht ganz allein auf diese Seite der Zeit hast gehen lassen.«

Während er sprach, hielt er weiterhin meine Hände fest und rieb sie sanft, um mich zu wärmen. Wir waren nicht länger als eine halbe Stunde in dem verfallenen Turm, aber in dieser Zeit erzählte er mir mehr, als ich jemals in so kurzer Zeit erfahren hatte.

Alles über das Feuer, den Unmenschen, der es gelegt hatte, woher er Morna kannte und ihre enge Verbindung zu fast allen, die sich in der Zukunft in der Burg aufhielten. Schließlich erzählte er auch von Grier, der geheimnisvollen Hexe, die ihm vor so vielen Monaten geholfen hatte. Ich stellte nur wenige Fragen, um jedes Wort in mich aufzusaugen, das er mit mir teilen wollte. Als er fertig war, drückte er sanft meine Hände.

»Woran denkst du?«

»An so viele Dinge. Das Feuer tut mir leid – der Schmerz, den es dir zugefügt hat, die Menschen, die dabei ums Leben gekommen sind. Ich kann in deinen Augen sehen, dass es dich immer noch schmerzt, wenn du davon sprichst.«

Angesichts meiner Worte weiteten sich seine Augen. Ich vermutete, dass er von mir eher eine Frage als einen Trost erwartet hatte. Sicher würde ich später noch Fragen haben, aber im Moment war ich zu sehr damit beschäftigt, alles zu verarbeiten, was er gesagt hatte.

»Das stimmt, aber ich hatte Glück. Es schmerzt mich nur, dass ich nicht hier war, um die anderen zu beschützen. Wäre ich hier gewesen, hätte Macaslan seine Wut an mir ausgelassen, nicht an diesen unschuldigen Menschen. Dafür hätte ich gesorgt, auch wenn es mich mein eigenes Leben gekostet hätte.«

Ich rückte dichter an ihn heran, weil ich ihm unbedingt näher sein wollte.

»Wenn du nicht gewesen wärst, wäre Nora auch in dem Feuer umgekommen. Du kannst nicht wissen, ob du Macaslan davon hättest abhalten können, die anderen zu verletzen. An solche Dinge darf man nicht zurückdenken. Du musst einfach nach vorne schauen.«

»Ja, du hast recht.« Er stand auf und hielt meine Hand immer noch. »Es ist Zeit zu gehen. Ich glaube nicht, dass es klug wäre, hier zu bleiben, ohne dass andere dabei sind.«

Er ging langsamer aus der Burg und es schien mir, als könnte er sich nicht entscheiden, ob er wirklich gehen wollte oder nicht. Als er sein Tempo noch mehr verlangsamte und wir uns dem Korridor näherten, der zu den Schlafzimmern führte, meldete ich mich in der Dunkelheit zu Wort.

»Callum, mir war im Turm nicht kalt, falls du dir deswegen

Sorgen gemacht hast. Es macht mir nichts aus, wenn du noch eine Weile bleiben willst. Du scheinst den langen Weg aus der Burg zu nehmen.« Ich lachte neckisch, denn ich wusste genau, wie es aussah, wenn man Zeit schindete. Während des letzten Jahres im Restaurant hatte ich das ständig getan.

Er lachte auch, aber es war anders als mein eigenes. Sein Lachen war tiefer, angestrengter. Als er in der Dunkelheit sprach, zuckte ich zusammen, weil seine Stimme so nah war. Ich hatte nicht gesehen, dass er sich nahe an mich heran gelehnt hatte.

»Es freut mich, dass du mich für so edel hältst, aber ich hatte keine Angst um deine Wärme. Ich wusste, dass ich nicht angemessen gehandelt hätte, wenn ich dir noch einen Moment länger in die Augen hätte sehen müssen.«

Erinnerungen an unseren Moment in der Küche überfluteten meine Gedanken. Ich wollte, dass er mich küsste, und das wusste er auch. Ich verstand seine Zurückhaltung nicht.

»Und was wären das für Handlungen gewesen?«

»Ich kenne dich noch nicht einmal einen Tag, Sydney, aber seit ich dich zum ersten Mal gesehen habe, wollte ich nichts anderes, als dich an mich zu drücken und dich zu küssen, bis du nichts als meine Atemzüge hören kannst. Willst du immer noch, dass ich dich küsse?«

Da Mornas Zaubertrank noch immer seine volle Wirkung entfaltete, rutschte mir die Antwort sofort heraus. In diesem Moment wusste ich jedoch, dass ich auch ohne den Trank genauso antworten würde.

»Ja.«

Er umschloss mein Gesicht mit beiden Händen. Obwohl ich ihn nicht sehen konnte, spürte ich seinen Atem an meinem Hals.

»Ich werde dich küssen, Mädchen, aber nicht heute Nacht, nicht wenn Mornas Trank noch durch deine Adern fließt. Ich möchte dich küssen, wenn du die Macht hast, nein zu sagen, auch wenn du mich küssen willst.«

Er wich nicht zurück, und ich nutzte die Gelegenheit, um mich vorzubeugen und meine Lippen auf seine zu pressen. Der Trank hatte keinen Einfluss auf mein Verhalten. Da ich ihn küssen wollte, ging ich nicht davon aus, dass er etwas dagegen haben würde. Das hatte er auch nicht.

Er zog mich fest an sich und drückte mich mit dem Rücken gegen die nächste Wand, während seine Hände über meinen Körper wanderten. Seine Lippen fühlten sich weich und warm auf meinen an. Er ließ den Kuss einen langen Moment andauern, bevor er sich von mir löste, meine Hand ergriff und mich mit bemerkenswerter Geschwindigkeit zum Haupteingang der Burg zog.

»Das hätte ich nicht erwartet, Mädchen.«

Ich musste rennen, um mit ihm Schritt zu halten, aber das machte mir nichts aus. Rennen war noch nie ein Problem gewesen, aber mit den Endorphinen, die durch mich hindurchströmten, war es ein Kinderspiel.

»Wünschst du dir, ich hätte es nicht getan?«

Er lachte. Als wir draußen waren, drehte er sich zu mir um. Diesmal beugte er sich vor und küsste mich schnell und sanft auf die Lippen, bevor er sich zurückzog und mich im Mondlicht betrachtete.

»Nein, ich bin froh, dass du es getan hast. Das lässt mich allerdings hoffen, dass du das, was ich dir gleich geben werde, nicht annehmen wirst. Ich möchte nicht der Einzige sein, der sich morgen früh an diesen Abend erinnert.«

»Was meinst du?«

Ich beobachtete ihn, als er sich bückte und eine kleine Glasflasche aus seinem Stiefel zog.

»Mach dir keine Sorgen. Ich kann sehen, dass du misstrauisch bist, auch wenn du dein Bestes tust, um es zu verbergen. Das ist kein Wahrheitstrank. Morna hat ihn mir für den Fall gegeben, dass du die Wahrheit nicht mehr wissen willst, nachdem du sie erfahren hast. Wenn du ihn vor dem Schlafengehen trinkst, wirst du dich am nächsten Morgen nicht mehr an diese Nacht erinnern. Du wirst nichts mehr von der Magie wissen, die hier vor sich geht.«

Sicherlich glaubte er nicht, dass ich das alles vergessen wollte, aber ich wusste die Geste trotzdem zu schätzen. Er legte die Entscheidung in meine Hände, und das passierte heutzutage sehr selten.

»Danke.«

Er nickte, drückte sie mir in die Hand und drehte sich um, um zurück zur Treppe zu gehen.

»Lass mich dich zurückführen, schöne Maid. Sag mir nicht, ob du den Trank mitnehmen willst oder nicht. Du solltest allein darüber nachdenken. Du solltest wissen, dass ich mich fernhalten werde, wenn du die Flüssigkeit zu dir nimmst. Ich möchte nicht derjenige sein, der deine Welt ins Wanken bringt, nur weil ich aus einer anderen Zeit komme. Ich bin mir sicher, dass sie auch ohne mich sehr schön sein wird. Aber Sydney, wenn du dich entscheidest, ihn nicht zu nehmen, habe ich keinen Grund, mich von dir fernzuhalten. Wenn du die Wahrheit kennst, wird es keinen Moment geben, in dem ich dich nicht begehren werde. Und ich werde dich mit allen Mitteln umwerben.«

KAPITEL 17

Gegenwart

»Vielleicht schläft sie schon, Jerry. Nach so einem Tag wie heute ist sie sicher müde genug, um einen Monat lang zu schlafen.«

»Es ist mir egal, ob sie schläft. Wenn du heute Nacht zu mir ins Bett willst, wirst du dich augenblicklich bei dem Mädchen entschuldigen. Ich meine es ernst, Morna. Ich bin mit all dem hier fertig. Ich will nicht, dass du dich noch länger wie ein Kind benimmst, und wenn du mir noch einmal Mohn in mein Getränk kippst, werde ich Arsen in deines kippen. Hast du mich verstanden?«

Ich stand vorsichtig an meiner Tür und lauschte auf den Moment, in dem die beiden lange genug Luft holten und still waren, damit ich meine Tür öffnen konnte, um ihnen zu zeigen, dass ich tatsächlich noch wach war.

So ging es fast fünf Minuten lang weiter. Sie zankten sich miteinander und Jerry gab Morna eine gehörige Standpauke. Ich mochte den Mann wirklich sehr.

Ich zuckte zusammen, als Fingerknöchel gegen meine Tür klopften, aber ich wartete nur ein paar Sekunden, um sie zu öffnen, damit es nicht so wirkte, als hätte ich die ganze Zeit dagestanden und gelauscht.

Als ich sie öffnete, beugte Jerry sich sofort vor, um mich zu umarmen, während Morna zurückblieb und mich mit schuldbewusstem Blick ansah.

»Haben wir dich geweckt, Sydney? Ich habe Jerry gesagt, dass wir um diese Zeit nicht in dein Zimmer kommen sollten.«

»Nein, ihr habt mich nicht geweckt. Ganz und gar nicht. Ich habe eine Menge um die Ohren. Ich bezweifle, dass ich auch nur ein Auge zutun werde.«

Jerry löste sich von mir und warf Morna einen kurzen Blick zu, zweifellos mit der Absicht, ihre Entschuldigung zu beschleunigen. Und genau das geschah.

»Ich weiß, dass vieles von dem, was dich bedrückt, meine Schuld ist, und ich entschuldige mich für den heutigen Tag. Ich schäme mich dafür, wie ich dich behandelt habe. Es gab keinen Grund für dieses Verhalten. Ich kann mir nicht vorstellen, wie verwirrt und verängstigt du gewesen sein musst. Hat Callum dir den anderen Trank gegeben?«

Ich hielt ihn immer noch in den Händen und hob ihn an, damit sie ihn sehen konnte.

»Ja. Das hat er. Du brauchst dich nicht zu entschuldigen, Morna. Ich verstehe das.« Ich wusste, dass das eine maßlose Untertreibung war. Dreißig Minuten Konversation waren zwar aufschlussreich gewesen, aber ich lag immer noch viele Schritte hinter allen anderen zurück. »Na ja, zumindest verstehe ich mehr als vorher. Ich kann nicht behaupten, dass ich anders gehandelt hätte, wäre ich an deiner Stelle gewesen.«

Jerry wartete nicht auf eine Einladung, bevor er mein Schlafzimmer betrat.

»Siehst du, Morna? War das so schwierig? Ich habe dir gesagt, dass das Mädchen es gut aufnimmt, weil sie viel freundlicher ist als du.« Er wandte sich von seiner Frau ab und richtete seine Aufmerksamkeit auf mich.

»Wirst du den Trank nehmen, Mädchen?«

Ich wusste es nicht. Callum allein reichte schon aus, um das Ding wegwerfen zu wollen, aber es ging um so viel mehr als nur um ihn. Würde ich mich wohlfühlen, wenn ich so viel über Magie wusste? Wenn ich mein Leben in der Nähe von Menschen verbrachte, die so daran gewöhnt waren, würde ich dann jemals wieder die volle Kontrolle über mein eigenes Leben erlangen?

»Ich weiß es nicht. Soll ich?«

Jerry antwortete mir nicht sofort. Stattdessen drehte er sich um, um Morna aus dem Raum zu geleiten.

»Du hast dich entschuldigt. Geh in unser Bett und wärme es für mich auf. Ich möchte mit dem Mädchen allein sprechen.«

Sie verabschiedete sich von mir und ließ uns zurück. Jerry ergriff das Wort, als er die Tür hinter ihr schloss.

»Ich möchte nicht in ihrer Gegenwart mit dir sprechen. Sie ist zu sehr in die Magie verwickelt, um dir eine vernünftige Antwort zu geben. Ich werde dir stattdessen sagen, was ich selbst weiß.«

Ich setzte mich auf einen kleinen Stuhl und bedeutete ihm, es mir gleichzutun.

»Das klingt gut. Ich würde gerne hören, was du denkst.«

»Nimm den Trank nicht. Spül ihn die Toilette hinunter und denk keine Sekunde mehr darüber nach. Jeder, der mich kennt, wird dir sagen, dass meine Meinung zur Magie nicht ausschließlich positiv ist. Sie macht mir aus mehr Gründen Angst, als ich jetzt mit dir teilen möchte, aber das war schon immer so. Und nicht nur das, ich habe fast mein ganzes Leben damit verbracht, mitzuerleben, wie sich die Last der Magie auf meine Frau ausgewirkt hat. Es ist nicht leicht, Dinge zu sehen, zu spüren und zu verändern, wie es andere nicht können. Magie ist eine Verantwortung, die nicht alle tragen können. Aber das Wissen um die Magie, nun ja, das ist schon außergewöhnlich. Es macht uns zu etwas Besonderem unter Millionen von Menschen, die keine Ahnung haben, dass sie existiert. Ich für meinen Teil würde das um nichts in der Welt aufgeben wollen.«

Er gähnte, als er verstummte – ein großes, langes, breites Gähnen, das in dem Moment, in dem es endete, direkt auf mich überging. Wir lachten zusammen über unsere geteilte Müdigkeit.

»Das ist meine Meinung dazu, Mädchen, aber wenn du dich dafür entscheidest, wird es dir keiner von uns verübeln. Ich mache mich jetzt besser auf den Weg. Ich war schon viel zu lange wütend auf meine Frau. Ich möchte mich gerne mit ihr versöhnen.«

Er grinste verschmitzt, und seine Wangen erröteten auf eine Weise, die mich zum Kichern brachte, als ich ihn zur Tür begleitete.

»Danke, Jerry. Ich hoffe, wir werden gute Freunde. Sobald ich diese Tür schließe, werde ich das Ding wegwerfen.«

Er gab mir einen kurzen Kuss auf die Wange und trat in den Flur.

»Das freut mich zu hören. Und das brauchst du nicht zu hoffen, Mädchen, wir sind schon gute Freunde.«

Ich lächelte und schloss die Tür, bevor ich direkt ins Badezimmer marschierte, wo ich den Korken aus dem

Fläschchen nahm und die dickflüssige, rosafarbene Flüssigkeit in den Abfluss kippte.

Jahrelang hatte ich verzweifelt darauf gewartet, dass sich etwas in meinem Leben ändern würde. Jetzt war es so weit.

Und das wollte ich nicht mehr rückgängig machen.

KAPITEL 18

Es war noch vollkommen dunkel. Warum um alles in der Welt hatte das Mädchen das Bedürfnis, zu rennen, bevor die Sonne überhaupt aufgegangen war? Er sah keinen Sinn darin, besonders wenn er wusste, wie müde sie sein musste, nachdem sie erst gestern in Schottland angekommen war. Wenn er daran dachte, was in nur einem Tag alles passiert war, wurde ihm ganz schwindelig. Die meisten Menschen würden zumindest ein wenig ausschlafen. Wenn sie um diese Zeit schon herumrannte, musste sie noch schlafloser sein als der kleine Cooper.

Der einzige Grund, warum er ihre Umrisse in dieser Dunkelheit erkennen konnte, war das Licht, das an ihrer Stirn befestigt war. Er erkannte, dass es sich dabei um eines von Aidens Werkzeugen handelte, und er wusste, dass sie es sich ausgeliehen haben musste, damit sie beim Laufen den Weg vor sich sehen konnte. Das war klug, denn es gab eine Reihe von Schlaglöchern, über die er im Dunkeln nicht stolpern wollte, wenn er zu später Stunde noch durch die Gegend lief. Nur die notwendigen Restaurierungsarbeiten in der Burg hatten ihn in den letzten Monaten um diese Zeit aufstehen lassen.

Normalerweise zog er es vor, auf natürliche Weise aufzuwachen, wenn es draußen hell wurde.

»Sie ist eine Schönheit, nicht wahr?«

Mornas Stimme erschreckte ihn. Als er durch das unerwartete Geräusch zusammenzuckte, stieß seine Stirn mit so viel Kraft gegen das Glas, dass die alte Hexe sich entschuldigen musste.

»Es tut mir leid, ich hätte mich bemerkbar machen sollen, als ich mich genähert habe.«

»Warum bist du schon wach? Ich habe dich doch nicht geweckt, oder? Ich habe mich nicht bemüht, leise zu sein, aber ich dachte, der Turm sei weit genug von allen anderen Räumen entfernt, als dass ich jemanden hätte wecken können.«

»Ach du meine Güte, nein. Du hast mich nicht geweckt. Je älter ich werde, desto weniger schlafe ich. Aber das macht mir nichts aus. Ich bin gerne wach, wenn die meisten anderen noch schlafen. Es ist friedlich, nicht wahr?«

»Ja, aber nicht friedlich genug, um mich um diese Zeit aus dem Bett zu quälen, nachdem die Burg restauriert ist.«

Morna hob die Hand und drückte ihm sanft die Schulter.

»Ihr habt alle so hart gearbeitet in den letzten Monaten. Ihr müsst alle nach Herzenslust schlafen, wenn ihr fertig seid.«

Auch wenn Morna normalerweise früh aufwachte, hatte er sie noch nie an einem anderen Morgen gesehen, wenn er und die anderen Männer sich auf den Weg zu dem Treppenportal gemacht hatten. Wenn sie heute Morgen hier war, gab es einen Grund dafür.

»Was ist los, Morna? Ich sehe, dass du mir etwas sagen willst. Bring es am besten gleich hinter dich. Ich habe nicht viel Zeit, bevor ich zu den anderen muss, die einen langen Arbeitstag vor sich haben.«

»Ich weiß, dass ihr viel zu tun haben werdet, denn die meisten von euch haben gestern ihren Arbeitstag abgekürzt, damit ihr Sydney kennenlernen konntet. Heute habt ihr sicher Zeit, das nachzuholen. Ich dachte, dies wäre vielleicht die einzige Gelegenheit, dich allein zu erwischen. Ich wollte dir nur sagen, dass ich gestern Abend mit dem Mädchen gesprochen habe, nachdem du zurückgekommen bist. Sie hat meine Entschuldigung sehr gut aufgenommen, und sie schien alles gut zu verkraften. Ich glaube, Jerry hat sie davon überzeugt, den Zaubertrank nicht zu nehmen. Ich wollte dir nur versprechen, dass ich dem Mädchen keine Magie mehr anbiete und sie auch nicht anderweitig verzaubern werde.«

Er hoffte sehr, dass Morna recht hatte, was Sydney und den Trank betraf. Es wäre so viel einfacher für sie alle, wenn sie die Wahrheit wüsste. Er wollte nicht, dass sie alles vergaß, was zwischen ihnen vorgefallen war.

»Es freut mich, das zu hören, Morna, aber das solltest du nicht mir sagen. Du solltest Sydney selbst sagen, dass du keine Magie mehr bei ihr anwenden wirst.«

»Das habe ich. Ich habe auch beschlossen, dass ich meine Zeit und Energie nicht mehr damit verschwenden werde, mir Sorgen um Grier zu machen. Ich glaube zwar immer noch, dass wir alle mit ihr zu tun haben werden, jetzt, da ich weiß, dass sie lebt, aber ich werde meine Ehe nicht riskieren, nur um mich um etwas zu kümmern, was noch nicht geschehen ist. Jerry war sehr offen zu mir, nachdem ich ihn gestern Abend aufgespürt hatte. Ich glaube nicht, dass er jemals zuvor so wütend auf mich war. Ihm geht es gesundheitlich nicht gut, und ich will ihn nicht mehr als nötig verärgern. Er hat verlangt, dass ich aufhöre, also werde ich das tun.«

»Aber …?« Callum wusste, dass sie noch nicht fertig war.

Wenn sie es wäre, würde sie nicht nervös im Turm auf und ab gehen.

Sie hielt inne und grinste ihn an. »Du kennst mich zu gut. Ich sollte nicht sagen, was ich gleich sagen werde, aber ich werde es trotzdem tun. Ich musste Jerry schwören, mir keine Sorgen mehr wegen Grier zu machen und keine Zaubersprüche mehr vorzubereiten, um sie zu bekämpfen. Ich werde mein Wort nicht brechen, aber ich habe ihm nicht versprochen, dass alle anderen damit aufhören werden. Bist du bereit, nach ihr zu suchen, Callum? Ich werde selbst nichts tun und Jerry meine Sorge nicht offenbaren, aber ich kann es nicht ertragen, nicht zu wissen, was sie will.«

Callum wollte Grier unbedingt selbst finden, nicht nur für Morna, sondern um seine eigene Neugierde zu befriedigen. Seit dem Tag des Feuers hatte er nicht aufgehört, über sie nachzudenken. Aber da schon so viel Zeit vergangen war, seit er sie gesehen hatte, zweifelte er an seiner Fähigkeit, sie aufzuspüren. Wenn sie nicht gefunden werden wollte, konnte er sich nicht vorstellen, dass er das schaffen würde. Er würde nach ihr suchen, um Gewissheit zu haben, aber er hielt es für das Beste, wenn Morna nichts von seiner Suche wusste. Er wollte nicht, dass sie sich Sorgen wegen Griers Vorhaben machte, wenn er keinen Erfolg hatte.

»Du hast deine Einstellung geändert, nicht wahr, Morna? Noch vor ein paar Tagen hast du mich gewarnt, dass sie vorhat, sich in mein Leben einzumischen, und dass ich ihr niemals trauen sollte.«

»Callum.« Sie sah ihn an, als würde sie ihn für dumm halten. »Das hat sie schon. Merkst du es denn nicht?«

Sicherlich sprach Morna nicht immer noch von Sydney. Dafür gab es keinen Grund.

»Bist du etwa immer noch misstrauisch gegenüber Sydney?«

»Nein, ich mache mir überhaupt keine Sorgen um das Mädchen, aber das heißt nicht, dass Grier sich nicht schon eingemischt hat. Es ist kein Zufall, dass Cooper die E-Mail an die Frau geschickt hat, die du vor so vielen Monaten gesehen hast. Ich habe es noch niemandem erzählt, aber Grier hat mich auf den Geschmack gebracht, was das Verkuppeln angeht. Sie hat auch das ein oder andere Liebespaar zusammengebracht. Ich kann dir also garantieren, dass das hier nicht mein Werk ist.«

»Denkst du, Grier will Sydney und mich zusammenbringen? Wenn ja, scheint das eine harmlose Art zu sein, sich in mein Leben einzumischen. Ich mag sie sehr gern. Ich denke, Jerry hat vielleicht recht. Wir sollten keinen Moment länger an Grier denken. Es tut mir leid, aber nein, ich werde sie nicht suchen gehen. Nicht jetzt. Wenn sich etwas anderes ereignet, das uns einen triftigen Grund liefert, werde ich deine Bitte überdenken.«

»Nun gut. Vielleicht ist es besser so. Ich werde dich nicht drängen.«

Sie stand auf und ließ ihn ohne ein weiteres Wort zurück. Erst als er hörte, wie Morna jemanden im Treppenhaus grüßte, wurde ihm bewusst, warum sie seine Absage so einfach hingenommen hatte. Sie wollte nicht belauscht werden. Wäre da nicht der herannahende Besucher gewesen, hätte sie ihn noch viel mehr in die Mangel genommen.

Er wartete, um zu sehen, wer kommen würde, und lächelte, als Anne in der Tür erschien. Abgesehen von Jane, Morna und Jerry war Anne Callums engste Freundin auf der Burg.

»Callum, kann ich dich etwas fragen? Gillian und ich haben uns unterhalten. Wir haben eine Idee.«

Nichts machte ihn nervöser als der Gedanke an eine von Annes ›Ideen‹. Obwohl sie gut gemeint waren, bedeuteten sie für alle Beteiligten mehr Arbeit und Zeit.

»Ich nehme an, dass du das kannst, Anne, aber ich wüsste nicht, warum du das tun solltest. Ich bin in dieser Zeit nur ein Gast auf der Burg. Alles, was du und Gillian entscheidet, ist in Ordnung, denn es ist eure Burg.«

»Ich weiß, aber das wird dich mehr betreffen als die meisten Dinge, die wir entscheiden. Wir arbeiten schon seit einer Weile an der Sache. Eine Art Fest.«

»Ein Fest?« Alles in ihm kribbelte unbehaglich, wenn er sich das vorstellte. Das würde in der Tat viel mehr Arbeit bedeuten.

»Ja, eine Party. Ich weiß nicht, ob es dir bewusst ist, aber morgen ist es auf den Tag genau sechs Monate her, dass die Burg gebrannt hat. Alle haben so hart gearbeitet. Ich denke, wir könnten alle eine Ausrede gebrauchen, um uns zu entspannen und uns zu amüsieren. In den letzten Monaten ist außer der Arbeit nicht viel passiert, und ich habe gehört, dass einige von deinen Männern in der Vergangenheit gefragt haben, ob sie in die Zukunft reisen können, um zu sehen, wie es hier ist. Es wäre die perfekte Gelegenheit, ihnen allen eine Freude zu machen.«

Er konnte nicht leugnen, dass alle, die zu seinen Gunsten so viel geopfert hatten, eine Freude verdient hatten. Wenn er so darüber nachdachte, war ein Fest vielleicht gar keine so schlechte Idee. Das konnte die perfekte Gelegenheit sein, Grier ausfindig zu machen.

Morna hatte ihm einmal gesagt, dass sie nicht glaubte, dass Grier in die Zukunft reisen würde, aber soweit Callum das beurteilen konnte, war Grier nicht an jemandem interessiert, der täglich in die Vergangenheit reiste. Wenn sie es wäre, hätte er sie nach dem Feuer wiedergesehen. Nein, wenn sie in der

Nähe der Burg blieb, dann für Morna, und Callum wusste, dass Morna sich strikt dagegen wehrte, jemals in die Zeit zurückzureisen, in der sie geboren worden war. Wenn Morna nicht zu ihr kommen würde, warum war es dann so abwegig zu glauben, dass Grier zu Morna kommen würde, wenn man ihr die Gelegenheit dazu bot? Callum war überzeugt, dass keiner von ihnen Frieden finden würde, bis das, was auch immer zwischen den beiden Hexen vor sich ging, geklärt war.

Normalerweise wäre es für die Hexe schwierig, unbemerkt durch die Zeit zu reisen, aber wenn sie ein Fest veranstalteten, wäre sie vielleicht versucht, sich unter den Arbeitern und ihren Familien zu verstecken.

Das war keine schlechte Idee. Vielmehr war es die einzige Idee, die ihm einfiel, die tatsächlich funktionieren könnte.

»Hallo? Bist du noch anwesend? Hast du irgendetwas von dem gehört, was ich gesagt habe?«

Annes gereizte Stimme riss ihn aus seinen Gedanken.

»Oh, entschuldige. Aye, ich habe dich gehört. Ich halte es für eine großartige Idee. Aber ich glaube, ich werde es meinen Männern erst nach der Arbeit sagen. Sonst werden sie nichts zustande bringen.«

KAPITEL 19

»Wie war deine Joggingrunde? Ich muss sagen, ich war sehr überrascht, dich so früh auf den Beinen zu sehen. Du sahst so müde aus, als du gestern angekommen bist. Ich hatte vor, das Frühstück vor deinem Zimmer abzustellen.«

Als ich durch die Eingangstür der Burg trat, wurde ich herzlich von Anne begrüßt. Ich trug immer noch die Stirnlampe ihres Mannes, nahm sie verlegen von meinem Kopf und streckte sie in ihre Richtung.

»Es war toll. Hier, bitte sehr. Ich hätte jemanden fragen sollen, bevor ich sie genommen habe, aber alle haben noch geschlafen. Ich wollte niemanden wecken. Sie lag direkt neben dem Hinterausgang, und das schien mir eine ziemlich gute Idee zu sein.«

Anne lachte und wies mich mit einem Winken ab, bevor sie nach links ging und mir zu verstehen gab, dass ich ihr folgen sollte.

»Das war eine brillante Idee. Wirklich. Du hast keine Ahnung, wie viele Schlaglöcher es da draußen gibt. Hier regnet es so viel, dass das ein großes Problem ist. Diese Aufgabe haben wir uns für den Schluss aufgehoben. In den nächsten Wochen wird sich jemand um die Straße zur Festung kümmern. Aidan wird es nicht stören, dass du sie dir ausgeliehen hast. Du kannst sie gerne jeden Tag benutzen.«

Ich folgte ihr langsam und atmete tief ein, um meinen Herzschlag mit jedem weiteren Schritt zu beruhigen.

»Danke. Sie hat mir wirklich geholfen. Ich fürchte, ich hätte mir sonst den Knöchel verstaucht. Das ist wirklich ein beeindruckendes Anwesen, Anne.«

Inzwischen standen wir am oberen Ende der Treppe, die zur Küche führte. Anne eilte sie hinunter und zog mich hinter sich her. Als wir unten ankamen, sah ich zu meinem Erstaunen, dass das Gebäck, das ich vor meiner morgendlichen Runde in den Ofen geschoben hatte, bereits perfekt mit Puderzucker bestäubt worden und auf die Kücheninsel gelegt worden war.

»Hast du das gemacht?«

Anne griff nach einer der süßen Leckereien und hüpfte hoch, bis sie mit dem Hintern auf der Arbeitsplatte saß. Ich brachte es nicht übers Herz, ihr zu sagen, dass sie direkt in einem Haufen verstreuten Zuckers gelandet war. Das würde sie schon selbst herausfinden, wenn sie aufstand.

Sie murmelte durch zwei Bissen hindurch. »Nein, das war Morna. Es scheint, als wären viele von uns heute Morgen früh aufgestanden. Ich glaube, sie will sich für das revanchieren, was sie dir gestern angetan hat.«

Ich wusch mir kurz die Hände und griff nach einem Stück Gebäck. Ich hielt es in der einen Hand, während ich mit der anderen über die chaotische Arbeitsfläche wischte.

»Erinnere mich daran, ihr zu danken, wenn ich sie das nächste Mal sehe.«

»Klar. Wo wir gerade von Morna und allem anderen sprechen ... wie geht es dir?«

Ich wusste sofort, was sie wirklich fragen wollte. Sie testete mich, um zu sehen, ob ich mich an etwas erinnern konnte. Sie wollte wissen, ob ich den Zaubertrank zu mir genommen hatte.

»Mir geht es ziemlich gut. Es kommt nicht jeden Tag vor, dass ein Mädchen erfährt, dass sie in einer magischen Burg wohnt und dass es Hexen gibt.«

Annes Lächeln war ansteckend.

»Oh, ich bin so froh, dass du den Trank nicht geschluckt hast! Es wird toll, nicht mehr vorsichtig sein zu müssen, was ich in deiner Gegenwart sage. Außerdem war ich mir nicht sicher, wie das mit den Männern funktioniert hätte, wenn sie jeden Tag vor deiner Nase durch die Zeit gereist wären. Du hättest es ohnehin schnell gemerkt.«

»Ja, das hätte ich wohl. Es schien mir ziemlich sinnlos, etwas zu vergessen, was ich sowieso irgendwann herausgefunden hätte. Ich weiß, es ist erst mein zweiter Tag hier, aber ich hoffe, dass ich lange bleiben darf. Ich glaube, es wird mir hier richtig gut gefallen. Ich nehme an, es ist besser, wenn ich mich so schnell wie möglich an meinen neuen Lebensalltag gewöhne, oder?«

»Auf jeden Fall. Ich bin selbst noch nie in die Vergangenheit gereist, aber ich habe die Erfahrung gemacht, dass die Magie nur die Menschen davon erfahren lässt, die damit umgehen können. Wir modernen Frauen haben uns alle ziemlich gut an die Eigenartigkeit dieser ganzen Sache gewöhnt.«

Ich nahm den nassen, mit Krümeln gefüllten Lappen mit zum Waschbecken, spülte ihn aus und setzte unser Gespräch fort.

»Das habt ihr wirklich. Warum bist du noch nicht in der Zeit zurückgereist?«

Sie zuckte mit den Schultern. »Vielleicht werde ich es eines Tages tun. Ich habe mich daran gewöhnt, aber das heißt nicht, dass es mir keine Angst einjagt. Ich gehe nicht gerne an Orte, an denen ich keinen unmittelbaren Zugang zu einer spülbaren Toilette habe. Außerdem ist Aiden hier. Er kommt nicht aus der Vergangenheit wie der Rest von ihnen. Ich möchte einfach dort sein, wo er ist. Wie hat es dir gefallen?«

»Im Dunkeln konnte ich kaum etwas sehen. Aber genug, um zu erkennen, dass ihr mir alle die Wahrheit gesagt habt. Callum hat uns gehetzt, als er zurückreisen wollte. Er schien mich nicht sehr lange dort haben zu wollen.«

»Das wundert mich nicht. Da Laird Macaslan immer noch vermisst wird, ist Callum sehr besorgt um uns alle. Er mag es, wenn immer viele Leute anwesend sind. Das ist der Hauptgrund, warum ich davon ausgegangen bin, dass er sich gegen eine Feier entscheiden würde. Ich kann immer noch nicht glauben, dass er ja gesagt hat.«

»Feier?« Anne wusste, dass sie mir nichts davon erzählt hatte, aber es war mir egal, dass sie nur darauf aus war, von mir ausgefragt zu werden.

»Ja. Ich war ein bisschen nervös, es dir zu sagen, weil du gerade erst angefangen hast und so. Aber mach dir keine Sorgen, Morna hat mir versprochen, dass sie helfen wird. Sie ist selbst eine ziemlich gute Köchin. Ich hätte ihr schon vor langer Zeit erlauben sollen, die Küche zu übernehmen, aber ich bin wohl einfach zu stolz.

Jedenfalls feiern wir morgen Abend hier eine große Party, um wieder etwas Freude und Leben in die Bude zu bringen. In letzter Zeit gab es hier viel zu viel Arbeit und Stress. Gillian und ich haben beschlossen, dass das Essen und die Kleidung traditionell sein werden, um die Gäste nicht völlig aus ihrer Komfortzone zu reißen, aber wir werden alle modernen Annehmlichkeiten zur Verfügung stellen.«

Es fiel mir schwer zu unterscheiden, ob Anne sich absichtlich vage ausdrückte oder ob ihre Gedanken einfach so rasant arbeiteten, dass sie oft Details ausließ, wenn sie anderen etwas erzählte.

»Ich gehe mal davon aus, dass diese Gäste nicht aus der heutigen Zeit stammen?«

Sie lächelte und rutschte von der Arbeitsplatte, wobei sie Zucker auf den Boden rieseln ließ. Ich holte den Besen.

»Nein, das ist das Beste daran. Callum hat zugestimmt, dass seine Arbeiter und ihre Familien dabei sein dürfen. Kurz nach dem Feuer, als alle Clans eingetroffen sind und Callum erkannt hat, dass er viele Männer brauchen würde, um ihm zu helfen, hat er seinem Dorf von dem Zauber erzählt. Jetzt wissen sie alle Bescheid. Seitdem betteln sie ihn an, dass er sie mit eigenen Augen sehen lässt, was die Magie bewirkt.«

»Das scheint eine riskante Sache zu sein. Was ist, wenn jemand von der Magie erfährt, der nicht davon wissen sollte?«

Anne schien meine Sorge nicht zu teilen.

»Wenn das Feuer Callum etwas gezeigt hat, dann, dass er seinen Leuten vertrauen kann. Und du musst verstehen, dass die Dinge dort ganz anders sind als hier. Für sie ist das nicht einmal eine große Überraschung. Viele glauben an Magie und haben sie selbst erlebt.«

Es kam mir so seltsam vor – dass all das so einfach besprochen werden konnte, als wäre es für jeden etwas Alltägliches. Ich fragte mich, wie sich das alles auf mein Leben außerhalb meiner Arbeit hier auswirken würde. Würde ich jemals wieder irgendetwas auf dieselbe Weise betrachten? Würde ich mich bei jedem seltsamen Ereignis oder zufälligen Glücksfall fragen, ob unsichtbare Magie im Spiel war? Würde ich jemals in der Lage sein, meiner eigenen Familie davon zu erzählen? Wenn nicht, könnte ich dann lernen, die Last eines solchen Geheimnisses zu tragen?

Alle wären begeistert – meine Mom, meine Schwester und vor allem mein Dad. Ich konnte mir gut vorstellen, wie er sich darüber amüsieren würde. Ich konnte fast hören, wie peinlich er sich verhalten würde, wie er Filmszenen zitieren und einen Kilt anziehen würde, bis jeder in seiner Nähe ihn für verrückt halten würde.

Von der Magie zu erfahren, war nur der Anfang, dachte ich. Mit ihr zu leben und damit umzugehen, war der andere. Es gab noch vieles, was ich in meinem Kopf und meinem Herzen klären musste, bevor das alles normal werden würde.

»Was für ein Menü soll ich also für die Party zusammenstellen? Und wie viele muss ich bewirten?«

Sie fletschte ängstlich die Zähne.

»Ich überlasse dir das Menü, aber belasse es bei etwas Einfachem. Fleisch, Kartoffeln, Wein, Bier – alle werden nur zum Tanzen kommen. Was die Anzahl angeht … mindestens hundert.«

Ich schluckte, damit sich der kurze Moment der Panik nicht in meiner Stimme bemerkbar machte. Ich würde es schon schaffen, aber vor Beginn der Party würde ich nicht in der Lage sein, mich zu entspannen.

»In Ordnung, verstanden. Kann ich mir das Auto und eine Karte leihen? Ich muss unbedingt ein paar Lebensmittel einkaufen gehen.«

1650

»Ich freue mich, dass ihr alle so enthusiastisch seid. Wir werden morgen früh anfangen und bis mittags arbeiten. Dann dürft ihr alle nach Hause gehen, um euch zu waschen und eure Familien auf die Feierlichkeiten vorzubereiten. Ich hoffe, ihr wisst alle, wie dankbar ich für eure Hilfe bin.«

Callum war von allen kräftigen Männern seines Dorfes umgeben und die benachbarten Gutsherren standen hinter ihm. Alle schienen sich auf das bevorstehende Fest zu freuen. Als sich die Aufregung in der Gruppe ausbreitete, stellte Callum fest, dass auch er sich darauf freute. Es gab nur noch eine Sache, die er mit ihnen besprechen musste, und das war das Wichtigste, was er fragen konnte.

»Bevor wir unsere Arbeit heute beenden, möchte ich die Sicherheitsmaßnahmen für diese Zusammenkunft besprechen. Alle aus dem Dorf sind willkommen. Ich glaube nicht, dass Macaslan im Land ist. Und selbst wenn er es wäre, wüsste er nichts von der Magie hier. Trotzdem müssen wir vor ihm und seinen Männern auf der Hut sein. Amüsiert euch, aber haltet in der Menge Wache, aye?«

Die kollektive Zustimmung war alles, was er hören musste. Die Feier würde wie geplant stattfinden. Wenn sie Glück hatten, würde auch Grier mitfeiern.

KAPITEL 20

Da Anne und Gillian mit der Dekoration und Planung völlig ausgelastet waren, musste ich jede freie Minute damit verbringen, das Essen für die Party zuzubereiten. Die Küche der Burg war jetzt mein Arbeits-, Schlaf- und Esszimmer, und ich schuftete rund um die Uhr, damit alles pünktlich fertig wurde. Zum Glück musste ich nicht alles allein machen. Morna und Jerry leisteten mir Gesellschaft und halfen mir beim Kochen.

Jerry war zwar keine große Hilfe – er unterhielt sich hauptsächlich mit mir und steckte seine Finger in dieses und jenes, um die Qualität meiner Kochkünste zu testen -, aber seine Gesellschaft war trotzdem äußerst willkommen. Morna hingegen nahm sich Annes Wunsch nach einem ›authentischen‹ Festmahl zu Herzen und brachte mir bei, wie man Dinge genau so zubereitete, wie unsere Gäste es gewohnt waren.

Ich fand alles, was ich lernte, so faszinierend. Der Aufwand war enorm und führte zu viel einfacheren, weniger extravaganten Gerichten. Nach meinem ersten Tag in der Küche mit Morna stellte ich jedoch fest, dass einfach nicht gleichbedeutend mit fade war. Ich fühlte mich ähnlich wie damals, als ich zum ersten Mal auf die Kochschule gegangen war. Jede neue Information war eine Offenbarung, die meine Kochkunst für immer veränderte. Ich konnte wirklich nicht glauben, wie gut Dinge schmecken konnten, obwohl sie ohne moderne Hilfsmittel zubereitet worden waren. Alles, was man brauchte, waren die Natur, ein bisschen Feuer, Fleiß, frische Kräuter, Gewürze und Geduld. So wie es jetzt in der Küche roch, würde dieses Festmahl jedem schmecken, egal, aus welchem Jahrhundert er kam.

Da es nur noch wenige Stunden bis zu dem Fest waren, das Anne als ›Schottlands Version eines Balls‹ und nicht als Party bezeichnete, und Morna darauf bestand, dass sie in der Küche alles unter Kontrolle hatte, ging ich los, um das atemberaubende Abendkleid anzuziehen, das Gillian mir heute Morgen in mein Zimmer geliefert hatte.

Ich konnte es kaum erwarten, dass die Feierlichkeiten begannen.

Callum sah mit entsetzter Belustigung zu, wie seine Landsleute und benachbarten Lairds auf der Festung eintrudelten. Niemals hätte er auch nur im Traum daran gedacht, selbst ein solches Spektakel zu veranstalten.

Die Männer seiner Zeit in ihren traditionellen Gewändern mit ihren Frauen und Kindern durch die Haupttore der Burg schreiten zu sehen, während sie über jede Kleinigkeit staunten, war wirklich bemerkenswert.

»Morna, ich sehe aus wie ein faltiger Narr. Man kann meine Beine sehen. Außer dir hat seit fast zwanzig Jahren niemand mehr meine Beine gesehen. Lass mich gehen und mich umziehen. Anne und Gillian werden nichts dagegen haben. Ich bitte dich.«

Callum lächelte, noch bevor er sich in Jerrys Richtung drehte. Natürlich versuchte sein Freund, sich aus diesem Abend herauszureden. Er hatte nichts anderes erwartet.

»Jerry, wovon redest du? Du siehst sehr beeindruckend aus in deinem Kilt. Die Frauen werden sich nicht zurückhalten können. Allein dein Anblick gibt mir das Gefühl, jünger zu werden.«

Callum klopfte Jerry auf die Schulter, als er sich dem Paar zuwandte.

»Du siehst ziemlich gut aus, Jerry. Ich bin sicher, Morna hat recht. Du brauchst dich nicht umzuziehen.«

Morna lächelte ihn dankbar an. »Das habe ich ihm auch gesagt, aber er benimmt sich wie ein alter Mann. Ich habe ihn nie als solchen betrachtet.«

»Ich bin müde, Morna. Ich fühle mich nicht gut.«

Morna fuchtelte dramatisch mit einer Hand in der Luft herum. »Du wirst dich auch im Bett nicht gut fühlen. Du könntest genauso gut auf der Party müde sein. Ich will kein Wort mehr hören. Bleib hier und sprich mit Callum oder komm und hilf mir in der Küche, aber wage es nicht, dich in unser Zimmer zurückzuziehen.«

Callum wartete, bis Morna weg war, um seinen Freund anzusehen und mit den Schultern zu zucken. »Tut mir leid, aber ich glaube nicht, dass du Mornas Meinung ändern kannst. Wenn sie sagt, dass du die Party genießen sollst, dann musst du das auch tun.«

Er erwartete, dass Jerry widersprechen würde. Stattdessen beunruhigte der alte Mann ihn, indem er sich gegen die Wand lehnte, um das Gleichgewicht zu halten.

»Ich wäre gerne dabei, Junge. Ich habe meine Frau schon lange nicht mehr so gekleidet gesehen. Aber ich habe ernst gemeint, was ich zu ihr gesagt habe. Ich fühle mich nicht gut. Ganz und gar nicht. Ich muss mich hinlegen, bevor ich umkippe.«

Callum stützte Jerry sofort und vergewisserte sich, dass ihn niemand sehen konnte, als er ihn zur Hintertreppe brachte, um ihn in sein Zimmer zu führen. Er konnte an Jerrys Gesicht erkennen, wie schlecht es ihm ging, und er kannte den alten Mann gut genug, um zu wissen, dass er seine Frau nicht enttäuschen würde, wenn er keine andere Wahl hätte.

Es dauerte nicht lange, bis Jerry im Bett lag, und schon nach wenigen Augenblicken fielen ihm die Augen zu.

»Ist alles in Ordnung? Lass mich Morna holen, Jerry.«

»Mir geht es gut. Ich muss mich nur ausruhen. Warte, bis die Feierlichkeiten beginnen, um Morna zu sagen, wo ich bin.«

Callum nickte und eilte in die Küche, um Morna zu suchen. Sein Freund sah sehr krank aus. Er hielt es nicht für klug, bis zum Beginn des Festes zu warten, um Morna Bescheid zu sagen. Vielleicht gab es eine Möglichkeit, wie sie ihm helfen konnte.

Die einzige Person in der Küche war Sydney. Auch wenn sie ihm den Rücken zuwandte, war er von ihrer Schönheit überwältigt. Ihr Haar war auf eine Seite frisiert, eine lange schwarze Strähne, die er am liebsten gepackt und gezogen hätte, während er seine Arme um sie schlang.

Erst als sie sich zu ihm umdrehte und sprach, erinnerte er sich an den Grund, warum er in der Küche war.

»Callum. Ist alles in Ordnung? Du siehst ... du siehst komisch aus.«

Er schluckte und sammelte seine Gedanken, bevor er das

Wort ergriff. »Weißt du, wo Morna ist? Ich muss mit ihr sprechen.«

»Oh. Sie ist gerade dabei, ein paar Kerzen an den Esstischen anzuzünden. Es ist besser, wenn du hier auf sie wartest. Ich bin sicher, sie rennt gerade irgendwo durch die Gegend, aber sie wird in ein paar Minuten zurück sein.«

»Aye, gut. Ich werde auf sie warten. Kann ich dir bei irgendetwas helfen?«

Soweit er sehen konnte, gab es nichts mehr zu helfen – das ganze Essen war bereits im Speisesaal. Er fragte sich, ob Sydney vielleicht manchmal hier unten blieb, weil sie sich hier am wohlsten fühlte.

»Nein, es ist alles erledigt. Ich wusste nur nicht so recht, wohin ich gehen sollte, nachdem ich mich angezogen hatte. Ich wollte nicht im Weg sein. Du siehst sehr schick aus, Callum.«

Im Vergleich zu ihr fühlte er sich wie ein Troll, aber wenn sie ihn hübsch fand, nahm er das Kompliment gerne an.

»Danke. Du bist umwerfend, schöne Maid. Du stellst die anderen Frauen in den Schatten.«

Sie machte ein abfälliges Geräusch und entfernte sich von ihm, um irgendetwas auf der Kücheninsel zu erledigen.

»Nein, das tue ich nicht. Ich würde für Gillians Haare oder Annes Augen töten, aber es ist sehr nett, dass du das sagst. Ich glaube, ich bin ganz passabel, wenn ich mich herausputze.«

»Mehr als das, Sydney. Ich kann kaum atmen, wenn ich dich ansehe.«

Er blickte nervös zu ihr hinüber und wartete mit angespannten Atemzügen auf ihre Antwort. Als sie lächelte, löste sich ein Teil seiner Anspannung und er stieß einen Atemzug aus, von dem er nicht gewusst hatte, dass er ihn angehalten hatte.

»Ich bin froh, dass du den Trank nicht genommen hast.«

Sie hörte auf zu putzen, kam zu ihm herüber und verschränkte ihre Finger mit den seinen.

»Ich auch. Willst du heute Abend tanzen, Callum?«

»Ja. Ich bin ziemlich gut darin.«

Sie nickte. Beide schienen im Laufe des Gesprächs immer schneller zu atmen.

»Hmm … Da bin ich mir sicher. Du wirst also mit vielen Frauen tanzen?«

Er wusste, dass sie ihn nur aufziehen wollte. Es war eine lächerliche Frage. Das musste sie nach seinen letzten Worten an sie wissen. »Vielleicht, aber keine wird mich so vereinnahmen, wie du es tust.«

Sie lächelte und stellte sich auf die Zehenspitzen, um ihm einen schnellen Kuss auf die Nasenspitze zu geben.

»Gut. Ich bin froh, dass du nicht erwartet hast, dass ich nur mit dir tanze. Ich habe mich schon darauf gefreut, mich auf der Tanzfläche zu amüsieren.«

»Ich nehme es zurück, schöne Maid. Ich werde nur mit dir tanzen, wenn ich dich dann ganz für mich allein haben kann. Ich kenne meine Männer zu gut. Es würde mir gar nicht gefallen, dich mit einem anderen tanzen zu sehen.«

Sydney wich von ihm zurück, um seine Bedenken zu zerstreuen.

»Ich kann auf mich selbst aufpassen, wenn es um Männer geht. Lass uns einfach das Tanzen genießen.«

»Aye, geh und amüsiere dich gut. Ich werde Morna suchen und dich später wiedersehen. Ich höre, dass sich oben etwas rührt. Es scheint, als würde das Fest beginnen.«

KAPITEL 21

Den ganzen Abend über fühlte ich mich wie ein Alien auf einem fremden Planeten. Von dem Besteck, das für das Festmahl verwendet wurde, bis hin zu den mir völlig unbekannten Tanzarten in dem großen Saal – ich konnte mit all dem nicht mithalten.

Nachdem Callum mich in der Küche stehen gelassen hatte, hatte ich gut zehn Minuten gebraucht, um meine Atmung wieder unter Kontrolle zu bringen. Die Wirkung, die wir aufeinander zu haben schienen, verwirrte mich. Wie konnte ich schon so viel für jemanden empfinden, den ich kaum kannte? Es war sogar mehr als das. Wenn mein Bauchgefühl richtig war, entsprachen Callums Gefühle meinen eigenen. Das erschreckte und erfreute mich zugleich.

Callums gutes Aussehen war mir in dem Moment aufgefallen, als ich ihn gesehen hatte, aber ich hatte ehrlich gesagt nie gedacht, dass er dasselbe von mir denken würde. Meiner Erfahrung mit Männern nach war das auch nie der Fall. Nicht, dass ich geglaubt hätte, dass Männer mich unattraktiv fänden, aber irgendwie hatte ich es im Laufe der Jahre geschafft, mir

Männer auszusuchen, die ich nicht wirklich mochte, und mich mit Männern zu verabreden, die mich noch weniger mochten.

Zuerst hatte ich das Muster nicht erkannt, aber nach einer Reihe von Trennungen, die mich eher erleichtert als traurig zurückgelassen hatten, wusste ich, warum. Um mit jemandem auszugehen, für den ich wirklich etwas empfand, musste ich Zeit und Mühe investieren, und mein Job ermöglichte es mir nicht, jemandem etwas von meiner Zeit zu geben.

Wenn ich gewusst hätte, wie sich das anfühlt – das Herzklopfen, die Atemlosigkeit, die Vorfreude, die Angst und die Sehnsucht – hätte ich mich vielleicht mehr um das gekümmert, was ich so lange aufgegeben hatte.

Jetzt, da ich mit schwachen Beinen und zittrigen Händen an einer der Wände in dem großen Saal lehnte und Dutzende von glücklichen Männern und Frauen beim Tanzen beobachtete, konnte ich mir nicht vorstellen, mich jemals wieder so lebendig zu fühlen.

Ich wusste, dass das, worüber Callum mit Morna sprechen musste, wichtig war, also machte es mir nichts aus, dem Fest beizuwohnen und allein zu tanzen, bis er zurückkam. In Menschenmengen, selbst in so ausgelassenen wie dieser, fühlte ich mich nicht unwohl. Es machte mir Spaß, neue Leute kennenzulernen und mich bei solchen Veranstaltungen mit Fremden zu unterhalten. Erst als das Tanzen richtig losging und ich ab und zu dazu aufgefordert wurde, begann ich zu zögern. Ich war nervös, weil ich nicht wusste, ob ich eine Aufforderung annehmen sollte.

Zuerst überlegte ich, ob ich auf Callum warten sollte, aber ich konnte nicht wissen, wie lange er brauchen würde. Nachdem ich ein paarmal aufgefordert worden war, beschloss ich, dass es eigentlich egal war. Begeistert nahm ich die Hand des Fremden, der vor mir stand, als wir uns den Weg zurück in die Menge tanzten.

Zum Glück machte mir meine mangelnde Erfahrung mit schottischen Tänzen nichts aus. Jeder neue Partner schien besser als der letzte zu wissen, wie er mich am besten führen konnte, und mit jedem neuen Lied bewegte ich mich mühelos mit einem anderen kräftigen Schotten. Ich war so vertieft in den Spaß und die endlose Bewegung, dass ich Callums Ankunft gar nicht bemerkte, bis seine Hand nach meinem Handgelenk griff. Mit einem schnellen Ruck riss er mich von meinem aktuellen Partner weg und drehte mich in seine Arme, wo er den Tanz einfach dort fortsetzte, wo der letzte Mann aufgehört hatte.

Ich lächelte, tadelte ihn aber, als ich über meine Schulter blickte, um den niedergeschlagenen Gesichtsausdruck des Fremden zu sehen.

»Du hättest ihn den Tanz mit mir zu Ende tanzen lassen können.«

»Nein. Ich konnte keinen Moment länger warten.«

Er drückte mich eng an sich, viel enger als jeder andere Partner. Ich konnte die Anspannung seines Körpers an mir spüren. Es brachte mich zum Frösteln, als wir uns zusammen drehten.

»Hast du lange gewartet?«

»Lange genug, um dich mit drei meiner Cousins und dem Stallburschen tanzen zu sehen. Das gefällt mir nicht.«

Ich lachte, heimlich erfreut über seine Eifersucht. »Tja, mir schon. Ich habe mich gut amüsiert.«

Er zuckte mit den Schultern. Als ich aufblickte, bemerkte

ich, dass er uns mit jeder neuen Drehung weiter von der Menge wegzog.

»Das mag sein, aber es wird dir mehr Spaß machen, mit mir zu tanzen. Komm mit. Wir werden die Musik immer noch hören können, aber wir können in Ruhe tanzen. Du bist nicht sehr gut darin. Ich möchte dir die Verlegenheit ersparen.«

»Ha.« Ich lachte. Als er mich losließ, verschränkte ich entrüstet die Arme. »Niemanden sonst scheint es zu stören, dass ich eine schlechte Tänzerin bin.«

Er lächelte und zwinkerte mir kurz zu, bevor er mit dem Kopf in Richtung Treppe nickte. »Mich stört es auch nicht. Das war nur ein Vorwand, um dich unter vier Augen zu sprechen. Komm mit. Hast du den Turm in dieser Zeit schon gesehen?«

Zu meiner Überraschung wurde mir bewusst, dass das nicht der Fall war. »Nein, aber ich würde ihn gerne sehen.«

»Gut.«

Er nahm die Stufen schneller, als ich es in meinem Kleid konnte, aber oben angekommen, wurde mir bewusst, dass der Aufstieg sich zweifellos gelohnt hatte. Der Mond schien hell durch eine Reihe von Fenstern, die den runden Raum säumten. Elektrische Fackeln hingen zwischen den Glasscheiben. Am äußeren Rand des Raumes standen steinerne Bänke, und der sanfte Klang der Musik hallte sanft von dem Stein wider, sodass sie sich noch schöner anhörte als unten.

»Wow.« Es war eine ziemlich armselige Reaktion, aber Callum schien sie zu schätzen, denn er lächelte und setzte sich auf eine der Bänke, während er mir bedeutete, es ihm gleichzutun.

»Aye. Wow.«

Das Wort klang komisch aus seinem Mund, und ich lachte ihn aus, als ich mich zu ihm setzte.

»Ich werde nicht mit dir tauschen. Ich bin glücklich, wo ich bin.«

»Ich bin aber nicht glücklich, wo ich bin – nicht nachdem ich weiß, dass meine Ankunft dich aus deinem Zimmer vertrieben hat.«

Er schüttelte frustriert den Kopf. Meine Antwort war genau der Grund, warum er das Feldbett aus dem Turm hatte entfernen wollen, bevor ich es sehen konnte.

»Sydney, ich will kein Wort mehr darüber hören. Ich habe dich hierher gebracht, damit ich dich küssen kann, nicht damit du dir Sorgen darüber machst, wo ich meinen Kopf nachts ablege. Sieh doch, was ich für eine Aussicht habe! Ich schlafe jede Nacht mit einem Blick auf die Sterne über mir ein, während mich die Heizung in der Nähe wärmt und ich in einem Bett schlafe, das weicher ist als jedes andere, das es in meiner Zeit gibt. Ich leide nicht, das versichere ich dir.«

»Na gut. Ich lasse es gut sein. Was hast du gerade noch gesagt?«

»Ich weiß nicht, was du meinst. Dass ich einschlafe und mir die Sterne anschaue?«

Ich beugte mich vor und küsste ihn zur Erinnerung. »Nein. Nicht diesen Teil. Ich bin mir ziemlich sicher, dass du weißt, wovon ich spreche.«

»Oh, das Küssen? Ja, ich erinnere mich gut.«

»Laird MacChristy! Kommt schnell. Wir haben einen Mann gefangen genommen, den viele für Macaslan halten.«

Die panische Stimme des Mannes erreichte uns, bevor er auftauchte, aber als der Mann den Turm erreichte, war Callum schon auf den Beinen und bereit zum Aufbruch.

»Bist du dir sicher, Junge?«

»Nein. Ich habe den Mann noch nie gesehen, aber andere erkennen ihn.«

Callum drehte sich nicht zu mir um, als er sprach, sondern ergriff mein Handgelenk, damit ich ihm folgte, als er die Treppe hinuntereilte.

»Sydney, wenn es tatsächlich Laird Macaslan ist, hat die monatelange Suche und das Warten darauf, dass sich der Bastard zu erkennen gibt, heute Nacht ein Ende. Geh in dein Schlafgemach und verlasse es nicht, bis ich komme und dir sage, dass es sicher ist. Macaslan würde nicht allein kommen. Verriegle deine Tür und schwöre mir, dass du nicht herauskommen wirst. Kannst du es versprechen, schöne Maid?«

»Ja. Geh. Ich komme schon zurecht. Es ist nicht weit zu meinem Zimmer.«

Als er meine Worte hörte, ließ er meinen Arm los und rannte davon.

Ich hatte mein Zimmer schon fast erreicht, als ein kalter Luftzug von der offenen Tür gegenüber meine Aufmerksamkeit auf die Aktivitäten darin lenkte. Alle anderen Türen waren geschlossen. Auf den ersten Blick kam mir das seltsam vor, aber als der Wind an meinem Kleid entlang wehte, konnte ich nicht widerstehen, einen Blick hineinzuwerfen.

Die einzige Lichtquelle waren die wenigen Kerzen auf dem Nachttisch und das Mondlicht, das durch das offene Fenster hereinströmte, aber es war hell genug, dass ich Jerry in seinem Bett sehen konnte.

Er lag zugedeckt mit dem Kopf auf einem Stapel Kissen,

aber sein Gesicht war von mir abgewandt, während er zum offenen Fenster blickte.

Ich machte einen Schritt hinein und fragte mich, ob das Fenster vielleicht von einem Windhauch aufgerissen worden und er zu müde oder gebrechlich war, um aufzustehen und es selbst zu schließen.

Als ich etwas sagte, schnellte sein Kopf zu mir. Seine Augen waren weit aufgerissen. Tränen liefen ihm über das Gesicht. Ich stürzte auf ihn zu.

»Ist dir kalt, Jerry? Ist alles in Ordnung? Lass mich das Fenster für dich schließen.«

Ich wollte einen Schritt von ihm weggehen, aber sein Arm schoss unter der Bettdecke hervor und er griff nach meiner Hand, um mich daran zu hindern.

Er wandte sich noch einmal von mir ab. Erst jetzt bemerkte ich die verhüllte Gestalt, die im Licht des Mondscheins dastand. Ich hatte nur einmal von ihr gehört, aber ich wusste sofort, wer sie war.

»Geh, Grier, du musst jetzt von hier verschwinden.« Jerrys Stimme klang verzweifelt. Angesichts seiner Worte trat sie ins Licht und sah ihn direkt an.

Ihr Gesichtsausdruck sah genauso gequält aus wie der von Jerry. Auch ihr liefen Tränen über das Gesicht. Ich wusste nichts über sie, außer dem, was Callum mir erzählt hatte, aber es gab keinen Zweifel an der Vertrautheit, die zwischen dieser Frau und Jerry bestand. Sie stand den beiden förmlich ins Gesicht geschrieben.

»Nimm, was ich dir gegeben habe, Jerry. Nur so kannst du überleben, was in dir brodelt.«

Jerry ließ meine Hand los, als die Hexe aus dem Fenster

sprang. Ich rannte auf sie zu und lehnte mich hinaus, um nach ihr Ausschau zu halten. Sie war verschwunden.

Mein Körper zitterte unter dem Schock der Situation. Mit zitternden Händen schloss ich das Fenster und kehrte zu Jerrys Bett zurück, ohne mich darum zu scheren, ob Macaslans Männer in der Burg umherstreiften. Jerrys Schmerz schien mir so viel wichtiger zu sein als meine eigene Sicherheit.

»Warum weinst du, Jerry?«

»Ich habe mich schon vor einer Ewigkeit mit der Tatsache abgefunden, dass ich Grier nie wiedersehen würde. Selbst als ich erfahren habe, dass sie noch lebt, hätte ich mir nie träumen lassen, dass sich unsere Wege kreuzen würden. Jetzt, wo das passiert ist, fühlt sich der Abschied von ihr an wie beim ersten Mal.«

»Ihr standet euch nahe?«

Selbst wenn er mir nicht geantwortet hätte, wären seine Augen Antwort genug gewesen.

»Ja. Meine Erinnerungen an sie sind nicht so harsch wie die meiner Frau. Auch wenn ich weiß, dass Morna gute Gründe für ihre Gefühle Grier gegenüber hat, teile ich ihren Hass auf sie nicht. Morna gehört mein Herz und das war schon immer so, aber Grier kennt meine Seele so gut wie niemand sonst.«

»Und du kennst ihre Seele genauso gut?«

Er griff noch einmal nach meiner Hand. Diesmal drückte er sie nicht so fest. Ich nahm meine freie Hand und strich ihm die Tränen von den Wangen.

»Das tue ich. Sie ist nicht die Frau, für die Morna sie hält. Morna wird das mit der Zeit erkennen. Grier und ich haben einen Plan geschmiedet.«

»Einen Plan?« Ich lächelte ihn an. Der plötzliche Ausdruck von Aufregung auf seinem Gesicht ließ ihn eher wie ein junges, abenteuerlustiges Kind aussehen, als wie einen alten, kranken Mann.

»Aye.«

Er lachte kurz auf, aber sein Lächeln verblasste schnell, als seine Hand zu seiner Brust flog. Sein Gesicht wurde bleich und er stöhnte vor Schmerz, während ich erschrocken und verwirrt dastand. Er hatte Mühe zu sprechen.

»Keine Panik, Mädchen, aber ich glaube, ich habe einen Herzinfarkt. Ich habe Aspirin in meiner Tasche. Kannst du es holen?«

Ich rannte zu seiner Tasche und wühlte darin herum, bis meine Hände die Flasche mit den Tabletten fanden. Ich öffnete sie, so schnell ich konnte, und schob ihm die Tabletten regelrecht in den Rachen. Während er schluckte, erinnerte ich mich an die Worte, die Grier zu ihm gesagt hatte, bevor sie gesprungen war.

Wenn Jerry sie für harmlos hielt, tat ich das auch. So wie Callum über die Hexe sprach, hatte er den gleichen Eindruck von ihr. Er musste das nehmen, was sie ihm hinterlassen hatte.

»Was hat Grier dir gegeben? Wo ist es?«

Er schüttelte den Kopf, während er weiterhin seine Brust umklammerte. Er rollte sich im Bett auf die Seite. Ich befürchtete, dass er sich gleich übergeben würde.

»Nein. Ich werde es nicht nehmen. Wenn ich es jetzt tue, wird Morna wissen, dass Grier mir geholfen hat.«

Ich sah mich im Raum um und hielt Ausschau nach etwas, das wie ein Trank aussah. Als ich die Flasche neben ihm auf dem Bett entdeckte, stürzte ich mich auf sie.

»Es ist mir egal, was Morna denkt. Ist es dir lieber, dass sie dich tot findet oder dass sie Grier verdächtigt? Wir können es ihr später erklären. Mach deinen verdammten Mund auf.«

Seine Augen rollten zurück in seinen Kopf, als er das Bewusstsein verlor. Augenblicklich riss ich ihm den Mund auf, zerrte den Korken aus der Flasche und schüttete ihm den Inhalt in die Kehle. Als der letzte Tropfen getrunken war, schrie ich aus vollem Halse um Hilfe.

KAPITEL 22

Autos, so sehr er sie auch liebte, waren nicht mehr das Faszinierendste, was er während seiner Zeit im einundzwanzigsten Jahrhundert gesehen hatte – nicht nachdem er ein Krankenhaus gesehen hatte. Sie arbeiteten so schnell und eindringlich an Jerry, dass Callum kaum glauben konnte, wie sich die Dinge entwickelten, nachdem sie angekommen waren.

Laut seinen Ärzten hatte Jerry Glück gehabt. Der Herzinfarkt war glimpflich verlaufen und es war keine Operation nötig gewesen, obwohl er Medikamente einnehmen musste, um einen erneuten Anfall zu verhindern. Während Jerry entschlossen war, den letzten Rat des Arztes zu ignorieren, wollte Callum sicherstellen, dass er ihn befolgte. Eine Änderung des Lebensstils würde unumgänglich sein.

»Kannst du dich beeilen, Callum? Ich bin bereit, wieder in die Burg zurückzukehren. Drei Tage im Krankenhaus sind lang genug.«

Callum fuhr mit der gleichen Geschwindigkeit weiter, obwohl er bezweifelte, dass Jerry sich mehr auf die Ankunft freute als er selbst. Jerry war die ganze Fahrt über unnötig anstrengend gewesen.

»Ich weiß, dass du bereit bist, aber du musst noch ein paar Minuten warten.«

»Ich weiß nicht, warum du das Bedürfnis hattest, dich um mich zu kümmern. Du hast deine eigenen Sorgen. Ich wäre auch allein zurechtgekommen.«

Callum hätte nicht im Traum daran gedacht, seinen lieben Freund im Krankenhaus zurückzulassen, um ihn allein mit Mornas ständigen Vorwürfen fertigwerden zu lassen. So schwierig Jerry in den letzten Tagen auch gewesen war, Morna war doppelt so schwierig.

Als Callum während des Festes aufgebrochen war, um Macaslan zu suchen, hatte es nicht lange gedauert, bis ihm klar geworden war, dass der Junge, der ihn und Sydney im Turm unterbrochen hatte, gelogen hatte. Anstatt Callum direkt zu dem Ort zu führen, an dem die Männer ihren Gefangenen angeblich festhielten, schlängelte er sich in seltsamen Mustern durch die Burg und tat so, als hätte er sich verlaufen. Seine Männer hatten in den letzten Monaten so viel Zeit in der Burg verbracht, dass er wusste, dass sich kein einziger von ihnen jemals in den Korridoren der verirren würde, egal in welchem Jahrhundert.

Es hatte nur ein paar Fragen gebraucht, bis der Junge ihm die Wahrheit gesagt hatte. Keiner hatte Macaslan gesehen. Keiner von seinen Männern wurde gefangen gehalten. Stattdessen hatte eine Frau, die der Junge nicht kannte, ihm Geld angeboten, um ihn abzulenken.

Callum wusste, dass es Grier sein musste. Als er sich auf den Weg gemacht hatte, um die Hexe zu suchen, hatte er Sydneys Hilfeschreie gehört.

»Ich habe keine Sorgen, um die ich mich kümmern muss, außer um dich, Jerry. Und wenn du nicht bereit bist, nach Hause zurückzukehren, brauchst du mich, denn ohne mich wirst du nie gegen Morna ankommen, wenn sie will, dass du zu eurem gemeinsamen Haus zurückkehrst. Sie hätte dich direkt vom Krankenhaus nach Hause gebracht. Sie ist nicht erfreut, dass wir dich zur Festung Cagair zurückbringen.«

»Ja, das weiß ich, aber sie kann sich nicht allein um mich kümmern, nicht ohne ihre Magie, und sie hat bereits geschworen, dass sie sie nicht an mir einsetzen wird. Es ist besser, wenn ich in der Burg bleibe, bis es mir besser geht. Ihre Gründe, mich aus dort wegzuholen, sind nicht gerechtfertigt. Grier hat mir das nicht angetan. Ich weiß es, aber sie will nicht hören.«

Callum kannte die Wahrheit auch. Morna war nur zu stur und zu besorgt um Jerry, um das zu erkennen.

Ich wusste, dass Jerry aus dem Krankenhaus zurück war, weil ein zusätzliches Auto vor dem Haus parkte, aber ich hatte noch nicht den Mut, nach ihm zu sehen. Das Letzte, was ich tun wollte, war, mich einzumischen oder im Weg herumzustehen. Nach allem, was ich gehört hatte, würde er wieder gesund werden. Dafür konnte ich nicht dankbarer sein. Sollte ich Grier jemals wiedersehen, würde ich sie auf jeden Fall umarmen.

Als Jerry ins Krankenhaus gebracht worden war, waren meine Nerven so strapaziert gewesen, dass ich mich sofort ins Bett zurückgezogen hatte. Obwohl ich die Party noch stundenlang bis tief in die Nacht hinein gehört hatte, konnte ich nicht glauben, wie wenig davon am nächsten Morgen noch zu sehen war. Nicht nur die Gäste waren verschwunden, sondern auch alle anderen Anzeichen für die Feier. Das Essen war weg, das Geschirr abgeräumt, die Dekoration verschwunden, die Unordnung aufgeräumt. Das hatte mich verblüfft.

Als ich Anne gefragt hatte, wie sie das alles bewerkstelligt hatte, erklärte sie mir, dass sie kein Auge zugetan hatte und die ganze Nacht damit beschäftigt gewesen war. Ich hatte sofort ein schlechtes Gewissen bekommen, weil ich nicht mitgeholfen hatte, aber sie versicherte mir, dass es sie nicht im Geringsten gestört hatte.

Als ich mich am Morgen von Jerrys Rückkehr der Küche näherte, hörte ich Mornas Stimme und trat ein, um Neuigkeiten über Jerrys Gesundheitszustand zu erfahren. Sie sprach nicht über ihren Mann, sondern beklagte sich bei Anne über Jerrys neue Ernährungsweise und ihr mangelndes Wissen über gesunde Lebensmittel.

»Ich weiß nicht, was ich tun soll. Der Arzt hat mir so wenig Ratschläge gegeben, aber so viel Druck gemacht, etwas zu ändern. Ich fürchte, ich muss nachgeben. Er hat mir das Gefühl gegeben, dass ich dafür verantwortlich bin. Vielleicht bin ich das auch.«

Anne legte einen Arm um Morna, die schniefte und zu Boden blickte. Ich ging zu den beiden hinüber und zog Morna in eine Umarmung.

»Was ist los? Ich dachte, es würde Jerry besser gehen. Sonst würden sie ihn doch sicher nicht gehen lassen.«

Sie blickte zu mir auf und wischte sich mit der Hand über die Nase, während sie zittrig einatmete.

»Ja. Er könnte nicht glücklicher sein. Es kommt nicht oft vor, dass die moderne Medizin die Kräfte eines Hexenfluchs überwinden kann. Ich weiß nicht, warum ich so weinerlich bin.«

Ich wollte Grier verteidigen, aber das schien mir nicht sinnvoll, wenn Morna ohnehin schon so aufgebracht war.

Anne griff nach mir und drückte meinen Arm, um meine Aufmerksamkeit zu erregen, obwohl sie ihre Worte an Morna richtete.

»Ich wette, Sydney kann helfen. Sie weiß alles übers Kochen.«

Anne hatte recht. Ich hätte mich sofort einmischen und selbst Hilfe anbieten sollen.

»Ja, natürlich mache ich das. Was kann ich tun?«

Morna trat zur Seite, um ein Stück Papier von der Kücheninsel zu nehmen und es mir zu reichen.

»Hier sind die Richtlinien des Arztes für Jerrys neue Ernährung. Kein Salz, kein Zucker, keine Milchprodukte, kein rotes Fleisch, keine Wurst, kein Brot … die Liste ist endlos lang. Wie kann der Mann von mir erwarten, dass ich überhaupt etwas koche, geschweige denn etwas, das Jerry essen wird? Der alte Mann hat sich fast sein ganzes Leben lang von salzigem Käse und Wurst ernährt. Er hat einen Bauernhof geführt, aber er ist keine Ziege. Er kann nicht allein von Grünzeug leben.«

Ich konnte mir vorstellen, dass solche Einschränkungen überwältigend für Morna waren, vor allem, wenn sie schon so erschüttert von den Ereignissen der letzten Tage war, aber das alles war durchaus möglich. Das war eine Gelegenheit, etwas Kontrolle wiederzuerlangen. Darin war ich Expertin.

»Du brauchst dir keine Sorgen zu machen, Morna. Ich koche alles für ihn, bis es ihm besser geht. Ich werde sogar dafür sorgen, dass wir alle auf diese Weise essen. Das macht es für Jerry einfacher und ist für uns alle besser. Außerdem werde ich dir einen überschaubaren Ernährungsplan mit Rezepten und Einkaufslisten zusammenstellen, den du allein umsetzen kannst, wenn du und Jerry wieder zu Hause seid. Du bist eine gute Köchin, also wirst du keine Hilfe brauchen, wenn du die Rezepte hast. Du brauchst nur etwas Orientierung.«

Die Lippen der Frau zitterten, was ich nur als Dankbarkeit deuten konnte. Zum Glück riss sie sich zusammen, als sie mit mir sprach. Sonst hätte ich bestimmt genauso geweint wie sie.

»Ja, genau. Alles, was ich brauche, ist ein bisschen Orientierung. Ich kann dir gar nicht genug danken.«

»Du brauchst mir gar nicht zu danken. Das ist mein Job.«

Ich löste mich aus der Umarmung und ging zum Kühlschrank, um einen Blick hineinzuwerfen. Nach der Party waren so viele Reste übrig geblieben, dass ich seit Tagen nicht mehr gekocht hatte, und in der Speisekammer und im Kühlschrank war nur noch wenig vorhanden.

»Kannst du mir ein Auto leihen, damit ich Lebensmittel einkaufen gehen kann? Ich glaube nicht, dass es hier etwas gibt, das Jerry essen sollte. Es wird aber eine Weile dauern, bis ich eine richtige Liste zusammengestellt habe. Wie spät ist es, Morna?«

Mein eigener Magen knurrte bereits und ich hatte ein kräftiges Frühstück zu mir genommen. Wenn ich raten müsste, würde ich bezweifeln, dass Jerry heute schon etwas gegessen hatte.

»Es ist fast Mittag. Ehrlich gesagt, Mädchen, kann ich ihm etwas Hühnchen zum Mittagessen grillen, wenn er sonst nichts essen kann. Es gibt keinen Grund, Callum noch länger warten zu lassen.«

»Eigentlich …« Anne verzog schuldbewusst das Gesicht, als sie mit dem Kopf in Richtung Kühlschrank nickte. »Ich bin mir

176

ziemlich sicher, dass wir nichts mehr haben. Die Party hat den größten Teil der Lebensmittel aufgebraucht, und Orick und Aiden haben den Rest heute Morgen gegessen.«

Pizza war das Allerletzte, was Jerry brauchte, und ich würde den Rest des Tages brauchen, bis ich mir einen vernünftigen Essensplan ausgedacht hatte und zum Einkaufen gefahren war.

»Na ja, er kann keine Pizza essen und er wird etwas brauchen, bevor ich vom Einkaufen zurückkomme. Hier sind noch ein Salatkopf und ein paar Tomaten drin. Ich kann einen Salat zubereiten, aber das reicht nicht aus, um ihn satt zu bekommen.« So dünn er auch war, nach allem, was ich beobachtet hatte, aß Jerry ziemlich üppige Portionen.

Dann erinnerte ich mich an den kleinen Hühnerstall, der mir neben den Ställen aufgefallen war. Das wäre zwar nicht angenehm, aber so abgelegen wie die Festung war, sah ich keine andere Möglichkeit.

»Eine Frage zu den Hühnern da draußen – hat jemand eine emotionale Bindung zu ihnen?«

Annes Miene verfinsterte sich, als sie die Augen weit aufriss und den Kopf schüttelte.

»Nein, ich glaube nicht. Aber du hast doch nicht vor, eines davon zu töten, oder?«

»Doch, das werde ich. Was glaubst du, wie das Huhn, das du im Supermarkt kaufst, in die Verpackung kommt? Jemand muss es töten. Ich habe es noch nie gemacht, aber ich erinnere mich daran, wie meine Großmutter es getan hat. Das schaffe ich schon.«

Ich ging ziemlich entschlossen aus der Küche und hoffte, dass ich die unangenehme Aufgabe zu Ende bringen konnte, bevor ich mir die Sache ausreden würde.

KAPITEL 23

Niemand konnte behaupten, dass ich ein Mensch war, der nicht tat, was er versprochen hatte. Ich musste zwar zweimal würgen, aber innerhalb einer Stunde lieferte ich eine perfekt gekochte, gut gewürzte Hähnchenbrust in Jerrys Zimmer. Das eigentliche Opfer der ganzen Tortur schien Anne zu sein. Ich wusste nicht, ob ich sie zur Vegetarierin gemacht hatte oder ob sie einfach nur Angst hatte, ich könnte sie eines Tages um Hilfe beim Kochen bitten, aber sie hatte sich stundenlang aus dem Staub gemacht.

Heute war mir das allerdings egal. Ich hatte es durchgezogen, aber der Akt war für mich genauso traumatisierend gewesen wie für Anne. Als ich mit dem Kochen fertig war, flüchtete ich in mein Zimmer, um das unangenehme Gefühl wegzuduschen.

Es war schon Nachmittag, als ich aus meinem Zimmer kam, um nach Jerry zu sehen und Callum zu suchen. Ich wusste, dass es albern war, aber drei Tage ohne ihn kamen mir sehr lang vor. Ich hoffte, dass er sich genauso sehr auf mich freute wie ich mich auf ihn.

Ich hatte immer noch keine Lebensmittel für den Rest der Woche eingekauft, aber zum Glück hatte Aiden zugestimmt, dass er gleich morgen früh einkaufen gehen würde, um mir den Weg zu ersparen, wenn ich ihm beim Abendessen eine Liste geben würde.

Von Cooper erfuhr ich, dass Callum die meiste Zeit des Tages an Jerrys Seite verbrachte, also hoffte ich, die beiden dort anzutreffen, als ich den Flur zu Jerrys Zimmer durchquerte. Mit dieser Hoffnung stand ich vor seinem Zimmer, klopfte laut und hob meine freie Handfläche an den Mund, um meinen Atem zu testen. Ich hatte mir zweimal die Zähne geputzt und Mundwasser benutzt, aber ich wollte sicher sein, dass alle Spuren des Erbrochenen verschwunden waren.

Als niemand antwortete, rief ich und klopfte ein zweites Mal, diesmal noch lauter.

»Jerry, bist du wach?«

Mir wurde bewusst, wie unbedacht meine Frage war, als ich sie stellte. Wenn er vorher nicht wach gewesen war, war er es jetzt ganz sicher.

»Ja, ich bin wach. Komm und setz dich zu uns.«

Ich stieß die Tür leicht auf und trat zögernd ein. Callum saß neben Jerrys Bett. Er drehte sich um und grinste mich an, als ich eintrat.

Jerry winkte mich näher heran. »Komm her, schöne Maid. Ich habe dich vermisst.«

Es kam mir komisch vor, dass er mich nach unseren wenigen gemeinsamen Interaktionen vermisst hatte, aber mir ging es genauso und es verbesserte meine Laune ungemein, ihn so fröhlich zu sehen.

»Du siehst gut aus, Jerry.«

Ich legte meine Hand zur Begrüßung auf Callums Schulter, bevor ich mich vorbeugte, um Jerry auf die Wange zu küssen. Allein die Tatsache, dass meine Hand auf Callums Schulter lag, verursachte ein Kribbeln in meinem Magen. Ich ignorierte das Flattern und konzentrierte mich auf Jerry.

»Wie geht es dir?«

»Viel besser als vorher. Erstens, weil du mich nicht hast sterben lassen, und zweitens, weil du mir so ein köstliches Stück Huhn gekocht hast. Ich habe noch nie Geflügel gegessen, das so frisch geschmeckt hat.«

Bei der Erwähnung seiner Mahlzeit drehte sich mein Magen aus einem ganz anderen Grund um als noch Sekunden zuvor. »Ja, es war wirklich frisch.«

»Was soll das heißen, Mädchen?«

Jerry gluckste leicht, als er die Frage stellte, und ich erkannte an dem schelmischen Funkeln in seinen Augen, dass er die Antwort bereits kannte.

»Morna hat es dir gesagt, oder?«

»Ja. Wie ich höre, gibt es jetzt ein Huhn weniger im Stall.«

Ich stand neben Callum und meine Hand lag immer noch auf ihm, als er sich zu mir umdrehte und mich schockiert ansah.

»Nein, das kannst du unmöglich getan haben, oder? Ich kann es nicht glauben.«

»Habe ich, aber ich möchte wirklich nicht darüber reden. Aber ich möchte trotzdem gerne mit dir sprechen. Kommst du mit?«

»Ja.«

Callum wollte aufstehen, hielt aber inne, als Jerry eine Hand ausstreckte, um uns am Gehen zu hindern.

»Nein, bitte geht nicht. Ich langweile mich in diesem Bett zu

Tode. Ich bin sehr gut darin, so zu tun, als wäre es immer Morna, die sich in die Angelegenheiten anderer Leute einmischt, aber ich bin selbst ziemlich neugierig. Unterhaltet euch ruhig weiter und ich lehne mich zurück und höre zu.«

Er lächelte verschmitzt, aber auch das konnte mich nicht davon überzeugen, vor Jerry zu tun, was ich tun wollte.

»Ich weiß, dass du vor Langeweile den Verstand verlierst, aber das hier ist ziemlich privat. Es ist nicht einmal eine Unterhaltung. Es gibt da etwas-»

Callum unterbrach mich, bevor ich fortfahren konnte.

»Ach komm schon, Sydney. Jerry ist gut darin, Geheimnisse zu bewahren. Was hast du zu sagen? Ich habe kein Problem damit, das vor Jerry zu besprechen, wenn es ihn glücklich macht. Er ist umso anstrengender, wenn er nicht glücklich ist.«

Ich stand da und sah die aktuelle Situation plötzlich ähnlich wie die mit dem Huhn. Wenn ich es nicht einfach tun würde, würde ich es mir ausreden. Ich wollte es mir nicht ausreden, ich wollte ihn schon seit Tagen wieder küssen.

»Gut.«

Ich beugte mich vor, um Callums Gesicht mit beiden Händen zu ergreifen und seinen Kopf nach oben zu neigen, damit ich ihn küssen konnte. Es war ein verdammt guter Kuss. Als ich mich von ihm löste, starrten mich beide Männer mit einem Gesichtsausdruck an, der vermutlich dem von Anne ähnelte, als sie mir bei der Ermordung des Huhns zugesehen hatte. Es schien, als hätte ich heute eine regelrechte Glückssträhne an unerwarteten Ereignissen.

»Können wir jetzt unter vier Augen reden?«

Callum wartete dieses Mal nicht auf Jerrys Erlaubnis. Er stand auf, ergriff meine Hand und zog mich aus dem Raum.

»Es tut mir leid, Jerry. Ich werde ihr keinen Wunsch

ausschlagen, wenn die Möglichkeit besteht, dass sie das noch einmal tut.«

»Natürlich nicht, Junge. Verschwindet, ihr beiden. Das Mädchen hat mir mit dieser Aktion den ganzen Monat versüßt.«

»Es sieht jetzt viel besser aus.«

»Ja, aber es wird bald in meiner Zeit so schön aussehen wie jetzt.«

Ich wusste, dass das stimmte. Selbst wenn das Turmzimmer in der Vergangenheit zerbröckelt war, war es schön. Und wenn es erst einmal wieder ganz war, würde es genauso erstaunlich sein wie jetzt.

Als ich mich zu ihm gesellte, bemerkte ich das Feldbett auf der anderen Seite des Raumes.

»Was ist das?«

Er blickte zu Boden, und ein Anflug von Verlegenheit machte sich in seinem Gesicht breit.

»Ach, ich wollte es wegstellen, bevor ich dich hierher bringe. Der Turm dient mir jetzt als Schlafgemach – nur so lange, bis die Burg fertig ist.«

»Warum bist du nicht in einem Zimmer?«

»Das war ich eine ganze Weile.«

»Und wer hat dich rausgeschmissen?«

Er grinste mich nur an, und mir wurde bewusst, was ich schon bei meiner Ankunft hätte wissen müssen. Natürlich hatte es kein freies Zimmer für mich gegeben, wenn so viele Leute in der Burg übernachteten wie jetzt.

»Ach du meine Güte, ich bin diejenige. Ich habe dich rausgeschmissen. Du hast dein Zimmer aufgegeben, damit ich dort schlafen kann. Lass uns tauschen. Du arbeitest doch so hart. Ich will wirklich nicht diejenige sein, die dafür verantwortlich ist, dass du dein Zimmer verlassen musstest.«

Er hob die Hand, um mir ein Haar aus dem Gesicht zu streichen, und die Berührung seines Daumens, der über mein Gesicht fuhr, brachte meinen Atem ins Stocken.

KAPITEL 24

Drei Tage waren im Großen und Ganzen eine kurze Zeit, aber drei Tage, in denen ich nichts anderes getan hatte, als nachzudenken, waren eine sehr lange Zeit. Ich nutzte meinen Kuss, um Callums Aufmerksamkeit von Jerrys Bett abzulenken, aber das war sicher nicht der einzige Grund, warum ich ihn für mich allein haben wollte. Während Callum und Jerry weg gewesen waren, hatte ich eine lange Liste von Dingen angehäuft, die ich mit ihm besprechen wollte.

Jerrys Herzinfarkt erschreckte alle, und das Ereignis machte mir klar, dass es keine Rolle spielte, dass ich noch nicht einmal eine Woche hier auf der Burg verbracht hatte. Diese Leute waren mir nicht egal. Ich fühlte mich wohl in ihrer Nähe. Und trotz der Unannehmlichkeiten in meiner ersten Nacht hier vertraute ich ihnen vollkommen.

Soweit ich das beurteilen konnte, war Zeit nicht unbedingt der beste Maßstab für Veränderungen. Das Leben konnte sich innerhalb kürzester Zeit ändern – die vergangene Woche war der Beweis dafür. Oder, wie meine gesamte Zeit in Italien zeigte, konnten Jahre vergehen, ohne dass etwas Interessantes passierte. Ich vertraute meinen Gefühlen so sehr, dass ich mir keine Gedanken über die Zeitspanne machte, in der sie sich entwickelten.

Ich konnte damit umgehen, aber was, wenn Callum das nicht konnte? Was, wenn die Tage, die er von mir getrennt gewesen war, seine Gefühle abgekühlt hatten? Und selbst wenn nicht, was genau empfand er für mich? Sein Versprechen, mich zu umwerben, brachte zwar mein Blut in Wallung, aber ich brauchte Klarheit über das, was zwischen uns vor sich ging.

Selbst wenn er theoretisch in einem anderen Jahrhundert lebte, machte das Portal es ihm zu einfach, hin und her zu reisen. Selbst wenn die Reparaturen an seiner Burg abgeschlossen sein würden, würden wir uns ständig über den Weg laufen. Ich genoss meinen neuen Job schon jetzt sehr, und ich vermutete, dass meine Liebe zu ihm mit der Zeit noch wachsen würde. Unabhängig von Callum hatte ich die feste Absicht, langfristig auf Cagair zu bleiben. Genau wie er. Ich glaubte nicht, dass wir unsere Gefühle füreinander beiläufig würden ausleben konnten, ohne an die möglichen Konsequenzen zu denken.

Was, wenn die Dinge chaotisch werden und nicht funktionieren würden? Ich wollte nicht, dass sich das auf meine Arbeit hier auswirkte, oder, noch schlimmer, dass es sich auf meine Beziehungen zum Rest des Haushalts auswirkte. All das musste besprochen werden.

»Warte mal.« Meine Bitte kam atemlos heraus, als er mir einen sanften Kuss auf den Hals gab, mich mit einer Hand festhielt und mit der anderen die Tür zu meinem Schlafzimmer zuschlug. Er machte keine Anstalten, mit irgendetwas aufzuhören, und ich bemühte mich, seine volle Aufmerksamkeit zu erlangen. Wenn ich das Gespräch nicht bald in Gang bringen würde, würde das Bedürfnis nach Klärung unter der Wärme seiner Berührung dahinschmelzen. »Callum, ich meine es ernst, warte mal kurz. Ich will mit dir reden.«

Er hielt inne, aber seine Lippen strichen immer noch über meinen Hals. Er verharrte einen Moment in dieser Position, bevor er sich aufrichtete und mich mit lüsternem Blick anstarrte.

»Oh. Du willst wirklich reden? So wie du dich vor Jerry benommen hast, dachte ich, dass du vielleicht etwas anderes vorhast.«

Enttäuschter hätte er nicht aussehen können.

»Ich meinte beide Arten von Reden, aber wenn wir zuerst mit dieser Art von Reden anfangen, wird die andere nie stattfinden.«

Er grinste und nickte, während er mich zum Rand des Bettes hinüberführte.

»Ja, das ist wahr. Worüber willst du reden?«

»Du kennst mich noch nicht wirklich – nicht gut, noch nicht – aber du wirst bald merken, dass ich dazu neige, sehr unverblümt zu sein. Ich habe noch nie einen Sinn darin gesehen, um den heißen Brei herumzureden.«

Er nickte und ermutigte mich, fortzufahren. »Ich stimme dir zu, Mädchen. Sag, was du zu sagen hast.«

»Okay, gut. Also, erstens brauche ich eine Klarstellung, was unser Verhältnis zueinander angeht. Denn wenn deine Antwort in dieser Angelegenheit auf eine bestimmte Art ausfällt, wird alles andere hinfällig sein.«

»Okay, also habe ich einen gewissen Druck, die Sache richtig anzugehen.«

Er wirkte ruhig, aber für jemanden, der gerade noch behauptet hatte, dass ich nicht gerne um den heißen Brei herumredete, schien ich ihn ganz schön auf die Folter zu spannen. Ich war mir sicher, dass ihn das Ganze nervös machte.

»Nein. Kein Druck. Antworte einfach ehrlich. Du kennst mich erst seit ein paar Tagen, also ist alles, was du sagst, in Ordnung. Als du gesagt hast, dass du mich umwerben würdest, meintest du damit eine rein körperliche Beziehung oder meintest du, dass du mich als Person magst – für eine echte Beziehung?«

Er verschränkte seine Arme und betrachtete mich vorsichtig. Er lachte leicht, als er sprach.

»Sag mir nicht, dass eine der beiden Antworten in Ordnung ist, denn ich kenne kein Mädchen, dem die erste Antwort gefallen würde, aber ich werde dir trotzdem wahrheitsgemäß antworten.«

Er verschränkte die Arme und griff nach meiner Hand, um sie zu seinem Mund zu führen, damit er meine Handfläche küssen konnte.

»Ich gehöre nicht zu der Sorte Mann, die das körperliche Verlangen leicht von dem meines Herzens trennen kann. Die beiden sind eng miteinander verbunden und waren es schon immer. Sei versichert, dass ich deinen Geist und dein Herz genauso gut kennenlernen will wie deinen Körper.«

»Gut. Das sehe ich auch so. Bevor wir weitermachen, solltest du wissen, dass ich nicht wie viele andere Menschen bin, wenn es um Beziehungen geht. Ich bin zu arbeitsorientiert, zu unabhängig. Es muss ein paar Grenzen geben, okay?«

Er lachte und beugte sich vor, um mich auf die Wange zu küssen.

»Was verstehst du unter Grenzen?«

»Ich meine, dass ich meine eigenen Entscheidungen treffen will. Du darfst nicht eine Sekunde lang denken, dass du mir sagen kannst, was ich zu tun habe. Ich werde nicht auf dich hören. Der schnellste Weg, mich dazu zu bringen, etwas zu tun, ist, mir zu sagen, dass ich es nicht tun soll. So kindisch das auch sein mag, es ist einfach die Wahrheit.«

Ich wartete nicht darauf, dass er antwortete, bevor ich mit dem dringendsten Anliegen begann, das mich beschäftigte.

»Eine letzte Sache ... Was, wenn das nicht funktioniert? Werden wir dann friedlich zusammenleben können, ohne dass sich das auf meine Arbeit hier auswirkt? Mir sind jetzt schon alle sehr sympathisch. Es wäre mir unangenehm, wenn alle anderen unseretwegen in eine unangenehme Situation geraten würden. Ich weiß, dass ich es schaffen würde, die Arbeit von dem Privaten zu trennen. Aber kannst du das auch?«

Er schüttelte den Kopf, und etwas in mir erschlaffte wie ein Luftballon, der mit einer Nadel gepikst worden war.

»Ehrlich gesagt, weiß ich es nicht. Ich habe das Gefühl, dass ich dich schon zu sehr mag, als dass sich eine solche Situation ergeben könnte.«

»Ja, aber es könnte sein.«

Er stand auf, lächelte und reichte mir eine Hand, um mich auf die Beine zu ziehen.

»Ich glaube wirklich nicht, dass es dazu kommt. Und selbst wenn, ist es vielleicht nicht die beste Idee, sich auf etwas einzulassen, bei dem man davon ausgeht, dass es scheitern wird, oder?«

Callum zog mich näher zu sich und beugte sich vor, um mich zu küssen. Vielleicht ging ich das alles viel zu pessimistisch an.

Er flüsterte mir ins Ohr und küsste meinen Nacken.

»Also, lass uns jetzt auf die andere Art reden, wenn du nichts dagegen hast. Ich habe schon viel zu lange darauf gewartet, dich wieder zu küssen.«

Ich gab mich seinem Kuss hin und verlor mich in dem Gefühl seiner Hände, die an meinem Körper hinunterglitten. Dann bewegten sie sich nach oben und umschlossen mein Gesicht. Er küsste mich so innig, dass alle Sorgen aus meinem Kopf verschwanden.

Ich wollte mich liebend gerne in seinen Berührungen verlieren. Solange ich vorsichtig blieb und das Tempo der Ereignisse im Auge behielt, konnte es nicht schaden, mich zu amüsieren.

KAPITEL 25

1650

»Was? Kannst du nicht noch ein bisschen warten? Warum kommt ihr beide nicht hier hoch, wenn ihr mit mir reden wollt?«

Callum stand auf der behelfsmäßigen Leiter und verteilte den Mörtel für die Steine zusammen mit Taran, dem besten Maurer von ganz Schottland. Die Arbeit erforderte viel Aufmerksamkeit, und Callum wollte keine kurze Mittagspause mit dem Rest seiner Männer einlegen, aber dem Klang von Adwens Stimme nach zu urteilen, ließ sein Bruder ihm keine große Wahl.

»Nein. Beweg deinen Hintern hierher. Wir haben schon eine ganze Weile auf dich gewartet. Taran braucht dich nicht. Du bist ihm eher im Weg, als dass du ihm eine Hilfe bist.«

Callum warf einen fragenden Blick in Tarans Richtung. Der alte Mann lachte, als er antwortete.

»Ich würde nicht sagen, dass du mir im Weg stehst, aber

Adwen hat recht, ich komme schon allein zurecht. Geh und sieh nach, was er will, damit er aufhört zu schreien.«

Callum übergab die Werkzeuge, wischte sich die Hände ab und stieg von dem fast reparierten Turm hinunter. Als er unten ankam, verspürte er das Bedürfnis, seinem Bruder einen Schlag auf die Nase zu verpassen.

»Was ist denn los mit dir? Sogar Nora hat mehr Geduld als du. Was willst du?«

Adwen antwortete ihm nicht. Stattdessen klopfte Orick ihm auf die Schulter, als sie sich gemeinsam auf den Weg nach draußen vor die Burg machten.

»Wir brauchen dich, weil du eine Wette zwischen uns entscheiden musst. Man sollte meinen, dass er seine Lektion gelernt hat, nach dem, was Griffith ihm das letzte Mal mit einer Wette zugemutet hat, aber Adwen braucht noch eine weitere Niederlage, bevor er zur Vernunft kommt.«

Callum rechnete damit, dass Adwen die Wette verlieren würde – wie immer – egal, worum es ging. »Was habt ihr denn gewettet? Ich wüsste nicht, wie ich euch da helfen könnte.«

»Bevor ich es dir sage, möchte ich dich daran erinnern, dass ich die Wette nicht ausgehandelt habe. Adwen ist der Übeltäter, nicht ich. Es würde mich aber durchaus freuen, wenn Adwen einen Monat lang Noras Windeln wechseln müsste. Das ist der einzige Grund, warum ich mit ihm gewettet habe.«

»Nun sagt schon. Was habt ihr gewettet?«

Adwen trat plötzlich zwischen die beiden, weil er es offenbar satthatte, auf Oricks Erklärung zu warten.

»Ich habe ihm gesagt, dass du Sydney bereits in deinem Bett hattest. Orick ist da anderer Meinung.«

»Aye, ich bin anderer Meinung.« Orick schob Adwen aus dem Weg. Callum konnte nicht glauben, wie kindisch die beiden in diesem Moment aussahen. »Ich habe ihm gesagt, dass du nicht so ein voreiliger Narr bist wie er, und dass du ein bisschen vorsichtiger mit Frauen umgehst. Ich hatte doch recht, aye? Sag mir bitte, dass du sie nicht schon hattest.«

Callum wandte sich von ihnen ab und marschierte zurück in die Burg, während er sprach. »Wenn ihr die Antwort wissen wollt, müsst ihr mit mir kommen und helfen, die letzten Steine für Taran in den Turm zu bringen.«

Er sagte kein weiteres Wort zu diesem Thema, bis beide Männer mit ihm in den Lagerraum gingen.

»Orick hat gewonnen. Ich will das Mädchen in meinem Bett haben, ja, aber ich habe es noch nicht einmal versucht.«

»Zum Teufel mit dir, Orick. Warum hast du immer mit allem recht?«

Adwens verärgerte Stimme reichte aus, um sowohl Callum als auch Orick in schallendes Gelächter ausbrechen zu lassen.

»Bist du wirklich überrascht, Adwen? Kennst du mich denn nicht besser?«

»Ich glaube nicht. Ich wusste, dass du sie magst, aber ich wusste nicht, dass du sie so gern hast. Du bist zwar nicht so verrückt nach Frauen, wie ich es einmal war, aber du hast schon mit vielen von ihnen geschlafen.«

Er mochte sie wirklich – so sehr, dass er sich zum ersten Mal, seit die Reparaturen an der Burg begonnen hatten, wünschte, er könnte sie hinauszögern.

»Ja, das tue ich. Ich möchte mir Zeit mit ihr lassen, auch wenn ich das nicht sehr gut kann. Meine Gefühle schreiten schneller voran, als sie sollten.«

Ohne sich abzusprechen, stellten die Männer sich in einer Reihe auf und reichten sich gegenseitig die Steine, um sie in die hölzerne Schubkarre zu legen. Hier sammelten sie die Brocken, bevor sie eine weitere Schlange bildeten, um sie die Treppe zum Turm hinauf zu transportieren.

Orick stellte ihm die Frage, während sie arbeiteten.

»Wie meinst du das? Ich habe die Erfahrung gemacht, dass Gefühle nicht beschleunigt oder gedrosselt werden müssen. Sie kommen und gehen, wie sie wollen, wie es die Bestimmung will.«

Callum nahm den großen Stein entgegen, den Orick ihm reichte, und drehte sich um, um ihn an Adwen weiterzureichen.

»Es gibt vieles, das erledigt werden muss, bevor ich bereit bin, mein Leben mit einer Frau zu teilen. Die Restaurierung der Burg muss abgeschlossen werden, und der Rest von euch muss sicher nach Hause gebracht werden. Ich muss Macaslan tot sehen, und Laird Allen für seine Hilfe und Freundlichkeit bei der Suche belohnen. Ich habe zu viel Zeit außerhalb meines Territoriums verbracht, ohne mich um die Bedürfnisse meines Volkes zu kümmern. Sie haben mir viel zu lange geholfen. Ich sollte warten, bis alles erledigt ist, bevor ich Sydneys Gesellschaft genieße, aber wenn ich mich in ihrer Nähe befinde, treibe ich die Dinge schnell voran. Anstatt es langsam anzugehen und sie zurückzuweisen, dränge ich sie eher dazu, ihre eigenen Bedenken zu ignorieren und mir rücksichtslos alles zu nehmen, was sie zu geben gedenkt. Das ist egoistisch und töricht und wird für keinen von uns gut enden.«

Adwen lachte und sowohl Callum als auch Orick drehten sich um und sahen ihn neugierig an.

»Verzeih mir, wenn ich mir einen Spruch von meiner ungehobelten Frau ausleihe, aber alles, was du gerade gesagt hast, ist völliger Quatsch.«

»Warum denkst du das, Bruder?«

»Wenn du wartest, bis du bereit bist, werden wir dich mit

Erde zuschaufeln, bevor der Tag kommt. Niemand ist jemals bereit für die Dinge, die im Leben auf einen zukommen. Ich glaube, du warst es, der mich davon überzeugt hat, ein solches Geschenk nicht wegzuwerfen, als ich im Kummer versunken war. Ich sehe keinen Grund, warum du jetzt versuchst, dir diese Liebe auszureden. Du bist verängstigt. Warum?«

Callum hielt eine Hand hoch, um Orick davon abzuhalten, ihm den nächsten Stein zu reichen. Er wollte nicht arbeiten, während er sprach.

»Als ich dich aus dieser Burg geschickt habe, um Jane zu suchen, hatte ich keine Ahnung vom Leben. Ich hatte nichts davon selbst erlebt. Und ja, ich habe Angst. Ich habe Angst, dass ich in einer Woche so sehr in das Mädchen verliebt sein werde, dass ich sie kaum noch loslassen kann.«

»Dann tu es nicht. Warum solltest du sie loslassen? Wie es aussieht, hat sie nicht die Absicht, die Burg zu verlassen. Du wirst nur eine Treppe von ihr entfernt sein. Wenn ihr es langsam angehen wollt, ist das schön und gut, aber verweigert euch nichts, nur weil ihr Angst habt. Wer verliebt ist, lebt immer in Angst. Das ist der Preis, den wir zahlen.«

»Adwen hat recht, Callum.«

Er drehte sich zu Orick um, gespannt auf das, was sein Freund zu sagen hatte. Orick war weiser als sie alle zusammen.

»Wenn ihre eigenen Gefühle noch nicht mit deinen übereinstimmen, heißt das nicht, dass das nie der Fall sein wird. Du weißt nicht, was das Mädchen durchgemacht hat. Vielleicht haben die Männer sie früher nicht so behandelt, wie sie es hätten tun sollen. Vielleicht muss sie erst genau wissen, wie du fühlst, bevor sie ihr Herz öffnen kann. Versichere ihr in jeder Hinsicht, dass sie dir wichtig ist. Du weißt bereits, dass sie dich mag. Das heißt aber nicht, dass deine eigenen Gefühle zu schnell voranschreiten, während ihre sich nur langsam entwickeln.«

»Woher weißt du immer genau, was jemand hören muss, Orick?«

Adwens tiefe und verärgerte Stimme mischte sich ein. »Das ist verdammt nervig, nicht wahr? Der Mistkerl weiß alles.«

Orick verteidigte sich. »Nein. Ich weiß nicht sehr viel, aber ich kenne euch beide sehr gut.«

»Das tust du, Orick.« Callum drehte sich zu Adwen um. »Du hast mir an diesem Tag auch sehr geholfen, Bruder. Die Vaterschaft hat dich verändert.«

»Die Kleine hat mein Herz gestohlen, aber meine Weisheit hat sie nicht verbessert. Meine Worte an dich waren ein Glücksfall. Erwarte nicht, dass du noch einmal so gute Ratschläge von mir bekommst.«

Callum lachte und hob die Hände, um die beiden Männer an den Schultern zu packen.

»Das werde ich nicht. Aber ich weiß euch beide mehr zu schätzen, als ihr ahnt.«

Orick winkte mit der Hand ab und wies seine Dankbarkeit zurück, genau wie Callum es erwartet hatte.

»Du solltest wissen, dass wir dich auch zu schätzen wissen. Wir alle. Du warst jahrelang mit deinem Vater auf Reisen, obwohl du das gar nicht wolltest; du hast die Festung übernommen, damit Adwen das Leben führen konnte, das er sich wünschte; du hättest beinahe meine Frau geheiratet, um sie vor Macaslans Schuft von einem Sohn zu schützen. Du bist ein selbstloser Mann, Callum. Wenn du Glück gefunden hast, dann halte mit allem, was du hast, daran fest.«

»Ich werde es versuchen, aber ich kann ihr nichts versprechen, solange Macaslan nicht tot ist.«

Adwen gab ihm einen leichten Klaps auf den Hinterkopf.

»Callum, du versuchst schon wieder, dich rauszureden. Macaslan hat keine Verbündeten, die ihm helfen. Selbst seine eigenen Männer hassen ihn. Ich würde wetten, dass die Gefahr vorüber ist. Ich glaube nicht, dass er jemals wieder nach Schottland zurückkehren wird.«

Die Worte seines Bruders jagten Callum ein Schaudern über den Rücken. Wenn Adwen darauf wetten würde, dass die Gefahr vorüber war, dann war sie es ganz sicher nicht.

KAPITEL 26

Vier Wochen später – Gegenwart

Am Morgen ihrer Abreise von der Burg versammelten sich alle, um sich von den Conalls zu verabschieden. Sie waren bei weitem die größte Gruppe, und die Flure würden ohne sie sicher weniger belebt sein. Obwohl sich alle darüber freuten, dass nur noch die Vorhänge und die Einrichtung der Burg in Ordnung gebracht werden mussten, konnte ich deutlich spüren, dass Traurigkeit über allen hing, als die erste Gruppe das magische Treppenhaus hinunterging.

Bei all den verrückten Ereignissen der letzten Wochen war ich nicht in der Lage gewesen, mich richtig mit den Conalls anzufreunden, wie ich es mir gewünscht hatte, aber über Blaires Abreise war ich besonders traurig. Sie hatte zwar noch einige Monate der Schwangerschaft vor sich, aber sie würde bald keine Lust mehr haben, großartige Reisen zu unternehmen, also wusste ich, dass es klug war, wenn sie früher als die anderen aufbrachen. Trotzdem würde ich unsere kurzen täglichen

Gespräche vermissen, denn ihre Schwangerschaftsgelüste führten sie regelmäßig in meine Küche.

Sie ging als Letzte zur Treppe. Ich lächelte, als sie zu mir herüber watschelte, um sich zu verabschieden.

»Ich kann dir gar nicht sagen, wie froh ich bin, dass du hier aufgetaucht bist. Ich bin mir sicher, dass ich dich wiedersehen werde, denn ich weiß, dass du dich in Callum verliebt hast. Kämpf nicht dagegen an, Sydney. Es wäre sinnlos, glaub mir.«

Ich wusste, dass es nichts bringen würde, mit ihr zu diskutieren. Trotz meiner anfänglichen Bedenken und Vorbehalte hatte Callum mich in den letzten Wochen völlig in seinen Bann gezogen. Ich akzeptierte die Tatsache, dass ich Hals über Kopf in ihn verliebt war. Nicht, dass ich ihm das gesagt hätte. Das würde ich auch nicht. Nicht für eine sehr, sehr lange Zeit.

»Ich werde versuchen, es nicht zu tun.«

»Das wird dir nicht lange gelingen, selbst wenn du es versuchst. Glaub mir, wenn ich dich das nächste Mal sehe, bist du verheiratet und kümmerst dich an Callums Seite um sein Gebiet.«

Der Gedanke daran verursachte ein nervöses Kribbeln in meinem Magen. Ich hoffte sehr, dass Callum Blaires Vorhersagen für unsere Zukunft nicht hören konnte, denn er stand ganz in der Nähe. Wir hatten noch nicht miteinander geschlafen – eine Heirat war das Letzte, was wir im Sinn hatten.

»Wir werden sehen, aber ich hoffe, wir sehen uns bald wieder. Gute Reise und sag Bescheid, wenn das Baby da ist.«

Sie umarmte mich und folgte dem Rest ihrer Gruppe in die Vergangenheit, während ich mich auf die Suche nach meinem Trainingspartner Cooper machte.

»Bist du bereit? Als ich Jerry das letzte Mal gesehen habe, war er nicht sehr begeistert, Treppen steigen zu müssen. Ich werde deine Hilfe brauchen, um ihn zu ermutigen.«

Kaum hatte ich das gesagt, rannte Cooper aus seinem Zimmer und den Flur entlang.

»Ich bin sowas von bereit. Es spielt keine Rolle, dass er keine Treppen steigen will. Er muss das machen, damit er wieder gesund wird und sich um seine Schafe kümmern kann. Er liebt diese wuscheligen Tiere, und ich wette, sie vermissen ihn.«

Ich joggte hinter ihm her und holte ihn nach wenigen Schritten ein.

»Da bin ich mir sicher. Komm, wir holen ihn aus dem Bett.«

Als wir Jerrys und Mornas Zimmer erreichten, hatte Jerry die Bettdecke fest über seinen Kopf gezogen – ein sicheres Zeichen dafür, dass er es uns so schwer wie möglich machen wollte. Wir hatten uns inzwischen daran gewöhnt.

Die Ernährungsumstellung hatte sich nach ein paar Tagen eingependelt und war nun relativ leicht umzusetzen. In den ersten zwei Tagen nach seiner Rückkehr aus dem Krankenhaus hielten sich alle in der Burg an die Regeln des Arztes, aber es dauerte nicht lange, bis die Männer und einige der Frauen gegen die überwiegend vegetarische und fleischlose Ernährung protestierten.

Zum Glück hatte ich recht gehabt, was die Annahme betraf, dass Morna nur ein wenig Orientierung gebraucht hatte. Solange ich ihr einen Speiseplan erstellte und dafür sorgte, dass die Lebensmittel vorrätig waren, hatte sie kein Problem damit, Jerrys Essen selbst zu kochen. So konnte ich dem Rest von uns etwas köstlichere Gerichte zubereiten.

Die Veränderungen in seinem Trainingsprogramm waren die eigentliche Herausforderung, denn er war nur selten daran interessiert, diese umzusetzen. Nachdem ich es mir zur Aufgabe gemacht hatte, dafür zu sorgen, dass er jeden Tag zumindest ein wenig spazieren ging und sich etwas bewegte, wurde mir schnell bewusst, dass er zu der Sorte Mann gehörte, die glaubte, dass das Leben an sich genug Bewegung bot. Das mochte in seinen jungen Jahren der Fall gewesen sein, als er lange, harte Tage auf seiner Farm gearbeitet hatte, aber jetzt enthielt sein Alltag nicht mehr genug sportliche Betätigung, um sein Pensum zu erfüllen.

Ich hatte versucht, den ersten Tag von Jerrys Rehabilitation allein zu bewältigen, aber nach einem Wutanfall des sonst so freundlichen alten Mannes hatte ich beschlossen, dass ich nie wieder allein in diesen Raum gehen würde. Also hatte ich mir Cooper zur Hilfe geholt. Alle liebten Cooper und ich wusste, dass Jerry in Coopers Gegenwart viel aufmerksamer und zuvorkommender sein würde als in meiner.

Das hatte sehr geholfen, und von da an kam Cooper jeden Tag mit mir. Die McMillans hatten vor, so lange zu bleiben, bis es Jerry gut genug ging, damit Morna ihn mit nach Hause nehmen konnte, und dafür konnte ich nicht dankbarer sein. Wenn Cooper nicht wäre, hätte Jerry wohl nur noch halb so viel Kraft.

»Hey, Jerry. Wir sind hier, um dich wieder in Bewegung zu bringen. Komm schon, Schlafmütze. Steh auf. Du kennst Sydney – sie wird dich aus dem Bett schleifen, wenn du nicht selbst aufstehst.«

Coopers Tempo ließ nicht nach, als wir das Zimmer betraten. Er rannte geradewegs auf Jerrys Bett zu, sprang direkt neben ihn und schüttelte ihn kräftig durch. Jerry antwortete mit mürrischer und gereizter Stimme.

»Ich schlafe nicht, Cooper, ich will mich heute nur nicht bewegen. Warum gönnt ihr mir nicht einfach mal einen Tag Ruhe? Ich flehe euch an.«

Ich trat an das Bett heran und zog einmal kurz an der Bettdecke, sodass sie ganz herunterfiel.

»Du kannst betteln, so viel du willst, wir beide gehen nirgendwo hin. Komm schon. Steh auf. Du weißt, dass es dir schon viel besser geht. Mit all dem guten Essen, das du zu dir nimmst, und der täglichen Bewegung, für die wir sorgen, strahlst du geradezu vor Gesundheit. Wenn du mir ehrlich sagen kannst, dass du dich in den letzten zehn Jahren besser gefühlt hast als jetzt, dann lasse ich dich in Ruhe.«

Er rollte sich zur Seite und schwang seine Füße über die Bettkante.

»Wenn du mit *besser* meinst, dass ich fünfmal am Tag auf die Toilette rennen muss, nur um das Gemüse loszuwerden, das Morna mir ständig in den Rachen schiebt, dann ja, ich fühle mich viel besser.«

Cooper lachte, bis er sich krümmte. Er sprach zwischen erstickten, gackernden Atemzügen. »Glaub mir, Jerry, es ist besser, wenn du es loswirst, als wenn nicht. Denn wenn du es nicht loswirst und meine Mom davon erfährt, wird sie dir eines dieser ekligen Dinger in den Hintern stecken. Als sie mir das letzte Mal so ein Zäpfchen gegeben hat, war ich viereinhalb Jahre alt. Damals habe ich beschlossen, dass ich lieber regelmäßig auf die Toilette gehe, als das nochmal auszuhalten.«

Jerrys schlechte Laune verflog augenblicklich und wir lachten alle, bis es wehtat, bevor wir Jerry dazu brachten, die drei Stockwerke zu bewältigen.

KAPITEL 27

1650

»Tom, du hättest heute nicht hierherkommen müssen. Bis auf die Handwerker sind alle zu Hause bei ihren Familien. Da solltest du auch sein.«

So sehr er sich auch bemühte, Callum konnte Tom nicht davon überzeugen, auch nur einen Tag lang nicht in die Burg zu kommen. Er würde es Tom nicht einmal verübeln, wenn er sich weigerte, jemals wieder einen Fuß auf das Gelände der Burg zu setzen, aber der alte Mann tat genau das Gegenteil. Sobald er sich genug erholt hatte, widmete er sich wieder seiner Aufgabe, täglich nach der Burg zu sehen.

»Du weißt, dass ich es nicht mag, wenn meine Frau mich so verhätschelt, dass ich mich wieder krank fühle. Heute ist ein schöner Tag. Deine Burg ist fertig und du kannst heute Nacht darin schlafen. Ich wollte sie mit eigenen Augen sehen.«

Während alle anderen einen Tag genossen – entweder in ihren Häusern im Dorf oder in der Festung Cagair des einundzwanzigsten Jahrhunderts -, musste Callum die Aufregung über den letzten Schliff bei der Restaurierung allein genießen. Er teilte den glücklichen Moment jedoch gerne mit Tom.

»Das ist in der Tat ein sehr schöner Tag. So viele Monate der Arbeit haben endlich ein Ende.«

Callum schaute zu Tom hinüber, der unbeholfen auf den Boden starrte.

»Was ist los, Tom? Du bist nie so schweigsam. Ich sehe doch, dass dich etwas bedrückt.«

»Ich sollte es nicht erwähnen. Nicht heute. Aber ich hatte schon lange keine Gelegenheit mehr, dich ganz allein zu sprechen. Hast du … hast du etwas von Laird Allen gehört, seit er abgereist ist? Hatten sie Glück bei der Suche nach Macaslan?«

Callum hatte sich in letzter Zeit das Gleiche gefragt. Er wusste, dass es einige Zeit dauern würde, bis Laird Allen und seine Männer eine so große Entfernung zurückgelegt hatten. Selbst wenn sie nichts finden würden, rechnete er damit, dass sie in den nächsten Tagen Nachricht erhalten würden.

»Nein. Noch nicht, aber ich bin sicher, dass ich es bald erfahren werde. Laird Allen schien genauso erpicht darauf zu sein, die Welt von Macaslan zu befreien, wie wir, und seine Männer sahen furchterregend aus.«

Wie gerufen ertönte das Geräusch herannahender Hufe, und beide Männer drehten sich um, wo sie den Reiter sahen, der in ihre Richtung geprescht kam.

»Hast du ihn auf deinem Weg hierher gesehen, Tom? Bist du deshalb hierhergekommen?«

Tom schüttelte den Kopf. »Nein, ich habe nichts gesehen. Denkst du, es ist eine Nachricht von Laird Allen?«

»Wenn nicht von Raudrich, dann von einem der anderen, die wir in allen Häfen und Gebieten stationiert haben.«

Callum trat einen Schritt vor und rief dem Reiter zu.

»Sei gegrüßt. Wer hat dich hergeschickt?«

Der Reiter sah jung aus. Callum schätzte ihn auf höchstens zwanzig. Er sah müde aus, als wäre er die ganze Nacht durchgeritten, um sie zu erreichen. Callum vermutete, dass genau dies der Fall war.

Der Junge zog kräftig an den Zügeln, um das Pferd anzuhalten, und stieg ab, bevor er sich weiter näherte. In seiner linken Hand trug er einen schweren Leinensack. Bei näherer Betrachtung schien er mit Blut befleckt zu sein. Callum schluckte die Galle herunter, die ihm bei diesem Anblick in die Kehle stieg, und wiederholte seine Frage mit mehr Nachdruck.

»Junge, ich frage dich noch einmal. Wer hat dich hergeschickt?«

Der Junge blieb stehen und balancierte den Sack in seiner rechten Hand, während er mit der linken den Verschluss öffnete.

»Laird Allen, Sir. Er hat ein Geschenk geschickt, um die Fertigstellung der Burg zu feiern.«

Der Bote lächelte kränklich und verursachte Callum ein flaues Gefühl im Magen.

Der Junge hielt den Stoffbeutel fest, schwang seinen Arm zurück und ließ den abgetrennten Kopf von Laird Macaslan auf Callum und Tom zurollen.

Gegenwart

· · ·

Ich näherte mich Jerrys Zimmer mit Besorgnis. Cooper hatte sich eine Erkältung eingefangen, weshalb er heute nicht mitgekommen war. Als ich die Tür erreichte, war ich schockiert, ihn bereits angezogen am Feuer sitzen zu sehen.

»Na, sieh mal einer an. Wie lange bist du schon nicht mehr im Bett?«

Er drehte sich um, lächelte und deutete auf den leeren Platz ihm gegenüber. Ich steuerte direkt darauf zu.

»Den ganzen Tag, Mädchen. Ich habe beschlossen, dass es keinen Sinn hat, so zu tun, als ginge es mir schlechter, als es tatsächlich der Fall ist. Du und Morna habt mich gut geheilt.«

Ich wusste, dass es ihm besser ging, aber ich dachte wirklich, dass er mich aus Faulheit mit dem Training auf die Folter gespannt hatte. Ich hatte keine Sekunde daran gedacht, dass er versucht hatte, so zu tun, als ginge es ihm schlecht. Ich verschränkte die Arme und sah ihn stirnrunzelnd an, während ich mich weiter in den bequemen Sessel sinken ließ.

»Warum solltest du so etwas vortäuschen?«

»Weil ich sehen wollte, wie Callums Burg fertig wird, und ich wusste, dass Morna mich so schnell wie möglich nach Hause gebracht hätte, wenn ich ihr gesagt hätte, wie gut es mir geht. Außerdem wäre der Plan, den Grier und ich ausgeheckt haben, während der Reparaturen in der Burg zu schwer zu bewerkstelligen gewesen. Die Fertigstellung bietet uns die perfekte Ausrede.«

Dieser Plan, den Jerry vor seinem Herzinfarkt erwähnt hatte, war mir seit über einem Monat im Gedächtnis geblieben, und ich hatte ihn unzählige Male danach gefragt, ohne Erfolg.

»Bist du endlich bereit, mir davon zu erzählen?«

»Ja, Sydney, ich glaube schon. Bist du bereit, das Geheimnis zu bewahren?«

»Auf jeden Fall.«

»Ich habe vor, Morna zu sagen, dass ich die Treppe hinuntergehen möchte – dass ich die reparierte Burg selbst sehen möchte.«

Jeder wusste von Jerrys Abneigung gegen alles, was mit Magie zu tun hatte. Ich hatte keine Ahnung, wie er es geschafft hatte, sich nicht nur mit einer, sondern gleich mit zwei sehr mächtigen Hexen einzulassen. Für jemanden, dessen Leben so sehr davon durchdrungen war, war er sehr abgeneigt von der Magie. In der Nacht seines Herzinfarktes hatte er nicht gewollt, dass ich ihm Griers Zaubertrank gab, und ich wusste, dass es ebenso viel mit seiner Angst vor der Magie zu tun hatte, wie mit der Angst vor Mornas Reaktion auf Griers Beteiligung an der Sache.

»Das wird sie nie glauben. Ich habe gehört, wie du gesagt hast, dass du nie wieder in der Zeit zurückreisen würdest.«

»Ich bin zwar nicht scharf darauf, aber ich werde meine Ängste überwinden, wenn ich den Konflikt zwischen den beiden damit aus der Welt schaffen kann. Und es spielt keine Rolle, ob sie mir glaubt, Mädchen. Alles, was zählt, ist, dass sie so reagiert, wie ich es erwarte.«

»Was denkst du, wie sie reagieren wird?«

Er lachte, nickte zur Tür und drehte sich zum Eingang, als Morna hereinkam. Er flüsterte mir etwas zu, als seine Frau eintrat.

»Ich werde es dir zeigen. Schau zu.«

Morna kam mit dem breitesten Lächeln herein, das ich je gesehen hatte. Sie schien mich nicht einmal zu bemerken, als sie zu ihrem Mann hinüberging und ihm einen Kuss auf die Lippen drückte.

»Jerry, ich bin so froh, dass du aufgestanden bist und das

Bett verlassen hast. Das bedeutet doch sicher, dass wir bald wieder nach Hause können.«

Er zwinkerte mir über Mornas Schulter zu und blickte auf, um ihr zu antworten.

»Aye, aber willst du denn gar nicht sehen, wie die reparierte Burg aussieht? Wir könnten durch das Treppenhaus gehen, bevor wir aufbrechen. Es macht mir nichts aus zu warten, wenn du möchtest, dass Callum dich begleitet.«

»Ha! Sehr witzig, Jerry. Du weißt, dass ich das nicht möchte.«

»Bist du sicher, Morna? Du würdest es sicher genießen. Du müsstest nicht länger als eine Stunde bleiben.«

Sie lachte und ich konnte sehen, dass sie dachte, er würde nur scherzen. Ich bemitleidete ihre Ahnungslosigkeit. Jerry nutzte sie jedoch zu seinem Vorteil.

»Ich bin mir ganz sicher. Weißt du was? Ich schlage dir einen Deal vor, Jerry. Wenn du diese Treppe hinuntergehen willst, bin ich die Erste, die dir folgt.«

Jerry lachte und winkte abweisend mit der Hand.

»Ach, Morna. Du kennst mich zu gut. Ich würde lieber über heiße Kohlen laufen, als einen Handel mit dir einzugehen.«

»Ich weiß, und ich bin froh darüber.« Morna beugte sich vor, um ihn noch einmal zu küssen und drehte sich dann um, um den Raum zu verlassen. »Ich wollte nur kurz vorbeischauen und nach dir sehen. Ich gehe jetzt besser zurück und kümmere mich um dein Abendessen.«

Jerry lehnte sich in seinem Stuhl zurück, als sie ging. Er hatte einen selbstgefälligen Ausdruck im Gesicht, der mich sehr überraschte.

»Was war das denn? Du hast ihr nicht gesagt, was du vorhast.«

»Ich wusste genau, was sie tun würde. Und nein, ich habe es ihr nicht gesagt. Nicht wirklich. Das werde ich erst tun, wenn ich wirklich vorhabe, die Treppe hinunterzugehen. Sie wird mir folgen und denken, dass ich sie wieder einmal auf den Arm nehmen will. Wenn ich dann hindurchgehe, wird sie so geschockt sein, dass sie mir direkt hinterherlaufen wird. Wenn wir beide auf der anderen Seite ankommen, wird Grier auf uns warten.«

Ich beugte mich vor und drückte meine Fingerspitzen gegen meine Schläfe. Allein der Gedanke an das Chaos, das ein solcher Plan auslösen würde, bereitete mir Kopfschmerzen.

»Das klingt nach einer wirklich wilden Idee, Jerry. Morna scheint die Sache mit Grier aus irgendeinem Grund abgehakt zu haben. Meinst du nicht, dass es besser ist, wenn du es auf sich beruhen lässt und nach Hause fährst, um die Sache zu vergessen?«

Seine Augen wurden groß, als hätte ich etwas Schreckliches gesagt.

»Mädchen, wenn du denkst, dass Grier mir erlaubt, mein Wort an sie zu brechen, dann habe ich dir einen netteren Eindruck von ihr vermittelt, als ich beabsichtigt habe. Sie ist nicht so schlimm, wie Morna denkt, aber sie ist auch keine Heilige. Ich habe keine andere Wahl. Außerdem finde ich es gut, dass es eine schreckliche Idee ist. Es ist schon viel zu lange her, dass ich etwas Dummes getan habe.«

KAPITEL 28

Ich stand mit dem Rücken zur Tür in der Küche und schrubbte das Geschirr mit etwas mehr Kraft als nötig, um mich von dem Stress zu befreien, den Jerrys Worte in mir ausgelöst hatten, als ich spürte, wie sich Callums Arme um mich legten. Er stützte sein Kinn sanft auf meinen Kopf und fuhr mit seinen Händen an meinen Armen auf und ab, während er sprach.

»Die Burg ist fertig und alle Arbeiter aus dem Dorf sind fort.«

Ich lächelte, schrubbte und spülte weiter das Geschirr. »Ich weiß. Du hast mir gestern Abend gesagt, dass heute der letzte Tag ist.«

»Aye, und das ist er auch endlich. Wirst du heute Nacht mit mir dort schlafen? Ich denke, es wäre gut, wenn du in der ersten Nacht, die ich wieder meinen alten Mauern verbringe, bei mir wärst.«

Meine Hände erstarrten im warmen Wasser, während mein Puls sich deutlich beschleunigte. In den letzten Wochen waren wir einander sehr nahegekommen. Unsere Gespräche waren intim und die Chemie zwischen uns spürbar, aber so oft er mich auch küsste, berührte und streichelte, er hatte nie erwähnt, dass er mit mir schlafen wollte.

Ich hatte das Thema auch nicht angesprochen und genoss das gemächliche Tempo, das wir beide zu bevorzugen schienen. Nicht, dass ich mich nicht darauf gefreut hätte, mit ihm ins Bett zu gehen. Das tat ich auf jeden Fall. Und wenn er direkt danach fragte, würde ich ihn ganz bestimmt nicht zurückweisen. Aber seine Frage überraschte mich auch aus einem anderen Grund.

Ich griff nach dem Geschirrtuch, das auf der Theke lag, und trocknete mir die Hände, wandte ihm aber weiterhin den Rücken zu.

»Ich dachte, du wolltest nicht, dass ich noch mal durch das Treppenhaus gehe, bis Macaslan gefasst ist.« Die Erkenntnis stieg in mir auf, ich drehte mich zu ihm um und stützte mich mit der Mitte meines Rückens an der Theke ab. Er lehnte sich gerade so weit zurück, dass ich sein Gesicht sehen konnte. Es beunruhigte mich, ihn so blass zu sehen. »Ist alles in Ordnung mit dir? Du siehst krank aus. Callum, was ist los?«

»Es ist alles in Ordnung, Sydney. Macaslan ist tot, und darüber bin ich froh. Ich kann nur nicht behaupten, dass mir die Art und Weise, wie Laird Allen mich über seinen Tod informiert hat, gefallen hat. Ich bin ein Reisender, kein Krieger. Ich habe kein Verlangen nach Blutrünstigkeit.«

Ich schluckte und rümpfte angewidert die Nase. »Wie ... wie hat er dich informiert?«

»Er hat einen Boten geschickt, der mir seinen Kopf zu Füßen geworfen hat. Der arme Tom hat bei dem Anblick gewürgt, während ich blass wie ein Gespenst geworden bin.«

»Hier.« Ich hob die Hand und zog seinen Kopf näher heran. »Lass mich etwas Farbe in dein Gesicht küssen.«

Wir küssten uns, bis wir beide atemlos waren, und umarmten uns, als Callum wieder das Wort ergriff.

»Darf ich das als ein ›Ja‹ verstehen, schöne Maid? Bleibst du diese Nacht bei mir? Da Macaslan tot ist, habe ich keinen Grund, um deine Sicherheit zu fürchten. Es wäre mir eine große Freude, die Nacht mit dir an meiner Seite zu verbringen.«

Ich lächelte gegen seine Brust und mein ganzer Körper summte schon vor Vorfreude.

»Ja, ich werde bei dir übernachten. Ich kann es kaum erwarten.«

<hr />

1650

Callum konnte sich nicht erinnern, jemals so nervös gewesen zu sein. Es gab viel zu feiern. Er hatte keinen Zweifel daran, dass es eine glorreiche Nacht werden würde, aber er wollte, dass alles perfekt war, bevor Sydney eintraf.

»Beeil dich, Jane. Sydney und Morna werden nicht lange brauchen, um nach dem Abendessen aufzuräumen. Sie wird erwarten, dass sie sie bald abhole.«

Jane warf ihm ein Kissen an den Kopf und lachte laut auf, als es ihn genau auf die Nase traf.

»Du musst dich einfach beruhigen und durchatmen. Sie wird dir nicht zu nahe kommen wollen, wenn du so schwitzt.«

Sie ging auf ihn zu, packte seine Arme und schüttelte ihn kräftig.

»Im Ernst, was ist los mit dir? Warum bist du so aufgeregt?«

Frauen verstanden das nicht. Sie erwarteten etwas Großartiges, dass sie im Liebesakt mitgerissen wurden, dass sie auf eine Art und Weise verwöhnt wurden, die sie befriedigte und gleichzeitig hungrig nach mehr machte. Auch Männer wollten ihren Frauen all das bieten, aber es war verdammt harte Arbeit, ein solches Kunststück zu vollbringen – vor allem, wenn man so aus der Übung war wie er.

»Nichts ist los, Jane. Ich mag sie nur sehr.«

Sie starrte ihn an, völlig unzufrieden mit seiner Antwort.

»Was du nicht sagst. Das wissen wir doch alle. Oh …« Sie hielt inne und ihm gefiel nicht, wie schnell Jane die Situation erfasste. Sie wusste es, ohne dass er ein Wort gesagt hatte. »Ich verstehe. Wie lange ist es denn her?«

Er löste sich aus ihrem Griff und machte sich daran, die vielen Kerzen anzuzünden, die er im Raum verteilt hatte. Er hoffte, dass sie aufgeben und weggehen würde, wenn er ihre Frage lange genug ignorierte. Das war jedoch ein törichter Gedanke.

»Alles klar, Kerzenmann. Für jemanden, der sein Zuhause vor nicht allzu langer Zeit durch ein Feuer verloren hat, gehst du ganz schön locker mit Flammen um. Beruhige dich und beantworte meine Frage.«

»Jane.« Er hängte die Fackel zurück in die Halterung an der Wand und drehte sich wütend zu ihr um. »Das geht dich einen feuchten Dreck an.«

»Komm mir nicht so. Ich wollte dich nur aufmuntern, weil du das offensichtlich nötig hast. Vergiss es. Ich mache mich dann mal vom Acker. Ich glaube, ich nehme diese schöne, teure Flasche Wein auch wieder mit. Lieber trinke ich sie selbst, als sie dir zu schenken.«

Er sah ihr nach, als sie eingeschnappt in Richtung Tür stapfte. Er wartete mit dem Sprechen, bis sie fast draußen war.

»Du gehst mir auf die Nerven, Jane MacChristy. Du und mein Bruder, ihr könntet nicht besser zueinander passen. Wenn du es unbedingt wissen musst, es ist schon zwei Jahre her.«

»Was?« Ihre Stimme erreichte eine unangenehm hohe Tonlage, als sie auf ihn zustürmte.

»Du hast mich ganz genau gehört, Jane.«

»Das ist eine längere Durststrecke, als ich sie hinter mir hatte, bevor ich Adwen gefunden habe. Warum?«

Er biss die Zähne zusammen. Er war nicht wie sein Bruder. Ihm würde es nie gefallen, über solche Dinge zu sprechen.

»Was meinst du mit ›warum‹? Denkst du, ich habe es absichtlich getan? Sicher erinnerst du dich, dass ich in den letzten Jahren viel zu tun hatte – ich habe mich um meinen Vater und meinen Bruder gekümmert und ihnen immer wieder aus der Patsche geholfen. Ich habe mich nicht abgeschottet. Ich war nur abgelenkt.«

Ihr Gesichtsausdruck wurde weicher, als sie ihm die Weinflasche entgegenstreckte.

»Ja, das warst du. Es ist höchste Zeit, dass du etwas bekommst, das nur für dich bestimmt ist. Ich hoffe sehr, dass deine Abstinenz heute Abend ein Ende haben wird.« Sie zwinkerte ihm zu, als er ihr die Flasche aus den Händen nahm. »Bleib du hier und mach den Rest. Ich werde unten im Wohnbereich den Kamin anzünden und den Käse auslegen, den Morna für euch beide besorgt hat. Dann werde ich mich auf den Weg machen. Viel Glück! Das wird großartig.«

Er hoffte mit jedem Atemzug, dass sie recht hatte.

KAPITEL 29

Alles war wunderschön – die Burg sah fantastisch aus, das Feuer wärmte, die Gesellschaft war wunderbar, sogar Mornas Käseplatte war eine hervorragende Ergänzung – aber mir kam es so vor, als würde Callum nie aufhören zu reden.

Ich liebte es, mit ihm zu reden. Das tat ich wirklich. Aber wir hatten im letzten Monat so viel geredet. Ich wusste alles über seine Familie, seine Vorlieben, seine Abneigungen, seine vergangenen Abenteuer und die, die er noch erleben wollte. Ich kannte seine Lieblingsspeisen und die, die er lieber nicht mehr essen würde. Ich wusste so viele Dinge über ihn. Was ich nicht wusste, war, warum er noch nicht versucht hatte, mit mir zu schlafen.

Ich hatte kein Problem damit, es langsam anzugehen, aber so sehr, wie wir uns wollten, konnte ich sein Zögern nicht verstehen. Ich war bereit, den nächsten Schritt zu machen – mehr als bereit. Seit er mich heute Nachmittag eingeladen hatte, ging mir das jede Sekunde durch den Kopf. Warum unternahm er nichts?

Wir küssten uns und kuschelten am Feuer, aber er machte

keine Anstalten, mich nach oben zu bringen. Wir verweilten fast drei Stunden lang zusammengerollt auf einer Decke vor dem Feuer im Wohnzimmer. Wenn er nicht bald etwas unternahm, fürchtete ich, dass ich einschlafen würde.

Er redete ununterbrochen über irgendetwas. Zu diesem Zeitpunkt konnte ich nicht einmal mehr differenzieren, was es war. Meine Konzentration hatte sich völlig von ihm gelöst. Irgendwann hielt ich es nicht mehr aus und die Frage, die ich mir die ganze Nacht – oder besser gesagt, seit Wochen – gestellt hatte, platzte aus mir heraus.

»Callum, warum versuchst du nicht, mit mir zu schlafen?«

Ich sah, wie die Verwirrung in seinem Gesicht aufflackerte, als meine Worte ihn aus seiner einseitigen Unterhaltung rissen.

»Was?«

Ich rückte näher an ihn heran, umschloss seine Wange mit einer Hand und beugte mich vor, um ihn zu küssen. Ich presste meine Lippen auf seine und fuhr mit meiner Zunge über seine Unterlippe, bis er aufstöhnte und mich fest an sich zog.

»Ich sagte … Warum versuchst du nicht, mit mir zu schlafen?«

Ich löste mich von ihm, weil ich eine echte Antwort von ihm haben wollte, bevor wir etwas anderes taten. Er schien ziemlich schockiert zu sein, und ich konnte nicht einschätzen, ob das an meiner Frage lag oder an dem neckischen Kuss und dem raschen Rückzug.

»Du glaubst doch nicht etwa, dass ich nicht will, oder?«, fragte er.

Die Bereitschaft, die er jedes Mal zeigte, wenn er sich an mich drückte, versicherte mir, dass ich mir um sein Verlangen keine Sorgen zu machen brauchte.

»Nein. Das ist es nicht. Diesbezüglich habe ich keine

Bedenken, wirklich nicht. Ich bin nur neugierig. Ich weiß, dass du mich willst, aber du ziehst dich auch immer zurück, wenn wir uns nahe genug kommen, um … um überhaupt etwas zu tun. Warum?«

»Komm her. Lass mich dich in den Arm nehmen.«

Ich kroch zu ihm rüber, ließ mich zwischen seinen Beinen nieder und schmiegte meinen Rücken an seine Brust, während er mich festhielt. Ich liebte das Gefühl seiner Arme, die mich umhüllten. Als wir es uns beide bequem gemacht hatten, sprach er wieder.

»Darf ich dir eine Geschichte erzählen?«

»Noch eine?«

Er lachte und beugte sich vor, um mich grob auf die Wange zu küssen.

»Es tut mir leid. Ich habe zu viel geredet, nicht wahr? Mach dir keine Sorgen, diese Geschichte wirst du hören wollen. Ich habe dich zum ersten Mal gesehen, als ich dich vom Flughafen abgeholt habe, richtig?«

»Ja.«

»Tatsächlich habe ich dich aber zum ersten Mal gesehen, als ich dachte, du wärst ein Geist. Du warst in meinem Schlafgemach. Ich habe nur eine flüchtige Erscheinung gesehen, und dann bist du verschwunden. Jedes Mal war ich enttäuscht, wenn du verschwunden bist. Ob Geist oder nicht, ich hatte schon damals etwas für dich übrig.«

»Hm?« Auch wenn er sich gerne an diese Zeit erinnerte, machte mir die Vorstellung wirklich Angst. »Wie ist das möglich? Erstens bin ich kein Geist. Zweitens, wie hättest du mich Monate vor meiner Ankunft hier sehen können?«

Ich spürte, wie er mit den Schultern zuckte.

»Ich weiß es nicht. Die Magie zwischen diesem Cagair und

dem in der Zukunft verbindet die beiden Orte. Manchmal tauchen Bilder auf, aber sie sind immer nur ein Abbild dessen, was auf der anderen Seite passiert. Du bist der einzige Fall, der sich davon unterscheidet. Ich habe dich gesehen, bevor du hierher gekommen bist, als wäre es dein Schicksal, hier zu sein.«

»Ich glaube nicht an das Schicksal.«

Er wich zurück und drehte mich so, dass wir uns gegenübersaßen.

»Ja, ich weiß. Du grübelst, planst und machst dir zu viele Gedanken, als dass du glauben könntest, dass manche Menschen füreinander bestimmt sind. Ich kenne dich, Sydney. Ich wusste, wenn ich nicht vorsichtig bin und es nicht langsam angehe, läufst du weg. Liege ich falsch?«

Ich wusste, dass er recht hatte. Ich mochte Kontrolle. Das war einer der Gründe, warum ich mich so lange vom Leben hatte ablenken können. Die Arbeit konnte ich kontrollieren, aber meine Gefühle hatte ich weit weniger im Griff. Und es war die Geschwindigkeit, mit der sie sich für Callum entwickelt hatten, die mich anfangs dazu veranlasst hatte, so viele Bedenken und Fragen zu äußern. Oft stellte ich fest, dass Callum besser zu wissen schien, was in mir vorging als ich selbst.

»Nein. Du liegst nicht falsch, aber ich glaube nicht, dass ich ausflippen und alles beenden würde, wenn wir miteinander schlafen würden.«

Er grinste und schüttelte den Kopf, bevor er meine Hände in die seinen nahm.

»Nein, das glaube ich auch nicht, aber du bedeutest mir einfach viel. Ich wollte dich nicht mit in mein Bett nehmen, bevor ich sicher war, dass du genau weißt, was ich für dich empfinde. Und ich wollte dir erst dann meine Gefühle gestehen, wenn ich keine Angst mehr haben musste, dass du eine Ausrede findest, um mich wegzustoßen. Ich möchte dich nicht verlieren.«

»Ich liebe dich.« Die Worte rutschten mir heraus, aber ich meinte sie vollkommen ernst.

Seine Reaktion war nicht so, wie ich es erwartet hatte. »Sagst du das nur, damit ich dich mit in mein Bett nehme, Sydney?«

»Ich will dich, Callum, aber ich sage keine Dinge, die ich nicht so meine. Ich habe es gesagt, weil ich dich liebe und ich will nicht, dass du denkst, ich würde jeden Moment abhauen. Ich will nicht, dass du dir Sorgen machst. Ich will nichts mehr zurückhalten.«

Er stand auf. Die Veränderung in seinen Augen war offensichtlich. Die Fürsorge in ihnen wurde durch ein Bedürfnis ersetzt, das mich bis ins Mark erschauern ließ.

»Steh auf, schöne Maid. Du weißt, dass ich dich liebe. Jetzt will ich dir zeigen, wie sehr.«

Der freie Callum – derjenige, der dem Drang, mit mir zu schlafen, nicht aus Edelmut widerstand – war umwerfend sexy. Und ich war unglaublich froh, dass er diese Hürde überwunden hatte. Er war sogar so sexy, dass ich mir nicht sicher war, ob mein Körper das aushalten würde, wenn ich so aus der Übung war.

Während sein Zimmer vorhin offensichtlich noch von Dutzenden von Kerzen beleuchtet worden war, waren viele von ihnen im Laufe von Callums nicht enden wollender

Unterhaltung ausgebrannt. Als wir eintraten, waren nur noch ein paar übrig. Sie warfen ein fahles Licht auf das Bett, das die Dringlichkeit dessen, was wir beide als Nächstes tun würden, nur noch zu verstärken schien.

»Weißt du, wie lange ich darauf gewartet habe, dich nackt zu sehen, schöne Maid?«

Seine Hände umschlossen meine Arme, als er mich zur Bettkante führte. Er blieb stehen, als meine Beine gegen das Fußende des Bettes stießen.

Ich trug ein blaues Sommerkleid, das meine Augen zur Geltung brachte. Es war bequem, leger und der Zeit in keinster Weise angemessen, aber da niemand mehr in der Burg war, spielte das keine Rolle. Ich atmete scharf ein, als seine Finger zu dem Reißverschluss an meinem Rücken wanderten. Ich war noch nie so begierig darauf gewesen, mich auszuziehen.

Langsam öffnete er den Reißverschluss. Als er das Ende erreicht hatte, legte er seine Hände auf meine Schultern und schob die Ärmel zur Seite, bis das Kleid zu Boden glitt. Ich zog es aus und fegte es beiseite, bevor ich mich ihm zuwandte.

Callum trug seinen Kilt, der seine nackte Brust in voller Pracht zur Schau stellte. Das einzige Mal, dass ich ihn in dieser Kleidung gesehen hatte, war am Abend der Party.

»Normalerweise trägst du dazu ein Hemd, oder?«

Er grinste und nickte. »Ja.«

»Hast du dich nur so angezogen, weil du weißt, wie sexy das ist?«

Er lachte. Der Tonfall war tief und begierig. »Es hat also funktioniert, aye?«

»Sehr gut sogar.« Ich legte eine Handfläche auf seine Brust und bewegte meine andere Hand zu seiner Schulter, wo ein Teil seines Kilts hing. Es gelang mir, ihn von seiner Schulter zu lösen, aber als ich versuchte, ihn von seiner Taille zu ziehen, wurde es zu einer Art Comedy-Show. Ich zerrte und zog und ging sogar hinter ihm herum, um zu sehen, ob ich herausfinden konnte, wie dieses Teil funktionierte. Als ich nichts finden konnte, stellte ich mich wieder vor ihn und verschränkte frustriert die Arme.

»Was ist denn mit diesem Ding los? Hast du es an deinem Körper festgeklebt?«

»Nein, aber wenn es so leicht zu entfernen wäre, würde ich mich die ganze Zeit entblößen. Aber lass uns aufhören zu reden. Das haben wir doch schon zu Genüge getan, meinst du nicht? Wenn ich nicht bald in dich eindringe, fürchte ich, dass ich vor Sehnsucht nach dir sterben werde.«

Gespannt beobachtete ich, wie er seinen Kilt auszog. Ihm fiel es wesentlich leichter, und er ließ ihn nicht achtlos fallen, wie ich es mit meinem Kleid getan hatte. Stattdessen hob er ihn vor sich hoch, faltete ihn ordentlich zusammen und legte ihn zur Seite. Erst dann konnte ich ihn richtig betrachten.

Er war wunderschön – jedes lange, einschüchternde Stück von ihm.

Ich begann nervös auf meiner Unterlippe herumzukauen, als Callum auf mich zukam. Er griff um mich herum, öffnete meinen BH und zog ihn genauso sorgfältig aus wie seinen Kilt. Als er weg war, ergriff er meine Brüste mit seinen Händen und rieb mit seinen Daumen über meine Nippel, bis sie hart waren.

Ich stöhnte und keuchte, als er sich auf die Knie sinken ließ und auf dem Weg nach unten Küsse über meine Brüste und meinen Bauch verteilte. Er hielt am Saum meines Höschens inne und zog es so langsam herunter, dass ich mich vor lauter Spannung wand.

Ich hatte Mühe, Sätze zu bilden, als er seine Lippen auf meine Mitte presste.

»Callum, ich kann nicht mehr … Ich kann nicht mehr stehen. Bring mich zum Bett.«

Er stöhnte, stand auf und hob mich mit sich hoch, während er mich an meinen Pobacken festhielt. Ich schlang meine Beine um ihn, als er mich mit dem Rücken auf das Bett legte und sich über mich stemmte.

Sofort fand sein Mund den meinen, und sein Kuss war so innig, dass ich unter ihm kaum noch atmen konnte. Er rieb sich langsam an mir. Ich konnte sein Tempo keinen Moment länger aushalten.

»Bitte, Callum. Geh es diesmal nicht langsam an.«

Er lachte gegen meinen Mund und richtete sich gerade so weit auf, dass er meine Handgelenke ergreifen konnte. Er hob sie über meinen Kopf und hielt sie mit einer Hand dort fest, während er sprach.

»Ich werde das nicht überstürzen, Sydney. Dafür habe ich zu lange gewartet.«

Seine Berührung war zärtlich, aber sein Kuss eindringlich, und schon bald verlor ich mich in diesem Gefühl. Als wir uns schließlich so erschöpft in den Armen lagen, dass wir keine andere Wahl hatten, als in den Schlaf abzudriften, wusste ich, dass ich nie wieder eine Nacht mit einem anderen verbringen würde.

Und genau so hatte ich es mir gewünscht.

KAPITEL 30

Callum hoffte, dass Sydney bis mittags schlafen würde. Er wusste, dass sie zumindest müde genug sein würde. Allein die Tatsache, dass sie nicht vor Sonnenaufgang aufgestanden war, um laufen zu gehen, war ein sicheres Zeichen für ihre Erschöpfung. Er war auch müde, aber da alle anderen noch nicht da waren und sich ein paar Tage ausruhten, musste er sich um vieles selbst kümmern.

Er schlüpfte vorsichtig aus dem Bett und achtete darauf, sie nicht zu wecken. Als er aufstand, konnte er Sydneys Zehen sehen, die unter der Decke hervorlugten. Er ging zum Fußende des Bettes und deckte sie zu, bevor er sich anzog und sich auf den Weg nach draußen machte.

Seine Haut fühlte sich noch warm an, weil er Sydney im Arm gehalten hatte, als sie geschlafen hatten. Er hoffte, dass die kühle Brise ihn beruhigen würde. Stattdessen schien sie eine nahende Gefahr mit sich zu tragen.

Sobald er den Haupteingang der Burg hinter sich gelassen hatte, rannte er den schmalen Weg entlang und hielt Ausschau nach dem Reiter, dessen bevorstehende Ankunft er förmlich spüren konnte.

Es dauerte nur einen kurzen Moment, bis der Reiter den kleinen Hügel erklomm. Er erkannte sofort, dass es sich bei dem Boten um Tartan handelte, der zu den Conalls gehörte.

Callum rannte auf den Reiter zu, und der Mann verlangsamte das Tempo seines Pferdes nicht, bis sie sich in der Mitte trafen.

»Was hast du zu berichten?«

Der Mann stieg nicht einmal ab, bevor er das Wort ergriff.

»Die Conalls, Sir. Sie wurden auf ihrem Heimweg angegriffen, als sie sich der Grenze ihres Territoriums genähert haben. Euer Onkel, Donal MacChristy, er …«

Der Mann geriet ins Stocken und Callums Magen überschlug sich vor Schreck.

»Was? Was ist mit ihm, Junge?«

»Er ist tot. Ein Mann hat versucht, Blaire zu verletzen, und er ist dazwischen gegangen, um seine Tochter zu retten. Er wurde von der Klinge durchbohrt.«

Eine plötzliche Welle der Trauer brach über ihn herein. Niemand war so lebhaft gewesen wie Donal. Er hatte sich so sehr auf sein kommendes Enkelkind gefreut, das hatte man ihm an seiner ausgelassenen Art angemerkt. Der Verlust war groß. Sein Vater, seine Brüder, Blaire, alle Conalls würden noch lange trauern, bevor sie Trost finden würden.

»Wer? Wer hat sie angegriffen? Wer hätte Grund dazu? Macaslan ist tot.«

»Das wissen wir nicht. Es waren fünf Männer, und sie sind alle entkommen. Es war ein zu plötzlicher Angriff, als dass große Krieger wie Eoin und Arran sie hätten aufhalten können. Alles, was wir von den Männern haben, ist das hier.«

Der Reiter stieg ab und reichte ihm ein zerrissenes Stück von einem Kilt. Er erkannte es nicht wieder. Zumindest nicht so weit, dass er dem Reiter hätte weiterhelfen können, aber ein Hauch von Misstrauen durchzuckte ihn und jeder Knochen in seinem Körper erstarrte.

»Sie haben etwas von dem Stoff für sich behalten, damit sie die Suche fortsetzen können, aber sie haben mich gebeten, Euch das hier zu bringen. Donals Beerdigung wird heute Morgen stattfinden. Das sind alle Neuigkeiten, die ich für Euch habe. Ich muss zurückkehren, damit ich da bin, wenn die Familie bereit ist, die Suche nach den Angreifern fortzusetzen.«

»Ja, natürlich musst du das. Sag Eoin, dass ich mich in Kürze melden werde. Meine Männer und ich werden euch bei euren Bemühungen unterstützen.«

Callum wartete nur einen kurzen Moment, bevor er sich von dem Reiter abwandte. Er rannte so schnell, wie sein angeschlagenes Bein es zuließ. Er rief so laut er konnte nach Sydney und hoffte mit jedem Schritt, dass sie ihn hören und ihm entgegenkommen würde, damit er keine Zeit damit verbringen musste, sie aus seiner Kammer zu holen.

Er wusste, dass sie kurz nach ihm aufgewacht sein musste, als er sie die Treppe hinuntereilen sah. Zum Glück war sie bereits angezogen.

»Was ist los? Ich habe den Reiter vom Fenster aus gesehen.«

»Ich habe keine Zeit, es dir zu erklären. Es gibt etwas, um das ich mich kümmern muss, und ich kann dich nicht hier lassen, während ich es tue. Ich fürchte, wir sind doch nicht sicher.«

Sie fragte ihn nicht weiter aus. Gemeinsam liefen sie die kurze Strecke zum Treppenhaus. Als sie auf der anderen Seite ankamen, befahl er ihr, vorauszugehen.

»Geh schon, Sydney. Ich werde dich so schnell wie möglich finden und dir alles erklären. Im Moment muss ich mit Jane sprechen.«

Sie küsste ihn und es war nur eine kurze Berührung ihrer Lippen, die seine aufgewühlten Nerven beruhigte. Dann verließ sie das Treppenhaus und entfernte sich von ihm. Er folgte ihr in die Burg und hoffte mit jedem Schritt, dass Jane immer noch das hatte, was er suchte.

Er wartete, bis Sydney in die Küche einbog, dann eilte er die Treppe hinauf zum Schlafgemach seines Bruders und seiner Schwägerin. Drinnen war das Licht noch aus. Er hoffte, dass er Nora nicht wecken würde, wenn sie noch schlief.

Callum klopfte einmal an und schob die Tür so leise wie möglich auf, um sich bemerkbar zu machen.

»Jane, bist du hier drin? Ich will das Baby nicht wecken.«

»Komm rein.« Jane bat ihn mit einem Flüstern herein. Als er eintrat, konnte er sehen, dass es in dem Raum nicht wirklich dunkel war. Jane saß in der Nähe des Fensters. Eine kleine Lampe beleuchtete den Stuhl, auf dem sie saß und die an der Flasche nuckelnde Nora in ihren Armen hielt.

»Jane, es tut mir leid, dass ich dich störe, aber ich muss dich etwas fragen. Die Decke, die du am Tag des Feuers um Nora gewickelt hast … hast du sie behalten? Sag mir, dass du sie behalten hast.«

Callum sah, wie sich Besorgnis auf Janes Gesicht ausbreitete. Sie stand auf und hielt das Kind immer noch im Arm.

»Das habe ich. Sie ist in der Erinnerungskiste, die ich für sie erstellt habe. Wenn du sie brauchst, werde ich sie holen. Was ist denn los?«

»Ich habe gerade erfahren, dass die Conalls vor ihrem Gebiet angegriffen wurden. Donal wurde getötet und niemand erkennt das Muster wieder, welches einer der Angreifer getragen hat.«

Janes Augen weiteten sich, als sie erkannte, worauf er hinauswollte. »Nein … Du glaubst doch nicht etwa– bestimmt nicht.«

Callum holte den zerrissenen Stoff aus der Tasche seines Kilts.

»Ich weiß es nicht, Jane. Deshalb musst du die Decke für mich holen. Ist sie aus dem gleichen Stoff?«

Jane sagte nichts, bis sie in der kleinen Truhe auf der gegenüberliegenden Seite des Raumes gekramt und sich wieder aufgerichtet hatte, die Decke in der Hand. Als sie sich ihm zuwandte, war ihr Gesicht rot vor Wut.

Die Decke und das Stück des Kilts passten perfekt zusammen.

»Dieser Bastard. Am liebsten würde ich Laird Allen direkt in die Hölle schicken.«

Callum nahm die Decke aus Janes zitternder Hand, während sein Verstand Mühe hatte, den Verrat zu verarbeiten.

»Oh, er soll zur Hölle fahren, aber es werden meine Hände sein, die ihn dorthin schicken.«

KAPITEL 31

Mein Herz schmerzte für jeden, der Donal MacChristy gekannt hatte, aber für niemanden so sehr wie für Blaire. Alles, woran ich denken konnte, war das letzte Gespräch, das ich in der Küche mit ihr geführt hatte. Sie hatte mir erzählt, dass sie jahrelang Schwierigkeiten gehabt hatte, schwanger zu werden und dass Donal die Tage zählte, bis er seinen Enkel – er war sich sicher, dass sie einen Jungen in sich trug – in den Armen halten konnte.

Mit perfektem Timing war er in der Küchentür aufgetaucht und hatte Blaires Barhocker zu sich umgedreht, damit er sich herunterbeugen und mit dem Kind sprechen konnte.

»Ich bin's wieder, Kleiner, dein Großvater. Ich kann es kaum erwarten, all deine Finger und Zehen zu zählen.« Er stand auf und wandte sich an mich, als müsste er sich mir gegenüber rechtfertigen. *»Ich möchte, dass das Kind meine Stimme kennt, bevor es auf die Welt kommt. Ach, wie sehr hätte meine Frau sich über ein Enkelkind gefreut.«*

Als ich an den Moment mit den beiden zurückdachte, kamen mir die Tränen, und ich wandte mich hastig von Callum ab. Er trauerte selbst schon genug um Donal. Ich wollte nicht, dass er sich auch noch Sorgen um mich machen musste. Mein Herz schmerzte nicht, weil das ein großer Verlust für mich selbst war, sondern weil Blaire darunter leiden würde und weil Donal an diesem Tag seinen Traum verloren hatte, indem er das ungeborene Baby beschützt hatte, das er bereits so sehr geliebt hatte.

»Du brauchst deine Tränen nicht vor mir zu verstecken, Mädchen. Davon werden in den nächsten Tagen viele vergossen werden.«

»Mein Herz bricht für sie. Sie hat sich so lange ein Baby gewünscht, gebetet und gehofft. Die Geburt des Kindes hätte für sie nichts als Glück bedeuten sollen. Jetzt wird der Kummer an diesem Tag genauso präsent sein.«

Ich drehte mich zu ihm um, um mich in seine offenen Arme zu werfen. Er war erschüttert von den Ereignissen des Tages, aber er blieb für alle stark. Es schien, als wäre das seine normale Art, mit schwierigen Situationen umzugehen.

»Ja, das hätte es, und es gab keinen Grund für diesen Akt der Gewalt. Egal, wie oft ich es mir durch den Kopf gehen lasse, ich werde nicht schlau daraus. Welche Gründe sollte Laird Allen haben?«

Ich konnte es mir nicht vorstellen. Noch am Tag zuvor hatten alle auf der Burg in den höchsten Tönen von diesem Mann geschwärmt. In meinem Kopf passte das alles nicht zusammen. Wie Callum konnte ich die einzelnen Teile nicht zu einem vernünftigen Ganzen zusammenfügen. Das beunruhigte mich. Dass er seinen Männern einen solchen Angriff aufgetragen hatte, bedeutete sicher, dass dies erst der Anfang war.

»Ich weiß es nicht, Callum. Was wirst du tun?«

Als er sprach, klang seine Stimme müde. Ich wünschte, ich hätte mehr tun können, um ihm zu helfen.

»Es ist nicht mehr allein meine Entscheidung, wie wir vorgehen. Wir brauchen mehr Informationen, bevor wir entscheiden, wie es weitergehen soll. Ich könnte fast verstehen, wenn er mir böse wäre, denn egal, wie die Wahrheit aussieht, ich fühle mich für den Tod seines Bruders verantwortlich. Es wäre nicht verwunderlich, wenn er mich dafür verantwortlich machen würde, aber dass er die Conalls angreift, macht alles nur noch schlimmer.«

»Wer wird dann entscheiden, was zu tun ist? Wie willst du weitere Informationen sammeln?«

Er ließ von mir ab und setzte sich ans Feuer.

»Da die Conalls bereits zu Hause sind, können wir uns im Moment nicht sonderlich gut mit ihnen beraten. Aber es sind immer noch genug von uns hier, um unsere verbündeten Clans zu vertreten. Jeder hier kannte Donal. Heute werden wir seinen Verlust betrauern. Morgen früh werden wir uns alle treffen und Pläne schmieden.«

An der Art und Weise, wie er in seinem Stuhl saß – mit gekrümmten Rücken und das Kinn auf eine geballte Faust gestützt –, konnte ich erkennen, dass er bereits eigene Pläne schmiedete, während er auf den Rat und die Zustimmung der anderen wartete.

»Was wirst du morgen früh vorschlagen?«

»Um ehrlich zu sein, weiß ich es nicht. Die Weisheit scheint mich heute Abend verlassen zu haben. Ich hoffe einfach, dass einer von uns die Worte finden wird, die ich momentan nicht habe. Ich weiß nur, was ich dir jetzt sagen werde. Ich hoffe, du wirst es verstehen. Laird Allens Handeln macht mir klar, dass die Festung Cagair nicht mehr so sicher ist wie vor dem Brand. Ich werde mein Zuhause nicht mehr unbeaufsichtigt lassen. Ich werde nicht riskieren, dass das noch einmal passiert. Ich habe alle Arbeiter angewiesen, sich fernzuhalten, aber ich werde diese Nacht in meinem Zuhause verbringen.«

Das war das Letzte, was ich von ihm wollte. Ein Teil von mir wollte ihn anflehen, hier zu bleiben, in dieser Zeit, in der er sicher war, aber das würde gegen alles verstoßen, was ich ihm von Anfang an klargemacht hatte. Wir beide sollten unser eigenes Leben haben, unabhängig voneinander. Ich konnte ihm nicht vorschreiben, was er zu tun hatte, wenn ich erwartete, dass er mir den gleichen Gefallen tat.

»Sag mir nur, dass du nicht ganz allein dort übernachten wirst.«

»Orick wird sich mir anschließen, da er noch keine Kinder hat. Tom hat darauf bestanden, ebenfalls zu bleiben. Ich habe keinen Grund zu glauben, dass etwas passieren wird, aber falls es doch so sein sollte, werde ich dieses Mal nicht von zuhause fort sein.«

»Ich verstehe.« Und das tat ich, egal wie sehr es mich schmerzte. »Callum, kann ich dich etwas fragen?«

Er blickte auf und schenkte mir ein sanftes Lächeln. »Aber natürlich kannst du das. Zögere nie, mich etwas zu fragen.«

»Ich weiß, dass du so lange nicht wolltest, dass ich mit dir in die Vergangenheit gehe. Du wolltest Macaslan vorher tot sehen. Und ich weiß, dass du mir gestern Abend gesagt hast, dass ein Teil deiner Zurückhaltung von deiner Angst herrührte, dass du mich abschrecken würdest, wenn es zu schnell ginge, aber ich glaube, es steckt mehr dahinter. Ich glaube, du hast gezögert, weil du dir Sorgen gemacht hast, dass du mich nicht beschützen kannst. Wie du vor einer Minute gesagt hast, fühlst du dich für das Feuer verantwortlich. Ich glaube, du wusstest, dass du dir die Schuld geben würdest, wenn mir etwas zustieße. Habe ich recht?«

An dem wissenden Funkeln in seinen Augen konnte ich erkennen, dass ich richtiglag.

»Ja, Mädchen. Ich könnte es nicht ertragen. Die Schuldgefühle und der Kummer würden mich bei lebendigem Leib auffressen.«

Ich nickte und erhob mich von meinem Platz, um neben ihm in die Hocke zu gehen. Während ich sprach, griff ich nach seinen Händen.

»Ich weiß, aber es wäre nicht deine Schuld. Ich möchte, dass du das weißt. Auch wenn du mich liebst, bist du nicht für mich verantwortlich. Also bitte, Callum, benutze deine Angst nicht, um mich wegzustoßen. Versprich mir, dass du das nicht tun wirst.«

Er senkte seinen Kopf, um mich zu küssen, und das Verlangen in seinem Kuss entsprang mehr aus Trost als aus Lust.

»Können wir uns gegenseitig ein Versprechen geben, du und ich? Ich werde dich nicht wegstoßen, auch wenn ich im Moment nicht so oft in deiner Nähe sein werde, wie ich es gerne wäre. Ich verspreche dir, dass ich dich genauso begehren werde wie jetzt, wenn das alles vorbei ist. Wirst du mir auch ein Versprechen geben?«

»Was für eines?«

»Ich weiß, dass du mir gesagt hast, ich solle dir nicht sagen, was du zu tun hast, aber in diesem Fall solltest du es mir nicht übel nehmen. Wenn du zustimmst, wird mir das alles viel leichter fallen. Ich bitte dich, Sydney, schwöre mir, dass du meine Zeit nicht mehr betreten wirst, bis wir die Wahrheit über Laird Allen wissen und er zur Rechenschaft gezogen wurde.«

Er wollte nur, dass ich in Sicherheit war, aber selbst in Zeiten des Friedens war Sicherheit nie eine Garantie – so war das Leben nun mal.

»Callum, was ist, wenn das Jahre dauert?«

»Es wird keine Jahre dauern, schöne Maid. Ich habe die feste Absicht, das alles innerhalb von vierzehn Tagen zu beenden. Versprich mir nur, dass du vorerst in Sicherheit bleibst, damit ich mich um den Schutz der anderen kümmern kann, ohne mir Sorgen um dich machen zu müssen.«

Es würde hier viel zu tun geben. Unabhängig von den Plänen, die morgen früh geschmiedet werden würden, wusste ich, dass viele kleine Kinder hierbleiben würden, damit ihre Sicherheit gewährleistet war. Ich und alle anderen würden alle Hände voll zu tun haben. Wenn es wirklich nur vorübergehend war, schien es ein einfaches Versprechen zu sein, das ich halten konnte.

»Okay. Ich verspreche es. Ich bleibe so lange hier, bis du mir sagst, dass es sicher ist, wieder mit dir zurückzugehen.«

KAPITEL 32

»Ich habe heute Morgen eine Gruppe von Männern losgeschickt, um nach Antworten zu suchen. Ich gehe davon aus, dass die Conalls das Gleiche tun und wir bald etwas von ihnen hören werden.«

Ich saß im hinteren Teil des Wohnbereichs, Cooper auf der einen und Jerry auf der anderen Seite von mir. Alle schienen in verschiedenen Stadien der Sorge und des Kummers zu sein. Die Stimmung im Raum hing schwer über uns allen, als Callum die Diskussion leitete.

Callum sprach eine ganze Weile und erzählte allen, was er über die aktuelle Situation wusste. Der Raum blieb still, während er sprach. Erst als er fertig war, erhob Laird McMillan – Baodan – das Wort und wandte sich an Callum.

»Ich halte es für das Beste, wenn ich, mein Bruder und Jeffrey nach Hause reiten, um sicherzustellen, dass es in unserem Gebiet keine ähnlichen Angriffe gibt, obwohl ich es nicht für klug halte, dass wir das zu Pferde tun.«

Baodan drehte sich um und richtete seinen Blick auf Morna.

»Können wir immer noch auf der Burg McMillan in der Zeit

zurückreisen? Wenn ja, wärst du bereit, uns dorthin zu begleiten und uns durch das Portal zu befördern?«

Morna nickte. Sie schien wenig überrascht, was mich vermuten ließ, dass sie diese Möglichkeit bereits in Erwägung gezogen hatte.

»Ja. Ich werde heute mit euch gehen. Warum bleiben eure Frauen und Kinder nicht eine Zeit lang bei mir und Jerry? Wenn ich zu Hause bin, könnt ihr uns leichter Bescheid geben, wenn es wieder sicher ist. Dort habe ich mehr Kräfte zur Verfügung. Wenn ich weiß, dass es sicher für sie ist und dass ihr bereit seid, sie zurückzuholen, kann ich sie zurückschicken. Jerry kann morgen mit den anderen gehen, damit sie Zeit haben, sich vorzubereiten.«

Baodan schaute erst zu Mitsy und dann zu Eoghanan und Grace, gefolgt von Jeffrey und Kathleen. Als sie alle zustimmten, wandte Baodan sich wieder an Callum.

»Bist du mit dieser Vereinbarung einverstanden?«

Callum stimmte zu und besprach sich weiter mit den anderen im Raum.

Als Morna ihre Rückkehr nach Hause erwähnt hatte, war Jerry auf seinem Platz neben mir erstarrt. Als der Raum von den Geräuschen vieler einzelner Gespräche zu summen begann, drehte ich mich zu ihm um, um ihn darauf anzusprechen.

»Ist alles in Ordnung?«

»Nein, aber ich kann das nicht hier mit dir besprechen. Sobald Morna mit den anderen weg ist, kommst du zu mir.«

Jerry stand auf und schlich sich leise aus dem Zimmer.

»Bitte versprich mir, dass du vorsichtig sein wirst, Callum. Du weißt gar nicht, wie viel mir an dir liegt. Wenn alles vorbei ist, wirst du mich besuchen kommen, aye?«

Callum drückte die alte Hexe so fest an sich, dass ihre Zehen sich vom Boden hoben.

»Ja, Morna, ich glaube, das weiß ich, denn ich habe dich genauso gern. Wir sehen uns bald wieder. Du bist sicher froh, endlich heimzukehren, oder? Du hast einen gewaltigen Wutanfall bekommen, als wir dich nach Jerrys Herzinfarkt nicht gehen lassen wollten.«

Morna wurde leicht rot, und Callum war überzeugt, dass er sie zum ersten Mal so sah.

»Ich bin bereit, in meinem eigenen Bett zu schlafen, aber ich bin nicht froh über die Umstände, unter denen ich euch heute verlassen muss.«

Er löste sich aus ihrer Umklammerung, gab ihr einen kurzen Kuss auf die Wange und griff nach der Autotür, um sie ihr zu öffnen. Anstatt einzusteigen, packte Morna ihn am Arm und zog ihn vom Auto weg.

»Warte einen Moment. Ich möchte dir noch etwas sagen, bevor ich gehe.«

Er verschränkte ihren Arm mit seinem eigenen und führte sie von der Menge weg, weil sie das offensichtlich wünschte.

»Was ist los, Morna?«

»Ich möchte mich bei dir bedanken. Nicht nur dafür, dass du trotz meines sehr schlechten Benehmens nett zu mir warst, sondern auch dafür, dass du einer der Wenigen bist, die nicht genau das tun, was ich dir sage.«

Callum runzelte die Stirn und versuchte zu überlegen, was die Hexe meinen könnte. Er war zu sehr mit den Conalls und

Laird Allen beschäftigt, um sich zu erinnern, worauf sich Morna bezog.

»Was meinst du damit? Redest du von einem bestimmten Vorfall?«

»Ja, in der Tat. Weißt du nicht mehr, dass ich dich gebeten habe, nach Grier zu suchen? Du hast mir gesagt, dass du das nur tun würdest, wenn du einen Grund dazu hättest. Ich dachte, Jerrys Herzinfarkt wäre Grund genug, und trotzdem hast du meine Bitte abgelehnt.«

In Wahrheit hatte er seine Suche nach der Hexe nie aufgegeben. Morna wusste nicht, dass die Feier eine misslungene Falle gewesen war, um sie anzulocken. Sie wusste nicht, dass er seit dem Morgen nach Jerrys Herzinfarkt Tag und Nacht einen Mann nach ihr suchen hatte lassen. Callum wusste, dass es besser war, wenn sie nichts davon erfuhr, denn die Suche war ohnehin vergeblich gewesen.

»Und darüber bist du glücklich? Es überrascht mich, dass du das sagst. Ich dachte, du wärst immer noch sauer.«

Die alte Hexe zuckte mit den Schultern und tätschelte seinen Arm mit ihrer freien Hand.

»Das dachte ich auch, aber ich bin ganz froh, dass du nicht getan hast, worum ich dich gebeten habe. Es scheint, als hätte Grier aufgegeben, was auch immer sie mit Jerry und mir vorhatte. Ich könnte nicht glücklicher sein. Denn nur hier hätte sie uns erreichen können. Meine Abreise bedeutet, dass die Sache jetzt zu Ende ist.«

Wenigstens war ein Problem gelöst. Auch die Suche nach Grier beschäftigte ihn nicht mehr. Es gab viel dringendere Angelegenheiten.

»Das freut mich auch. Aber ich behaupte trotzdem, dass sie nicht so schlimm ist, wie du sie in Erinnerung hast. Sie hat mir am Tag des Feuers geholfen. Ob du es glaubst oder nicht, ich vermute, dass sie Jerrys Leben gerettet hat, als er seinen Herzinfarkt hatte.«

Callum wusste, dass Jerry versucht hatte, Morna zur Vernunft zu bringen, aber sie wollte trotz seiner Bitten nur das Schlimmste von Grier glauben. Callum erwartete die gleiche Reaktion. Stattdessen drückte sie seinen Arm ein wenig fester, als sie sprach.

»Es stimmt, dass ich mir nicht mehr sicher bin. So sehr ich sie auch hasse, es gab eine Zeit, in der ich sie sehr geliebt habe. Ich gebe zu, dass ich dachte, Jerry hätte sie nur verteidigt, weil er so ein vertrauensvoller Mensch ist. Vielleicht war es dieses Mal nur, weil er recht hatte. So oder so bin ich froh, in Unwissenheit gelassen zu werden.«

In der Annahme, dass sie fertig mit ihrer Dankesrede war, führte Callum sie zurück zum Auto.

»Frieden ist alles, was ich mir für uns alle wünsche, Morna. Ich bete, dass er uns bald finden wird.«

Sie drehte sich um, um ihn ein letztes Mal zum Abschied zu umarmen.

»Oh, ich auch, Junge. Ich auch.«

KAPITEL 33

Nachdem Morna mit den McMillan-Männern abgereist war, überkam alle anderen die Müdigkeit. Sogar Cooper, der für seine Schlaflosigkeit bekannt war, legte sich für ein Nickerchen hin. Ich tat es ihm gleich und erinnerte mich erst, als mir die Augen fast zufielen, dass Jerry mich gebeten hatte, zu ihm zu kommen.

Schlafen konnte ich später noch. So besorgt, wie Jerry vorhin gewirkt hatte, wollte ich ihn nicht warten lassen. Ich stand auf, machte ein paar Dehnübungen, um Energie zu tanken, und ging durch den Flur zu seinem Zimmer.

Auf mein erstes Klopfen antwortete er nicht, und ich fragte mich, ob er vielleicht auch ein Nickerchen machte. Als auch beim zweiten Mal keine Antwort kam, öffnete ich die Tür und spähte hinein. Das Zimmer war leer.

Mein erster Gedanke war, dass er sich vielleicht auf die Suche nach mir gemacht hatte. Obwohl ich es seltsam fand, dass er nicht zuerst in meinem Zimmer nachgesehen hatte, machte ich mich auf den Weg in die Küche, um dort nach ihm zu suchen. Alles, was ich fand, war ein Haufen schmutziges Geschirr, das auf meine Aufmerksamkeit wartete.

Das musste noch länger warten, denn jetzt war meine Neugierde – und auch meine Sorge – so groß wie nie zuvor. Wo konnte er hingegangen sein?

Ich suchte überall, wo ich konnte, ohne schlafende Babys oder Mütter zu stören, und beschloss schließlich, draußen nach ihm Ausschau zu halten. Es dauerte nicht lange, bis ich mich dem Treppenhaus näherte und zu meiner großen Überraschung fand ich ihn auf halber Höhe auf einer Treppenstufe.

»Jerry«, rief ich ihm zu, als ich mich ihm näherte. Er wandte sich mir lässig zu, als wäre es nicht ungewöhnlich, dass er hier saß.

»Ach, Sydney. Da bist du ja, Mädchen. Ich dachte, du hättest vielleicht meine Bitte vergessen.«

»Ich gebe zu, ich habe sie tatsächlich für einen Moment vergessen, aber ich dachte, du meinst in deinem Zimmer. Was machst du denn hier draußen?«

Er stand auf und ging einen weiteren Schritt die Treppe hinunter.

»Ich tue genau das, was ich dir gesagt habe. Heute ist der Tag, an dem ich Morna zu der Zeitreise überreden wollte. Grier wartet auf der anderen Seite auf uns. Wenn Morna nicht gehen kann, muss ich es tun.«

Bei seiner Antwort fühlte sich mein Herz plötzlich an, als würde es mir bis zum Hals schlagen.

»Auf keinen Fall. Beweg deinen Arsch wieder nach oben, Jerry, oder ich schleife dich persönlich diese Treppe hoch. Das kann doch nicht dein Ernst sein! Nach allem, was passiert ist, weißt du doch sicher, dass du das hier jetzt vergessen musst. Du kannst ein anderes Mal wiederkommen und versuchen, den Streit zwischen ihnen zu schlichten.«

Er schüttelte den Kopf und machte einen weiteren Schritt nach unten.

»Nein, Sydney. Ich habe schon einmal ein Versprechen an Grier gebrochen. Ich werde es nicht noch einmal tun. Ich habe dich nur gebeten, mich zu finden, damit du von dieser Seite aus auf mich warten kannst. Wenn etwas schiefgeht, kannst du um Hilfe rufen. Ich werde das tun, egal, was du davon hältst. Wirst du auf mich warten und aufpassen, oder nicht? Es wird nicht lange dauern.«

Ich ging selbst zwei Stufen hinunter ins Treppenhaus und blieb stehen, als ich sah, dass er hindurchlaufen wollte, falls ich ihm zu nahe kommen würde.

»Jerry, warte. Denk mal einen Moment darüber nach. Niemand ist auf der anderen Seite. Callum und Orick kommen vor heute Abend nicht mehr zurück. Warte wenigstens bis dahin.«

Er hob eine Hand, um mich davon abzuhalten, einen weiteren Schritt vorwärts zu machen.

»Nein. Ich kann nicht länger warten, denn ich werde Grier nicht warten lassen. Ich werde dich ein letztes Mal fragen. Danach gehe ich so oder so. Wirst du auf mich warten und aufpassen?«

Ich stöhnte auf und fasste mir an die Stirn, um den plötzlich auftretenden Schmerz zu verdrängen. Ich glaubte nicht, dass ich heute noch mehr Stress aushalten würde. Aber es war offensichtlich, dass ich nicht mit ihm diskutieren konnte. Wenn er schon ging, konnte ich wenigstens hier sein, um ihn wieder nach drinnen zu begleiten, wenn er zurückkam.

»Gut. Du hast zehn Minuten Zeit. Wenn du bis dahin nicht zurück bist, hole ich Callum.«

Er hob einen Fuß, drehte sich um und schaute über die Schulter zu mir, aber seine Worte wurden unterbunden, als er über die nächste Stufe stolperte und in die Tiefe stürzte. Er stürzte, aber ich konnte ihn nicht mehr rechtzeitig erreichen.

Jerry wurde immer schneller, während er sich überschlug. Selbst als er unten ankam, rollte er weiter, bis er gegen die Wand prallte und vor meinen Augen verschwand.

Ich schrie auf. Dann schloss ich die Augen, weil ich wusste, was ich tun musste, obwohl ich vor nicht allzu langer Zeit geschworen hatte, diese eine Sache nicht zu tun.

Höchstwahrscheinlich war Jerry verletzt. Was, wenn Grier ihr Wort an ihn nicht gehalten hatte? Was, wenn niemand auf der anderen Seite war?

Ich konnte ihn dort nicht allein lassen. Callum würde mir verzeihen müssen.

Ich ging die Stufen hinunter und verschwand.

KAPITEL 34

1650

»Jerry, ist alles in Ordnung? Das war so dumm von dir. Ich habe dir doch gesagt, dass das eine schreckliche Idee ist. Gib mir deine Hand, damit ich dir helfen kann, hier rauszukommen, damit wir wieder in unsere eigene Zeit zurückkehren können. Hier gibt es niemanden, der dich nähen kann.«

Ich konnte ihn nicht sehen und seine ausbleibende Reaktion beunruhigte mich sehr. Das Treppenhaus war völlig dunkel, und ich hatte nicht die geringste Ahnung, warum. Ich nahm an, dass es eine Art Tür gab, aber ich hatte sie noch nie geschlossen gesehen.

Ich rief noch einmal nach ihm, aber eine Hand hielt mir den Mund zu und brachte mich zum Schweigen.

»Merkst du nicht, dass wir die Tür aus einem bestimmten Grund geschlossen haben? Jerry blutet, aber ich habe jetzt keine Zeit, etwas dagegen zu tun. Du hast sie sicher auf uns aufmerksam gemacht. Die Männer von Laird Allen belagern die Burg.«

Die Hand löste ihren Griff um mich. Ich wusste zwar, dass es klüger war, zu schweigen, aber ich konnte nicht einfach dasitzen und nichts sagen. Angst und Verwirrung überkamen mich und es kostete mich all meine Kraft, nicht in Panik zu geraten.

»Jerry, steh auf. Wir müssen wieder in die Zukunft.«

Der fremde Arm, von dem ich annahm, dass er zu Grier gehörte, schoss hervor und zog mich rückwärts, zurück zu den Stufen der Treppe.

»Wir haben keine Zeit. Sie sind schon da. Ich sehe sie.«

In diesem Augenblick schwang die Tür zum Treppenhaus auf und Licht strömte herein. Meine Augen hatten Mühe, sich an den Lichtwechsel zu gewöhnen, als brüllende Stimmen zu uns durchdrangen.

»Hier unten, Sir. Da verstecken sich Leute.«

Der Mann wich zurück und ich zog Jerry schnell hoch, damit wir zurück durch das Portal fliehen konnten. Grier versperrte uns den Weg.

»Verstehst du es nicht? Sie haben uns alle gesehen. Wenn wir jetzt durch das Portal gehen, werden sie uns folgen. Ist es das, was du willst?«

In meiner Panik war mir dieser Gedanke nicht in den Sinn gekommen. Alles, woran ich denken konnte, war, wie dringend wir hier weg mussten. Ich wusste, dass Callum sich nie wieder erholen würde, wenn Jerry oder mir etwas zustoßen würde. Die Schuldgefühle und der Kummer würden ihn umbringen.

»Kannst du es schließen? Wir müssen hindurchlaufen und es dann schließen, bevor Allens Männer die Chance haben, durchzukommen. Wir können nicht zulassen, dass sie uns kriegen.«

Sie schüttelte den Kopf. Die Ruhe in ihrem Gesicht beruhigte mich kein bisschen. Sie sah aus, als wäre das alles sinnlos.

»Ich kann es von der anderen Seite aus nicht schließen. Sie werden uns mitnehmen, und wir müssen es zulassen, sonst werden wir heute noch ermordet.«

Zum zweiten Mal innerhalb weniger Augenblicke schien alles um mich herum langsamer zu werden, sodass jeder Gedanke ruhig und klar wurde.

»Kannst du nicht Magie einsetzen, um sie aufzuhalten?«

»Ich bin mächtig, aber nein. Ich kann es nicht mit zwei Dutzend Männern aufnehmen. Hör mir zu. Wenn sie uns schnappen, dürfen sie nicht wissen, dass ich eine Hexe bin. Das wird nicht gut für mich ausgehen, und ich werde keinem von euch eine Hilfe sein, wenn sie davon wissen.«

Ich wusste, dass sie recht hatte. Wenn Laird Allen von Griers Kräften erfuhr, würde er sie entweder zwingen, sie für seine Zwecke zu nutzen, oder er würde sie direkt umbringen.

Ich dachte an Jerrys Sturz auf der Treppe. Obwohl ich ihn nicht sehen konnte, wusste ich, dass seine Wunden schwerwiegend sein mussten, denn er sagte kein Wort, während Grier und ich miteinander sprachen. Jemand würde ihn die Treppe hinauftragen müssen. Damit bestünde das Risiko, dass einer der Männer versehentlich in die Zukunft reiste. Ich hatte schon beobachtet, wie andere durch das Portal gegangen war, und wusste deshalb, dass die Reise schon ausgelöst wurde, wenn ein kleiner Teil des Körpers die Rückwand berührte.

»Grier, kannst du das Portal von dieser Seite aus schließen? Wir müssen sicher sein, dass sie nicht durchkommen können.«

Sie antwortete nicht sofort. Als sie es tat, war ihre Stimme leise und überraschend unsicher. »Ich weiß es nicht.«

»Hast du Zeit, es zu versuchen?«

»Ich weiß es nicht. Sie kommen jetzt. Wenn ich das tue, werden sie mich sehen.«

Sie könnten sie sehen, aber sie musste es versuchen. Sonst riskierten wir das Leben von so vielen anderen.

»Ich werde nach oben laufen und sie ablenken. Versuch, es zu schließen.«

Ich rannte die Treppe hinauf und stürmte durch die Tür, während ich wie eine Furie schrie. Es dauerte einen Moment, bis sich meine Augen an das plötzliche Sonnenlicht gewöhnt hatten. Als sie das taten, sah ich sechs riesige Männer auf mich zustürmen.

Sie zerrten an meinen Armen und begannen, mich wegzuziehen, während ich meine Beine in alle möglichen Richtungen schwang und trat. Ich würde zerschunden und blutüberströmt sein und sehr wahrscheinlich sterben, aber zumindest hatte Grier jetzt ein paar Augenblicke mehr Zeit, um das Portal zu schließen und hoffentlich alle Menschen zu retten, die sich auf der Festung Cagair des einundzwanzigsten Jahrhunderts befanden.

KAPITEL 35

Gegenwart

»Sydney, ich möchte dich nicht stören, aber Orick und ich gehen gleich in die Vergangenheit, diesmal auch Adwen. Ich glaube nicht, dass wir zurückkehren werden – nicht bevor wir Antworten haben und die ganze Sache mit Laird Allen ein Ende gefunden hat. Ich wollte dir Lebewohl sagen.«

Es sah Sydney nicht ähnlich, so spät am Nachmittag zu schlafen, aber heute waren alle müder als sonst, und Callum wusste, dass es einen guten Grund dafür gab. Ihr Zimmer war dunkel. Er ging leise hinein und knipste die kleine Lampe neben ihrem Bett an, um sie behutsam zu wecken.

Die Decke war zerknittert, die Abdrücke ihres Körpers noch vorhanden, aber sie lag nicht mehr auf dem Bett. Callum warf einen Blick auf die Uhr in der Ecke des Zimmers. Sie war vermutlich mit den Vorbereitungen für das Abendessen beschäftigt. Er richtete sich auf und machte sich auf den Weg in die Küche, um sich dort von ihr zu verabschieden.

Als er die Küche jedoch erreichte, war nur Anne darin zu finden.

»Hey, wollt ihr schon wieder zurück?«

»Ja. Weißt du, wo Sydney ist, Anne? Ich möchte mich von ihr verabschieden, bevor wir aufbrechen. Es kann einige Wochen dauern, bis wir zurückkehren. Sie war nicht in ihrem Schlafgemach.«

Anne schürzte ihre Lippen auf eine Weise, die ihm eine unangenehme Gänsehaut bereitete.

»Ich ... Ich wollte dich gerade nach ihr fragen. Ich habe mich gefragt, ob sie vielleicht krank ist oder so etwas, weil sie normalerweise schon in der Küche sein sollte. Ich wollte gerade versuchen, selbst etwas zu kochen. Du hast sie nicht gesehen?«

»Nein. Schon eine ganze Weile nicht mehr.«

Callum drehte sich zu dem Geräusch herabsteigender Schritte hinter ihm um. »Cooper, was führt dich in die Küche? Bist du hungrig? Ich wette, Anne kann etwas für dich organisieren.«

»Nein, ich bin nicht hungrig. Ich bin hierhergekommen, weil ich dich gesucht habe, Callum. Ich habe ein ganz komisches Gefühl. Sydney holt mich jeden Tag ab, um Jerry beim Training zu helfen, und heute hätte es das letzte Mal sein sollen, bevor er nach Hause zurückkehrt, aber sie hat mich nicht abgeholt. Ich habe eine Stunde gewartet. Und jetzt kann ich Jerry auch nicht finden. Ich habe überall nach beiden gesucht und kann sie nirgends finden.«

Die Angst, die er zu unterdrücken versuchte, stieg in ihm auf.

»Bist du dir sicher, Junge? Gibt es irgendeinen Ort in der Burg, an dem du noch nicht nachgesehen hast?«

Cooper schüttelte den Kopf und seine Augen wurden groß und ernst.

»Nein. Ich habe überall auf der Burg nachgesehen. Der einzige Ort, an dem ich noch nicht war, ist draußen, aber Jerry geht nie freiwillig raus, also dachte ich mir, das wäre Zeitverschwendung.«

Callum gönnte sich einen tiefen, beruhigenden Atemzug. Wenn er draußen nicht nachgesehen hatte, dann würde er sie auch draußen finden.

»Cooper, du bleibst hier und hilfst Anne mit dem Essen. Ich werde draußen nach ihnen suchen. Wenn ich sie finde, werde ich sie wissen lassen, dass du nicht glücklich bist.«

»Ja, sag ihnen das, denn ich bin ganz und gar nicht glücklich.«

Callum eilte aus der Küche, begierig darauf, sie zu finden, damit seine Sorgen sich verflüchtigen würden. Er musste die Haustür nicht öffnen, um Jerry und Sydney zu suchen, denn Adwen stand bereits auf der Schwelle.

»Callum, ich wollte gerade zu dir kommen. Du solltest besser schnell mitkommen. Es ist etwas passiert.«

Die Worte ließen ihm das Blut aus dem Gesicht weichen. Wie viel mehr konnte noch passieren? Wie viel mehr konnten sie überhaupt noch ertragen?

»Was ist los? Sag es mir jetzt sofort.«

Adwen drehte sich um und winkte ihm zu, damit er ihm folgte.

»Das Portal. Es ... Es scheint nicht zu funktionieren.«

Callum war erst vor ein paar Stunden hindurch gereist. Er war nur in das einundzwanzigste Jahrhundert zurückgekehrt, um sich von Morna und den McMillan-Männern zu verabschieden.

»Du irrst dich. Ich habe es vor nicht allzu langer Zeit benutzt. Wie kann es dann nicht mehr funktionieren?«

»Ich weiß es nicht, aber ich schwöre dir, es ist geschlossen. Ich hatte kein gutes Gefühl dabei, dass wir alle auf dieser Seite sind, auch wenn es nur für eine kurze Zeit war. Ich dachte, ich gehe voraus und halte Ausschau nach Boten, bis du und Orick angekommen seid. Callum, das da unten ist nichts weiter als eine Steinmauer.«

Mein Herz raste in seiner Brust, als er die allzu vertrauten Stufen hinuntereilte. Adwen musste sich geirrt haben. Wenn nicht, stimmte etwas ganz und gar nicht.

Er blieb auf der untersten Stufe stehen und streckte vorsichtig seine Finger aus. Die Wand vor ihm war zum ersten Mal fest.

Callum drehte sich um und rannte die Treppe so schnell hinauf, wie er sie hinabgestiegen war. »Geh und sag allen, dass sie nach Sydney und Jerry suchen sollen. Sofort.«

Adwen wandte sich von ihm ab, und Callum rannte hinter ihm her zur Burg. Er rief nach Orick, der gerade aus seiner Hütte kam, und bat ihn, dasselbe zu tun.

Die ganze Burg suchte fast eine Stunde lang nach ihnen. Als auch der letzte Winkel durchsucht war, brach Callum auf den Stufen der Burg zusammen und ließ seiner Wut freien Lauf, während Adwen, Orick und Anne zusahen.

»Verdammt soll sie sein. Sie hat mir gesagt, sie würde es nicht tun. Sie hat es mir geschworen, und sie hat es trotzdem getan. Ich werde sie nicht mehr in meine Nähe lassen. Ich werde mein Herz nicht mit einer Lügnerin teilen. Mit einer Närrin. Ich weiß nicht, was sie getan hat oder warum, aber sie und Jerry sind durch das Portal gereist, und jetzt ist es für uns alle geschlossen.«

Er klagte weiter, schrie, fluchte und nutzte seine Wut als Mittel, um sich nicht von seinen Sorgen auffressen zu lassen. Er hörte erst auf, als Anne vor ihn trat und sein Gesicht in ihre Hände nahm.

»Also gut. Ich habe dir gut fünf Minuten gegönnt, aber es ist an der Zeit, erwachsen zu werden, verdammt. Du hast ja recht. Du weißt nicht, warum sie und Jerry zurückgereist sind, aber Sydney ist nicht dumm. Wenn sie es getan hat, hatte sie einen guten Grund dazu und das weißt du. Ich weiß, dass du Angst hast, aber dieser Wutanfall wird dir nicht helfen. Du hast keine Zeit für so etwas. Laird Allen könnte jetzt auf dem Weg zur Burg sein. Was, wenn er sie dort findet?«

Er wollte etwas sagen, wurde aber mit einer schnellen Ohrfeige von Annes Handfläche belohnt.

»Nein. Sei still und hör mir zu. Ihr Jungs müsst so schnell wie möglich zurückkreisen. Das könnt ihr hier nicht, also nehmt meine Schlüssel und fahrt so schnell ihr könnt zur Burg McMillan. So langsam, wie Morna fährt, könnt ihr sie vielleicht erreichen, bevor sie wieder losfährt.«

Anne hielt inne, stand auf und griff nach den Schlüsseln in ihrer Tasche, bevor sie sie ihm in die Hand drückte und ihm einen kräftigen Schubs in Richtung Auto gab.

»Ich meine es ernst. Verschwindet sofort von hier. Und wenn ihr drei – und alle anderen, die wir kennen und lieben – nicht lebend aus dieser Sache herauskommt, werde ich euch das nie verzeihen. Jetzt geh.«

Callum grunzte, als sie ihm zur Sicherheit einen Tritt in den Hintern verpasste. Ohne ein weiteres Wort stiegen die drei Männer in das Auto und rasten los.

Anne hatte recht. Es gab keine Zeit zu verlieren.

KAPITEL 36

Auf dem Weg zur Burg Macaslan – 1650

»Oh, da bist du ja. Ich bin froh, dass du wach bist. Ich hatte schon befürchtet, du hättest dich wirklich verletzt. Ich habe noch nie gesehen, wie sich jemand so herumwirft.«

Meine Augen öffneten sich langsam und ich musste mich bemühen, sie nicht sofort wieder zu schließen, als die Schmerzen in meinem Kopf pochten. Meine Hände ruhten zwischen meinen Beinen und waren gefesselt. Ich saß vor einem Mann, den ich nicht kannte, auf einem Pferd, das so groß war, dass mir die Oberschenkel schmerzten, weil sie so weit gespreizt waren.

»Ich hätte mich verletzt? So siehst du das also? Ich wurde geschleift, gefesselt und bewusstlos geschlagen. Ich bin mir nicht sicher, wie ich das selbst geschafft haben soll.«

»Ach, mir gefällt, dass du nach dem Kampf immer noch Biss hast. Es ist mir egal, wie du es in Erinnerung behältst, Mädchen. Weder ich noch einer meiner Männer hat dir etwas angetan.

Wir haben nur versucht, dein Geschrei zu unterbinden. Du hast so um dich geschlagen, dass du dir den Kopf an der stumpfen Seite eines der Schwerter meiner Männer gestoßen hast. Du wirst einen mächtigen Bluterguss haben, aber sonst scheint es dir gut zu gehen.«

Ich drehte mich leicht und konnte sehen, dass der Mann, mit dem ich ritt, die Gruppe hinter uns anführte. Jerry und Grier konnte ich nirgends sehen und ich sprach ein stilles Gebet für ihre Sicherheit aus, als ich zu ihm aufblickte.

Er hatte dunkle Augen und Haare, einen Vollbart und eine schräge Nase, die sein einschüchterndes Aussehen noch verstärkte.

»Du hast mich also nicht verletzt, nur damit du es später tun kannst?« In meine Stimme mischte sich so viel Bosheit und Sarkasmus, wie ich mit meinem pochenden Kopf zustande bringen konnte. Es ärgerte mich maßlos, dass er das amüsant fand.

»Du hast einen sehr schlechten Eindruck von mir, Mädchen. Ich muss sagen, dass ich keinen Grund dafür sehe. Wir sind gerade noch rechtzeitig gekommen, um dich aus weitaus schlimmeren Fängen zu retten.«

Mich zu retten? Ich saß einen Moment lang still da und spielte mit dem Gedanken. War es möglich, dass ich mich in diesem Mann geirrt hatte?

»Es tut mir leid. Ich glaube, ich bin verwirrt. Du bist doch Laird Allen, nicht wahr?«

Er lachte gegen mein Ohr und ich lehnte mich weit nach vorne, um zu verhindern, dass sein Atem meinen Hals berührte.

»Ja, der einzig wahre, auch wenn ich es immer noch nicht gewohnt bin, mit Laird angesprochen zu werden. Bitte, nenn mich Raudrich. Wenn du mir versprichst, dass du nicht versuchst, dich vom Pferd zu stürzen, werde ich dir die Hände losbinden.«

»Ich kann dir nichts versprechen. Wenn du willst, dass deine Nase so perfekt geformt bleibt, solltest du mich lieber gefesselt lassen.«

»Oh, ich mag dich, Mädchen. Schade, dass Callum dich schon für sich beansprucht hat.«

»Woher willst du das wissen? Und erzähl mir nicht, dass du uns vor irgendetwas gerettet hast. Wir wissen, was du getan hast. Wir wissen, was du mit den Conalls gemacht hast.«

Er versteifte sich hinter mir und einen Moment lang fürchtete ich, zu frei mit meinen Worten umgegangen zu sein. Immerhin war ich in dieser Situation hilflos. Falls er sich dazu entschied, mir zu schaden, konnte ich nichts dagegen tun. Doch als er sprach, war seine Stimme sanft und fragend.

»Die Conalls? Ist ihnen etwas zugestoßen? Die Männer, die jetzt bei mir sind, waren wochenlang im Conall-Gebiet unterwegs, um es zu bewachen. Ich habe sie erst heute Nachmittag wieder getroffen, als wir uns Cagair näherten.«

Mein Herz hämmerte vor Wut und Angst, als mir klar wurde, dass die Männer hinter mir diejenigen waren, die Donal getötet hatten.

»Das kann doch nicht dein Ernst sein, oder?«

Er beugte sich vor und senkte seine Stimme, als er seine Antwort flüsterte.

»Doch, das meine ich sehr ernst. Darf ich vorschlagen, dass du mir genau erzählst, was passiert ist? Wenn du klug bist, wirst du das leise tun. Es ist klar, dass etwas passiert ist, ohne dass ich davon wusste. Und plötzlich habe ich das Bedürfnis, auf der Hut zu sein.«

»Wo sind die anderen, mit denen ich zusammen war?« Ich

ignorierte seine Frage erst einmal. Falls er es nicht wusste – und ich konnte mir nicht vorstellen, dass er es nicht wusste –, musste ich sicher sein, dass sie in Sicherheit waren, bevor ich es ihm sagte.

»Ich habe sie gehen lassen. Der Kopf des Mannes blutete, und keiner meiner Männer kann eine Wunde nähen. Die Frau sagte, sie würde ihm helfen, also brachten wir sie zu ihrem Haus, bevor wir mit dir aufbrachen. Ich brauche sie nicht, solange sie in Sicherheit sind. Ich glaube nicht, dass sie diejenigen sind, denen Drustan Macaslan etwas antun will.«

»Was soll das heißen?« Ich hatte nicht die geringste Ahnung, wer Drustan Macaslan war, obwohl ich annahm, dass er ein Verwandter des verstorbenen Laird Macaslan war.

»Wie dem auch sei. Ich habe dir genau gesagt, wo deine Freunde sind. Jetzt musst du mir sagen, was mit den Conalls passiert ist, und zwar schnell und leise. Dann werde ich deine Frage beantworten, und du wirst mir eine andere beantworten, und so werden wir fortfahren, bis wir entweder unser Ziel erreichen oder ich entscheide, wie wir vorgehen.«

Ich ärgerte mich, aber ich sah keinen anderen Ausweg. Jedes neue Wort, das aus Raudrichs Mund kam, verwirrte mich mehr und mehr. Er war ein Held, der sich innerhalb eines Tages als unser größter Feind entpuppt hatte. Eigentlich sollte ich ihn hassen, aber ich musste feststellen, dass ich ihn von Minute zu Minute mehr mochte.

»Deine Männer haben die Conalls angegriffen, als sie auf dem Weg nach Hause waren. Donal MacChristy wurde getötet und mehrere andere Männer verwundet.«

Er griff nach meinen gefesselten Händen und drückte sie eindringlich.

»Sag kein weiteres Wort. Du musst meiner Führung folgen.«

Ich nickte verständnisvoll und vertraute ihm trotz all der Gründe, die ich hatte, es nicht zu tun. Er lehnte sich von mir zurück und rief seinen Männern zu, die nur wenige Meter hinter uns ritten.

»Das Mädchen sagt, sie müsse sich erleichtern. Steigt alle ab und ruht euch ein wenig aus. Ich bringe sie ein Stück weiter weg, damit sie etwas Privatsphäre hat.«

Die Männer stimmten zu. Als Laird Allen sein Pferd zum Stehen brachte, stieg er ab und drehte sich um, um mir zu helfen. Sobald meine Füße den Boden berührten, löste er eilig meine Fesseln und ergriff meine Hand, um mich wegzuführen.

Er sagte nichts. Er bewegte sich einfach schnell durch den dichten Wald und das Gestrüpp. Er hielt erst an, als wir so weit entfernt waren, dass seine Männer unser Gespräch garantiert nicht mehr hören konnten.

»Wie ist dein Name, Mädchen?«

»Sydney.« Ich rieb mir die wunden Handgelenke, als er meine Hand losließ.

»Ich weiß nicht, was man dir erzählt hat, aber ich habe den Angriff auf die Conalls nicht befohlen. Ich habe mein ganzes Leben lang nichts anderes getan, als den Frieden in den Highlands zu bewahren. Diese Männer haben mich verraten. Ob für Geld oder aus Hass, weiß ich nicht. Aber wenn es so passiert ist, wie du sagst, sind sie als Verräter an meine Seite zurückgekehrt.«

Er verstummte, als er innehielt und um mich herumging. Als würde ihm die kurze Bewegung helfen, seine Gedanken zu sammeln. Dann drehte er sich zu mir um und sprach noch einmal.

»Wenn sie die Conalls angegriffen haben, sind wir in ihrer Gegenwart nicht sicher. Ich kenne diese Wälder gut. Ich kann es schaffen, von ihnen wegzukommen, aber du musst stehen bleiben, wo du bist, und dich nicht dagegen wehren, wenn ich dich hochziehe.«

Er nahm seine Finger in den Mund und stieß einen lauten Pfiff aus, der mir die Ohren klingeln ließ. Er rannte von mir weg und ich konnte die Hufe hören, die auf uns zukamen, als er auf sein Pferd zustürmte. Raudrich bestieg das Tier mit Leichtigkeit. Bevor ich überhaupt richtig registriert hatte, was er gesagt hatte, hob er mich wieder vor sich auf das Pferd.

»Wohin reiten wir?«

»Zur Burg Macaslan, Mädchen. Dort wartet der Rest meiner Männer auf uns. Lass uns beide beten, dass hinter uns mehr Verräter sind als vor uns.«

KAPITEL 37

Burg McMillan – Gegenwart

Callum sah überrascht zu, wie Morna mit den Steinen in ihren Händen spielte. Adwen war bereits zurückgereist, Orick kurz nach ihm. Nur er und Morna blieben am Ufer des großen Teichs vor der Burg der McMillans zurück. Er konnte nicht glauben, dass sie wirklich vorhatte, mit ihnen zurückzureisen.

»Du wartest auf mich, aye? Wenn du zurückgereist bist? Lauf nicht gleich zur Burg. Bleib im Wasser und hilf mir, ans Ufer zu kommen, wenn ich auftauche. Ich bin seit über fünfzig Jahren nicht mehr geschwommen. Ich bin mir nicht sicher, ob ich noch weiß, wie das geht.«

Callum verschränkte die Arme und starrte die wechselhafte Hexe an.

»Bist du zu Scherzen aufgelegt, Morna? Denn ich habe weder Zeit noch Lust dazu. Wie oft habe ich dich schon sagen hören, dass du nie wieder zurückreisen würdest? Für nichts auf der Welt, hast du immer gesagt.«

Während sie sprach, ließ sie die Steine über das Wasser flitzen.

»Ich mache keine Witze, Callum. Ich weiß, was ich gesagt habe, aber ich hätte nie gedacht, dass mein Mann, der seit unserer Jugend Angst vor meiner Zeit hat, sich mit deiner Freundin durch das Portal wagen würde. Ich werde ihn nicht allein lassen, damit er von diesem Bastard Allen entführt oder verletzt wird. Ich war schon einmal dort – du kannst Cooper fragen, wenn du willst. Auch wenn es mir nicht gefällt, sehe ich keinen anderen Ausweg. Und jetzt wirf deinen verdammten Stein. Ich werde dir gleich folgen.«

Callum konnte es kaum erwarten, sich auf den Weg zu machen. Sobald seine wasserdurchtränkten Füße den Boden seiner Zeit berührten, würde er sich auf die Suche nach Sydney machen. Er wusste nicht, ob er sie erwürgen oder heiraten wollte, wenn sie sich das nächste Mal sahen, aber er hatte vor, es sehr bald herauszufinden.

Burg Macaslan – Drei Tage später – 1650

»Nein. Nimm deine Hände von mir. Wenn du glaubst, dass ich mit dir in die Burg gehe, nachdem du mich mit Heu zugedeckt hast und mir gesagt hast, ich solle hier im Stall bei deinem Pferd bleiben – das übrigens einen schweren Fall von Reizdarmsyndrom hat – dann hast du den Verstand verloren. Warum hast du das getan?«

Ich saß da, den Kopf in mein Oberteil vergraben, weil ich

versuchte, Luft zu atmen, die nicht nach dem Hintern eines Pferdes roch. Es war ein erfolgloses Unterfangen.

»Wenn du aufstehst und mir folgst, ohne dass jemand es sieht, werde ich dir gleich alles erklären. In meiner Kammer wartet Essen auf dich.«

Die Erwähnung des Essens war das Einzige, was mich aus meiner Ecke lockte. Raudrich hatte dem Stallmeister gesagt, dass niemand außer ihm in die Nähe seines Pferdes kommen durfte, also hatte ich mich ungesehen im Stall aufhalten können, aber ich war mir nicht sicher, ob meine Nase oder meine Allergie sich jemals wieder erholen würden.

Er bedeckte mich mit einem schwarzen Mantel, als wir einen abgelegenen Seiteneingang der Burg betraten, und eilte mit mir in sein Zimmer, damit wir nicht gesehen wurden. Nachdem er die Tür hinter uns geschlossen hatte, zeigte er als Erstes auf das Kleid auf dem Bett.

»Siehst du das, Sydney? Zieh es an. Ich werde mich in die Ecke stellen und meinen Kopf wegdrehen.«

Bis er es angesprochen hatte, hatte ich völlig vergessen, dass ich sehr modern gekleidet war. Ich hatte keine Ahnung, was er oder seine Männer, egal ob sie Verräter waren oder nicht, von meiner Kleidung hielten. Sie wussten ja nicht, woher ich kam.

Da ich mich sehr unpassend fühlte, tat ich, was er verlangte, und zog mich hastig an, wobei ich seinen Rücken genau im Auge behielt. Er hielt sein Wort und drehte sich nicht einmal für einen kurzen Blick um, während ich mich umzog.

»In Ordnung. Ich bin angezogen. Warum wolltest du, dass ich den Großteil des Abends mit deinem Pferd verbringe?«

Nachdem wir die Männer zurückgelassen hatten, von denen Raudrich glaubte, dass sie ihn verraten hatten, waren wir Tag und Nacht geritten, um die Burg Macaslan zu erreichen, und hatten nur für die notwendigen Toilettenpausen angehalten. Ich konnte das Durchhaltevermögen des Mannes nicht nachvollziehen. Auch sein Pferd war unglaublich – beide kamen mir vor, als würden sie aus einer anderen Welt stammen. Er hatte nicht eine Sekunde geschlafen. Mich hatte er jedoch regelmäßig zum Schlafen ermuntert und mir erlaubt, mich an ihn zu lehnen. Ich hatte jede Nacht mehrere Stunden Schlaf bekommen.

Während unserer Reise hatte er mir keine Erklärungen geliefert. Jetzt, wo wir endlich hier waren, erwartete ich, dass er mir alles ausführlich schildern würde.

»Was hat Callum dir über Drustan Macaslan erzählt, Mädchen?«

»Ist das sein Sohn?«

»Aye.«

Ich zuckte mit den Schultern und erzählte ihm das Wenige, das ich wusste. »Nur, dass er genauso bösartig sei wie sein Vater, aber weit weniger kompetent. Ich weiß, dass Laird Macaslan versucht hat, Gillian – du kennst sie wahrscheinlich nicht – mit Drustan zu verheiraten. Callum hat ihm damals gesagt, dass sie ihn heiraten würde. Dieses Debakel war der Auslöser für das alles.«

Es war so seltsam, dass er von allem, was ich sagte, völlig unbeeindruckt schien. Bevor er eine weitere Frage stellen konnte, meldete ich mich wieder zu Wort.

»Du wusstest das alles, nicht wahr? Woher? Callum hat gesagt, dass dein Clan so weit im Norden lebt, dass dich nie jemand sieht. Du wusstest auch, dass ich mit Callum zusammen war. Woher wusstest du das?«

Er deutete auf den Teller mit dem Essen, den er mir hinhielt, und ich begann zu essen, während er sprach.

»Callum hat recht. Der Großteil meines Clans lebt in unserem Gebiet weit im Norden. Ich lebe dort jedoch seit fast fünfzehn Jahren nicht mehr. Du musst nicht wissen, wo ich gewesen bin, aber ich war dort noch nie zu Hause. Trotzdem halte ich mich über alles auf dem Laufenden, was in den Gebieten der Highlands vor sich geht, auch wenn es manchmal länger dauert, bis Neuigkeiten mich erreichen. Deshalb ist auch so viel Zeit zwischen dem Brand und meiner Ankunft auf der Festung Cagair vergangen, wo ich die Überreste meines Bruders und seiner Frau abgeholt habe. Es hat seine Zeit gebraucht, bis ich davon erfahren habe, und dann musste ich auch noch seine Männer versammeln und seinen Platz als Laird einnehmen.«

Er setzte sich neben mich und fuhr dann fort.

»Alles, was du über Drustan gesagt hast, ist wahr, mit einer Ausnahme. Ich glaube, Callum unterschätzt den Jungen gewaltig. Ich sehe jetzt, dass er in der Lage ist, viel mehr Schaden anzurichten, als sein Vater es je gekonnt hätte. Wir beide müssen ihn aufhalten.«

Er griff nach dem Brot auf meinem Teller und riss ein Stück davon ab. Er steckte es sich lässig in den Mund und lehnte sich zurück, als würde er auf meine Reaktion warten.

Ich rollte mein Handgelenk und sprach mit vollem Mund. »Rede weiter.«

»Na schön. Jedes Wort, das ich Callum an dem Tag unserer ersten Begegnung gesagt habe, war die Wahrheit. Meine Männer und ich haben überall nach Macaslan gesucht, aber wir haben ihn nie gefunden. Er war nicht in Spanien. Als wir das mit Sicherheit wussten, ritt ich selbst zu seiner Burg und fand einen sehr verzweifelten Drustan vor, der behauptete, sein Vater sei seit Tagen verschwunden. Er hatte es niemandem gesagt, weil er befürchtete, dass andere versuchen würden, ihm sein Land zu nehmen, wenn sie wüssten, dass sein Vater fort war. Ich war so dumm, ihm zu glauben.«

Ich nahm einen Schluck Wein, um mein Essen runterzuspülen. »Was war also die Wahrheit?«

»Macaslan hat diese Burg zuletzt an dem Tag verlassen, an dem er das Feuer auf der Festung Cagair gelegt und meinen Bruder und meine Schwägerin ermordet hat. Als er hierher zurückkehrte, hatte Drustan die Kassen seines Vaters geplündert und einer großen Gruppe von Männern genug Geld bezahlt, um sich gegen seinen Vater zu wenden. Sie sperrten ihn ein und hielten ihn hier fest, bis sein Tod von Nutzen war. Ohne zu wissen, welche Rolle ich in all dem spielte, gab ich Drustan den perfekten Vorwand, seinen Vater zu töten.«

»Woher weißt du das? Er hat dir das doch sicher nicht erzählt?«

»Nein, hat er nicht. Ich habe mit meinen vertrauenswürdigsten Männern gesprochen, und sie haben mir alles erzählt, was sie wussten. Ich glaube ihnen. Nur eine kleine Gruppe hat sich gegen mich gestellt. Der Rest blieb hier und wartete auf meine Befehle.«

»Warum waren deine Männer überhaupt hier?«

Raudrich blickte auf seine Füße hinunter, und ich wusste, dass er sich wahrscheinlich die gleiche Frage stellte.

»Ich hielt Drustans Angst für aufrichtig und ließ viele meiner Männer zurück, um ihm bei der Verteidigung der Burg zu helfen, falls sich herumsprechen sollte, dass Laird Macaslan nicht untergetaucht, sondern verschwunden war. Das hatte zweierlei Folgen. Drustan konnte einige meiner Männer bezahlen, damit sie Callum den Kopf seines Vaters übergaben, aber auch so viel, dass sie bereit waren, sich komplett gegen mich zu wenden und die Conalls anzugreifen, um einen Krieg zwischen unseren Clans anzuzetteln.«

Ich aß langsamer, als ich ihm lauschte. Ich wollte jedes Wort, das er sagte, sorgfältig verarbeiten.

»Er wollte also zunächst nur das Territorium seines Vaters für sich haben, aber die Gier hat ihn übermannt? Er hofft, dass er auch dein Territorium übernehmen kann, indem er seine Position hier sichert und dann Callums Clan und die Conalls gegen dich aufbringt?«

Raudrich nickte und stand auf, um mein Glas nachzufüllen.

»Ja, ich glaube schon. Als ich aus Spanien zurückkehrte, ritt ich zur Festung Cagair, um Callum mitzuteilen, dass meine Suche fehlgeschlagen war. Ich wusste nicht, dass Macaslan tot war, bis du es mir gesagt hast. Meine Männer haben es mir auch nicht gesagt, als sie mir auf dem Weg begegneten und mit mir zu Callums Festung ritten. Als ich bei der dort ankam und sie leer vorfand, befürchtete ich, dass Macaslan entweder schon zurückgekehrt war oder alle geflohen waren, weil sie wussten, dass er auf dem Weg war. Deshalb dachte ich, ich würde dich retten. Ich dachte, du und die anderen hätten sich versteckt, weil ihr wusstet, dass Macaslan kommen würde.«

Er hielt inne, stand auf und begann auf und ab zu gehen, wie er es im Wald getan hatte.

»Warum habt ihr euch versteckt? Und warum war die Burg leer, wenn ihr alle wusstet, dass Macaslan tot war?«

Da ich ihm nicht die Wahrheit sagen konnte, saß ich einen langen Moment nachdenklich da und versuchte, die Antwort zu finden, die am meisten Sinn ergab, wenn ich all die Informationen berücksichtigte, die ich nun hatte. Da das Portal geschlossen worden war, wusste ich, dass Callum zur Burg

McMillan zurückreisen musste, genau wie die anderen Männer es vorhatten.

»Das Cagair Gebiet ist klein, und Callum war der Meinung, dass er nicht genug Männer haben würde. Er wusste, dass die Conalls zu tief in der Trauer steckten und zu weit weg waren, um eine große Hilfe zu sein, also ging er los, um die McMillans zu versammeln. Er rechnete damit, dass du nach Macaslans Tod versuchen würdest, auch dieses Gebiet zu erobern. Ich bin mir sicher, dass sie in diesem Moment auf dem Weg hierher sind.«

Er lächelte und es schien ihn nicht im Geringsten zu stören, dass ich ihm gerade gesagt hatte, dass zwei Clans kommen würden, um ihn zu töten.

»Gut. Dann sollten sie in den nächsten ein oder zwei Tagen ankommen. Ich bin sicher, dass sie nicht das gleiche Tempo wie ich halten können – das ist der einzige Grund, warum wir vor ihnen hier angekommen sind.«

Es war definitiv nicht der einzige Grund, aber das behielt ich für mich. Ich wollte unbedingt die nächste Frage stellen, die mir durch den Kopf ging.

»Also gut, Raudrich. Ich habe beschlossen, dass ich dir glaube. Ich werde dir den Rücken stärken, wenn Callum hier ankommt und dir die Kehle aufschlitzen will, aber ich verstehe immer noch nicht, warum ich im Stall rumhängen musste, während du Drustan begrüßt hast.«

»Mädchen, ich habe Geschichten darüber gehört, wie Drustan die Frauen behandelt, die er trifft. Wenn du ihm begegnest, kann ich dich nur beschützen, indem ich sage, dass du meine Frau bist, und er weiß, dass ich keine habe. Du bleibst heute Nacht hier und ich schlafe in den Ställen. Ich bitte dich nur, die Tür abzuschließen, wenn ich gehe, damit dich niemand stört.«

»O nein, bitte tu das nicht. Du musst erschöpft sein. Ich weiß gar nicht, wie du überhaupt noch stehen kannst. Du nimmst das Bett. Ich werde auf dem Boden schlafen. Wenn du im Stall schläfst, werde ich gar nicht mehr schlafen können.«

Er sah mich stirnrunzelnd an und schnappte sich eine der Decken vom Bett.

»Ich werde auf dem Boden schlafen. Du schläfst auf dem Bett. Das ist der einzige Kompromiss, den ich eingehen werde, aye?«

Ich nickte und gähnte bei dem Gedanken an Schlaf, aber es gab noch andere Fragen, auf die ich Antworten brauchte.

»Raudrich, warum hast du nichts zu meiner Kleidung gesagt? Sie muss dir doch seltsam vorgekommen sein, oder?«

Er lachte und breitete die Decke auf dem Boden aus, weit weg vom Bett und an der Rückwand des Zimmers.

»Ich habe schon viele Geschichten über die Highlands gehört, auch über die Festung Cagair und die seltsamen Mädchen, die dort auf magische Weise erscheinen, um Männer wie mich zu heiraten. Ja, ich fand es seltsam, aber ich habe einfach angenommen, dass du eines dieser Mädchen bist.«

»Du scheinst alles zu wissen. Warum wusstest du nichts von Macaslans Tod, bis ich es dir erzählt habe?«

»Ich habe eine Seherin, die mir alles sagt, aber das konnte sie nicht, solange ich in Spanien war. Die Entfernung zu ihr hat mich daran gehindert, so viel zu wissen, wie ich es normalerweise tue. Ich bin sehr müde. Lass uns erst einmal schlafen.«

Ich nickte und wandte mich dem Bett zu, wobei mir ein letzter Gedanke durch den Kopf ging.

»Okay, aber wie sieht der Plan aus? Wie werden wir den neuen Laird Macaslan los?«

Seine Stimme klang schläfrig, als er antwortete, und ich wusste, dass er in wenigen Sekunden einschlafen würde.

»Mach dir darüber keine Sorgen, Mädchen. *Stärke mir einfach den Rücken*, wie du es gesagt hast.«

Ich lachte und ließ mich in das Bett fallen, als ich hörte, wie er zu schnarchen begann.

KAPITEL 38

Der Morgen ließ ewig auf sich warten, denn Raudrichs Schnarchen hielt mich fast die ganze Nacht wach. Es machte mir nichts aus, ich war froh, ihn schlafen zu sehen. Nachdem ich gesehen hatte, wie viele Stunden er ohne Schlaf auskommen hatte müssen, machte ich mir langsam Sorgen, dass der Mangel an Schlaf, den er problemlos wegsteckte, sich in einem übernatürlichen Bereich bewegte. Selbst wenn das nicht der Fall wäre, war ich mir ziemlich sicher, dass er und Cooper sich schnell anfreunden würden.

Er stand jedoch früh auf, gerade als die Sonne durch das Fenster zu scheinen begann. Als er aufwachte, hatte er mehr Energie, als ein Mensch vor einer Tasse Kaffee haben sollte.

»Hörst du das, Sydney?«

Ich setzte mich auf und lauschte so aufmerksam wie möglich. Ich hörte nichts.

»Höre ich was?«

»Deine Leute, Mädchen. Sie sind angekommen.«

Ich stand auf, ging zur Tür und öffnete sie, ohne zu zögern, um genauer zu lauschen.

Draußen auf dem Flur war es immer noch völlig still.

»Ich höre nichts. Ich glaube, du brauchst noch ein paar Stunden Schlaf.«

»Ich versichere dir, sie sind hier und stürmen die Burg in diesem Moment. Bist du bereit? Ich glaube nicht, dass Callum und die anderen lange warten werden. Sie werden es kaum erwarten können, dich und die anderen zu finden, wenn sie glauben, dass ich dich hier gefangen halte.«

»Wenn du sie hören kannst, wurdest du als Kind von irgendeiner seltsamen Spinne gebissen. Willst du jetzt noch einen roten Anzug anziehen oder so?«

Er neigte seinen Kopf zur Seite wie ein verwirrtes Hündchen.

»Was?«

Ich schüttelte den Kopf. »Schon gut. Was machen wir denn jetzt?«

Er zuckte mit den Schultern, und meine Augen weiteten sich vor Überraschung.

»Du hast keinen Plan?«

»Nein, wie denn auch? Ich weiß nicht genau, was Callum und die anderen tun werden. Ich weiß nur, dass Callum und seine Männer keine Probleme haben werden, Drustans Männer zu überwältigen, denn ich habe meine eigenen Männer angewiesen, die Burg zu verlassen. Bleib einfach dicht bei mir, während ich dem Lärm folge, dann werden wir sie sicher finden.«

Wir schlichen gemeinsam den langen Flur hinunter. Wir schafften es die Haupttreppe hinunter und durch einen der Flure im Erdgeschoss, bevor ich etwas hörte. Als Callums Stimme meine Ohren erreichte, musste ich dem Drang widerstehen, direkt auf ihn zuzulaufen.

»Drustan, du weißt, dass ich dich nicht mag, aber ich bin nicht der Meinung, dass die Sünden des Vaters vom Sohn bezahlt werden sollten. Wenn du mir erzählst, was du mit Laird Allen vereinbart hast und uns sagst, wo er ist, werden wir dir nichts tun.«

Raudrich beugte sich vor und drückte meinen Kopf in Richtung Tür, damit ich sehen konnte, worauf er zeigte.

»Siehst du die Tür auf der Rückseite des Speisesaals? Wir werden dort hineingehen.«

Ich nickte zustimmend, als wir um den Rand des Speisesaals herumgingen, wo Callum und seine Männer Drustan umzingelt hatten, der mit dem Rücken an einer Wand stand. Als wir die Tür auf der anderen Seite erreichten, hielt Raudrich inne und blickte mit sanften Augen zu mir herüber.

»Wenn du sie nicht rechtzeitig aufhalten kannst, brauchst du keine Schuldgefühle zu haben. Ich habe mein Leben für genau das gegeben, wozu ich bestimmt war.«

»Was?« Ich sah ihn nervös an, verwirrt von seinen Worten. Er tat so, als wolle er direkt auf Callums Schwert zulaufen. Als ich beobachtete, wie er durch die Tür stürmte, vor der wir standen, und dabei seine Klinge zog, wurde mir bewusst, dass er vielleicht genau das vorhatte.

Ich stand in der offenen Tür und versuchte zu verstehen, was er zu tun gedachte. Ich versuchte, seine schnellen Bewegungen zu verfolgen, als er auf den geduckten Drustan zustürmte und keinen Moment zögerte, bevor er sein Schwert in den Bauch des jungen Lairds stieß.

Raudrich zog seine Klinge heraus und warf sie zu Boden. Jetzt wusste ich, was er meinte. Er hatte Drustan getötet, um dem wahren Übeltäter ein Ende zu setzen, aber er war nicht bereit, seine Waffe gegen einen anderen zu erheben.

Ich riss den Kopf zu Callum herum, als ich sah, wie dieser seine Klinge zog und sie über seinen Kopf hob, um sie Raudrich in die Brust zu rammen.

Ich schrie ihm zu, er solle aufhören, rannte direkt in die Reichweite von Callums Klinge und warf mich vor Laird Allen.

KAPITEL 39

Ohne die Macht von Mornas Magie hätte Callums Klinge
Sydney in der Mitte gespalten. Er hörte ihre Schreie und sah
sogar, wie sie auf Laird Allen zulief, aber nur die schnelle
Auffassungsgabe der Hexe konnte den Schwung seiner Klinge
aufhalten. Sie wurde ihm aus der Hand gerissen, flog zur Seite
und prallte gegen die Wand, als er vor Erleichterung auf die
Knie fiel.

Augenblicklich war Sydney bei ihm, hielt sein Gesicht in
ihren Händen und küsste ihn, während sie ihre Arme um ihn
schlang und ihm ins Ohr flüsterte.

»Es geht mir gut. Es geht mir gut, Callum.«

»Was ist los mit dir, Sydney? Warum wolltest du ihn
beschützen? Hat er etwas mit deinem Verstand gemacht? Du
weißt doch, was er getan hat.«

»Nein. Er war es nicht.« Sie klammerte sich fest an ihn und
stieß ihn zurück, als er aufstand und sich erneut auf Laird Allen
stürzen wollte. Er konnte sehen, wie sich die Lippen des
Mannes bewegten, aber er hörte nur Sydneys eindringliche
Schreie, als sie ihn weiter zurückstieß.

»Callum, hör mir zu. Er hat nichts getan. Es war Drustan. Es ist alles seine Schuld.«

Das konnte nicht wahr sein – nicht, wenn man den Stoff von Allens Clan an den Angreifern gefunden hatte, die die Conalls überfallen hatten.

Er drehte sich um und entfernte sich von Sydney. Er brauchte einen Moment, um sich zu sammeln und sich von dem zu erholen, was er fast getan hatte, und zu überlegen, was er als Nächstes tun sollte. Die McMillan-Männer standen neben ihm und waren allesamt bereit, seinem Befehl zu folgen. Ohne sein Wort würden sie nichts unternehmen.

Der Ritt hierher war lang und anstrengend gewesen – seine Sorge um Sydneys Sicherheit so überwältigend, dass er jederzeit bereit gewesen wäre, Blut zu vergießen, um ihre Sicherheit zu gewährleisten. Aber jetzt, wo er wusste, dass sie nicht mehr in Lebensgefahr war, musste er anerkennen, dass es vieles gab, was er nicht wusste – vieles, das für ihn keinen Sinn ergab. Wenn die Möglichkeit bestand, dass Sydney recht hatte, wollte er keinen unschuldigen Mann ins Grab schicken.

Er sammelte sich, ging zu seinem Schwert und hob es vom Boden auf, bevor er es auf Laird Allen richtete.

»Was hast du Sydney eingeredet, das sie dazu veranlasst, dir zu glauben? Deine Männer haben die Conalls angegriffen und einen von ihnen getötet, nur einen Tag, nachdem du mir Macaslans Kopf vor die Füße hast werfen lassen. Du willst Macaslans Territorium übernehmen und mich dafür bestrafen, dass ich am Tod deines Bruders beteiligt war, indem du denen, die mir zu Hilfe gekommen sind, Schaden zufügst, aye?«

Callum beobachtete Raudrich genau. Er sah keine Boshaftigkeit in den Augen des Mannes, keine Spur des Bösen oder der Wut, die so oft hinter den Blicken Macaslans und anderer Männer gesteckt hatte, die ähnliche abscheuliche Gewalttaten begangen hatten. In all den Jahren, in denen er auf Reisen gewesen war, hatte Callum eine ganze Bandbreite an bösartigen Männern gesehen. Trotz aller Beweise kam Laird Allen ihm nicht wie einer von ihnen vor. Aus diesem Grund hatte er ihm von ihrer ersten Begegnung an vertraut.

Laird Allen reagierte nicht sofort auf ihn. Als er das Wort ergriff, wandte er sich zuerst an Sydney, ging an ihre Seite und legte ihr eine Hand auf die Schulter, damit sie ihn ansah. Callum musste sich zurückhalten, den Mann nicht allein aus Eifersucht zu durchbohren.

»Bist du verrückt? Hätte ich gewusst, was du darunter verstehst, mir den Rücken zu stärken, hätte ich dich in den Ställen angekettet. Mädchen, ich bin es nicht wert, dass du dein Leben für mich gibst.«

Sydney schluckte und zuckte mit den Schultern, offenbar unbeeindruckt von all dem. »Es tut mir leid. Das war nur ein voreiliger Reflex.«

Callum machte einen Schritt auf ihn zu und setzte die Spitze seiner Klinge in der Mitte von Raudrichs Brust an.

»Du brauchst sie nicht anzufassen, um mit ihr zu sprechen. Jetzt beantworte meine Frage.«

Raudrich nickte, nahm langsam seine Hand von Sydneys Schulter und hob beide Hände zur Kapitulation.

»Alles, was ich Sydney gesagt habe, war die Wahrheit. Du hast recht, dass es meine Männer waren, die dir Macaslans Kopf gebracht und die Conalls angegriffen haben, aber sie haben es nicht auf meinen Befehl hin getan. Drustan hat sie bestochen. Ich schäme mich zu sagen, dass ich kein Vertrauen mehr in meine Männer habe, aber das werde ich ändern, wenn ich in mein Gebiet zurückkehre.«

Callum ließ seine Klinge sinken und bedeutete den Anwesenden, es ihm gleichzutun. Es gab viel zu besprechen, und es würde keine Wahrheit ans Licht kommen, wenn sich alle weiterhin an ihre Waffen klammerten. Nur Worte würden sie zur Einsicht bringen.

Ich hatte Callum noch nie mit so einem ernsten Gesichtsausdruck gesehen. Tatsächlich sah er gequält aus. Seine Muskeln auf Dauer so zu verzerren, musste doch anstrengend werden. Falls er verbergen wollte, was er dachte, gelang ihm das mit der gerunzelten Stirn, den zusammengepressten Lippen und den niedergeschlagenen Augen. Ich konnte nicht einschätzen, ob er schreien oder weinen wollte, oder ob er einfach von Kopfschmerzen geplagt wurde.

Nachdem er alles erklärt hatte, bestand Morna darauf, Raudrich dieselben schrecklichen Tropfen in den Hals zu schütten, die sie mir in den Kaffee gemischt hatte, um sicherzugehen, dass er nicht log. Als sie den Beweis hatten, dass er die Wahrheit sprach, löste sich die Spannung im Raum schnell auf.

Niemand würde den Verlust von Drustan Macaslan betrauern. Selbst seine eigenen Männer leisteten keinen Widerstand gegen Callum oder die McMillans, nachdem sie von seinem Tod erfahren hatten. Soweit ich das beurteilen konnte, herrschte im ganzen Gebiet Erleichterung vor, und da die MacChristys, die McMillans und Laird Allen kein Interesse daran hatten, Anspruch auf das Land zu erheben, lag es an den Bewohnern des Gebiets, zu entscheiden, wer die Herrschaft übernehmen würde.

»Wir können nicht hierbleiben. Nicht einmal für den Rest des Vormittags. Morna bereitet die Pferde schon auf die Abreise vor. Sie kann den Gedanken nicht ertragen, dass Jerry bei Grier ist. Raudrich behauptet, dass er Grier und Jerry zu einer der provisorischen Hütten gebracht hat, die wir während der Reparaturen an der Burg gebaut haben. Morna will sich sofort auf den Weg dorthin machen.«

Das waren die ersten Worte, die Callum seit einer halben Stunde sagte, aber er blickte weiterhin zu Boden.

Er lehnte sich an den Sims eines hohen Fensters, das sich in einem langen Flur in der Nähe des Speisesaals befand, in dem sich alle anderen aufhielten. Sie hatten alle die Anweisung, uns in Ruhe zu lassen. Callum hatte sich zwar ganz schön beeilt, ein Gespräch unter vier Augen mit mir zu organisieren, aber er ließ sich alle Zeit der Welt, mir den Grund dafür zu verraten.

»Ich weiß. Ich habe auch nicht erwartet, dass wir hierbleiben würden. Callum, ist alles in Ordnung mit dir? Du siehst ... Na ja, so habe ich dich noch nie gesehen.«

Als er aufblickte, wünschte ich mir, ich hätte nichts gesagt.

»Nein, Mädchen, es ist nicht alles in Ordnung. Ich weiß nicht, ob ich dir eine Ohrfeige geben oder über dich herfallen und dich von Kopf bis Fuß küssen soll.«

Ich ging zu ihm hinüber und legte meine Hände auf seine Schultern. Seine Drohung beunruhigte mich keine Sekunde lang. »Wenn du dich für Ersteres entscheidest, solltest du wissen, dass du deine Hoden bald darauf aus deinem Arsch wirst entfernen müssen.«

Er verschluckte sich an seiner eigenen Spucke und hustete, während er mich mit großen Augen ansah. Zum ersten Mal lächelte er.

»Ihr Frauen der Zukunft sagt alles, was euch in den Sinn kommt, ohne auch nur einen Moment zu zögern.«

Ich zuckte mit den Schultern und fuhr mit den Fingern durch sein Haar. »Das kann ich nicht leugnen.«

»Ich würde dich nie anrühren, aber ich bin so wütend auf dich, dass ich kaum noch atmen kann.«

»Wütend?« Ich hatte wirklich gedacht, er würde es verstehen, nachdem er die Wahrheit erfahren hatte.

»Ja, wütend. Du hast mir versprochen, dass du nicht zurück in die Vergangenheit gehen würdest, und dann hast du es doch getan. Aber warum? Nichts von dem, was Laird Allen gesagt hat, hat mir die Antwort auf diese Frage gegeben.«

Ich beugte mich vor, um ihn zu umarmen und drückte seinen Kopf weiter an mich, während ich sprach.

»Callum, Jerry wollte unbedingt in die Vergangenheit, und ich konnte ihn nicht aufhalten. Ich habe ihm gesagt, dass ich vor dem Portal auf ihn warten würde, damit er schnell zurückreisen und dann wieder zurückkommen kann, aber er ist die Treppe hinuntergefallen und ich wusste, dass er verletzt war. Ich konnte ihn nicht im Treppenhaus verbluten lassen. Du wirst es sehen, wenn wir sie erreichen. Raudrich hat gesagt, er musste genäht werden.«

Ich spürte, wie die Luft aus Callums Lungen entwich, als er sich an mich schmiegte.

»Ach, Sydney, das kann ich dir verzeihen. Ich habe mich wirklich gefragt, ob du es getan hast, um mich zu ärgern, weil ich dich gezwungen habe, in der Zukunft zu bleiben.«

»Nein.« Ich zog mich zurück und küsste ihn sanft. »Das würde ich nicht tun. Es tut mir leid, dass ich dir einen Schrecken eingejagt habe. Wusste Morna, dass wir hier sind?

Seid ihr deshalb direkt zur Burg Macaslan geritten, statt zur Festung Cagair?«

Er nickte, zog mich an sich und küsste mich mit einer Dringlichkeit, die mir den Kopf verdrehte.

Als er den Kuss beendete, schmiegte er seine Wange an meine und sprach in mein Ohr.

»Was glaubst du, wie die Chancen stehen, dass ich dich genau hier nehmen kann, ohne dass uns jemand dabei erwischt?«

Ich griff an meinem Rücken und fummelte an meinen Schnürungen herum.

»Ich habe keine Ahnung, aber lass es uns riskieren.«

KAPITEL 40

»Wie ich sehe, habt ihr euch vermisst, aye?«

Ich grinste verlegen, als ich mich auf die Zehenspitzen stellte, um Raudrich zu umarmen, bevor er sein Pferd bestieg und mit seinen Männern davonritt.

»Woher weißt du das?«

»Deine Haare stehen ganz schön wild ab, Mädchen. Mach dir keine Sorgen, niemand kann euch beiden einen Vorwurf machen.«

Hastig versuchte ich, alle verirrten Haare glattzustreichen, aber alles fühlte sich ziemlich flach und ordentlich an. Er lachte, als er mich dabei beobachtete, wie ich mir über den ganzen Kopf strich.

»Ich wollte dich nur necken, aber jetzt sehe ich, dass ich recht hatte.«

Ich verpasste ihm einen leichten Klaps auf den Arm und schnalzte missbilligend mit der Zunge. »Nicht cool. Trotzdem … danke.«

Er drehte den Kopf zur Seite, genau wie er es am Abend zuvor getan hatte.

»Wofür, Mädchen? Ich habe dir nichts gebracht, abgesehen von einem wunden Hintern und ein paar unruhigen Nächten.«

Ich wusste, dass er sich auf den langen Ritt und den Mangel an echtem Schlaf bezog, aber ich konnte das schelmische Funkeln in seinen Augen erkennen. Er wusste, wonach seine Worte sich anhörten.

»Du bist unausstehlich. Gut, dass du das nicht vor Callum gesagt hast.«

Er lächelte und zwinkerte mir zu, während er ein Bündel an der Seite seines Pferdes befestigte.

»Ja, Mädchen, ich bin ein Schuft, aber du musst zugeben, dass ich dir in den letzten Tagen ans Herz gewachsen bin. Nicht wahr?«

Es stimmte, und es machte mich traurig, ihn gehen zu sehen, weil ich wusste, dass sein Gebiet so weit von der Festung Cagair entfernt war.

»Das stimmt. Du bist ein guter Mann, Raudrich.«

Er streckte die Hand aus und drückte mir kurz den Arm.

»Und du, Mädchen, bist eine der schönsten Frauen, die ich je kennengelernt habe. Solltet du und Callum jemals in den Norden kommen, dann schaut doch bitte mal vorbei.«

»Das werden wir.« Ich reichte ihm die Hand, um sein Pferd zu streicheln, als er sich für den langen Ritt bereit machte. »Du hast also wirklich keine Frau in deinem Leben, was?«

Er nickte spielerisch in Richtung Callum.

»Nein, habe ich nicht. Warum? Bietest du dich mir an, Mädchen? Hast du Callum so schnell wieder satt?«

Ich winkte ab, als er die Zügel in die Hand nahm.

»Du weißt genau, dass ich das nicht gemeint habe. Es ist nur überraschend, das ist alles. Du bist sehr liebenswert.«

»Da bin ich mir nicht so sicher, aber ich hoffe, du hast recht.

Ich habe viel zu tun und muss viele Menschen im Gebiet meines Bruders für mich gewinnen, wenn ich mich an seiner Stelle um das Land kümmern soll. Ich hoffe, dass sie alle so freundlich von mir denken werden, wie du es tust.«

Ich hatte keinen Zweifel daran, dass sie das tun würden.

»Das werden sie. Bitte gib uns Bescheid, wenn du dein Ziel sicher erreicht hast. Ich weiß, dass Callum und seine Männer für dich da sein werden, falls du jemals etwas brauchst.«

Er nickte und wendete sein Pferd langsam ab, nur um es nach ein paar Schritten wieder in meine Richtung zu lenken.

»Ach, das hätte ich fast vergessen, Mädchen. Ich trage das seit dem Tod meines Bruders bei mir, aber ich denke, dass die kleine Nora es besser gebrauchen könnte als ich.«

Er beugte sich vor, um etwas aus einem Beutel zu holen, und reichte mir ein kleines gemaltes Porträt eines Mannes, der Raudrich sehr ähnlich sah. Neben dem Mann stand eine Dame, von der ich wusste, dass sie seine Frau sein musste.

Er sprach wieder, bevor ich etwas entgegnen konnte. Es war ein besonderes Erinnerungsstück. Die Tatsache, dass er bereit war, es aufzugeben, damit Nora ein Stück ihrer Eltern bei sich tragen konnte, rührte mich zutiefst.

»Ich weiß nicht, ob die Eltern des Mädchens wollen, dass sie von ihren leiblichen Eltern weiß oder nicht. Vielleicht wollen sie nicht, dass sie es jemals erfährt. Das ist ihre Entscheidung, aber wenn sie es ihr sagen wollen, wäre es sicher schön für sie, zu wissen, wie sie aussahen.«

»Das ist mehr als schön. Ich kenne Jane und Adwen beide. Sie werden sich freuen, ihr das eines Tages zeigen zu können.«

»Da bin ich froh. Ich hoffe, dass wir uns wiedersehen werden, Mädchen. Bis dahin, lebe wohl.«

KAPITEL 41

Die ersten Tage der Reise ritt Morna pausenlos. Am letzten Tag, als wir uns dem Cagair Gebiet näherten, ritt sie wie eine Wilde.

»Freust du dich, Jerry zu sehen, oder willst du es einfach nur hinter dich bringen? Ich kann es wirklich nicht beurteilen.«

Morna ritt ein paar Meter vor Callum und mir her, aber sie drehte sich um, um uns anzusehen, als sie antwortete.

»Beides. Auch wenn ich den Mistkerl am liebsten erwürgen würde, sobald ich ihn sehe, habe ich ihn mehr vermisst, als du dir vorstellen kannst. In all den Jahren, die wir verheiratet sind, war ich noch nie so lange von ihm getrennt. Gleichzeitig habe ich Angst vor dem, was zwischen Grier und mir passieren könnte.«

Callum meldete sich zu Wort und lenkte unser Pferd so, dass es im Gleichschritt mit Mornas Pferd trabte.

»Morna, ich weiß immer noch nicht, was zwischen euch beiden vorgefallen ist, aber ich werde nicht zulassen, dass du ihr Schaden zufügst. Wir haben in den letzten Wochen schon genug Gewalt erlebt, da musst du nicht auch noch dazu beitragen. Das kannst du dich verstehen, oder?«

Sie seufzte, bevor sie sprach. »Callum, ich habe nicht vor, ihr etwas anzutun. Es ist viel wahrscheinlicher, dass sie mir etwas antun wird, als dass ich ihr etwas antue.«

»Warum?« Sowohl Morna als auch Jerry hatte uns schon viel zu lange im Unklaren über diesen Konflikt gelassen. »Wir werden es in ein paar Minuten sowieso herausfinden. Sag es uns einfach.«

»Grier war meine Mentorin. Sie hat mir beigebracht, wie man Magie anwendet. Sie hat mich in einer sehr dunklen Zeit in meinem Leben begleitet und für mich gesorgt. Jerry war der erste Mann, den wir beide geliebt haben.«

Das hatte ich schon geahnt, als ich Jerry in der Nacht seines Herzinfarkts hatte weinen sehen.

»Und er hat sich für dich entschieden?«

Morna schüttelte den Kopf und zeigte auf das kleine Häuschen in der Ferne.

»Für ihn gab es nie eine Wahl. Grier war seine beste Freundin, aber ich war die Frau, die er liebte. Ich glaube, Grier hat immer geglaubt, dass er sie tief in seinem Inneren liebte – dass Jerry und ich uns irgendwann trennen und er zu ihr zurückkommen würde. Als ich die Festung Cagair verlassen habe, und Jerry in die Zeit zurückgereist ist, in der er geboren wurde, empfand sie das als Verrat.«

»Und du hast sie danach nie wieder gesehen? Zumindest nicht bis jetzt?«

»Nein. Die letzten Worte, die sie zu einem von uns beiden gesagt hat, waren ein Fluch. Seitdem habe ich Angst vor ihr.«

»Morna, ich glaube wirklich nicht, dass du Angst vor ihr haben musst. Es ist schon so lange her, dass sie nicht mehr dieselbe Person sein kann wie damals. Bist du es denn?«

Callum ließ sich zurückfallen und überließ Morna die

Führung in Richtung der kleinen Hütte, die in der Ferne lag. Er wusste, dass sie spüren konnte, wo Jerry war.

»Nein, wir alle verändern uns mit der Zeit und den Umständen. Ich werde ihr zuhören, denn mir ist jetzt klar, dass das vielleicht die ganze Zeit ihre Absicht war. Sie möchte mit mir reden. Also werden wir genau das tun.«

Als wir uns dem Haus näherten, konnte ich eine Gestalt erkennen, die vor der Hütte stand. Ich wusste sofort, dass es Jerry war. Die Form seines Schattens verriet ihn.

Er richtete sich auf, winkte uns heran und rief seiner Frau zu, sobald wir in Hörweite waren.

»Morna, Liebes. Gott, habe ich dich vermisst. Nun komm schon her!«

Sie hielt ihr Pferd an und stieg mit der Anmut einer Frau ab, die nur halb so alt war wie sie, während sie die restliche Strecke zu Jerry rannte. Einen Moment lang befürchtete ich, dass sie springen und ihre Beine um ihn schlingen würde, was die beiden sicher zu Boden befördern würde, aber stattdessen umarmte sie ihn so fest, dass ich mir Sorgen machte, Jerry würde wegen Sauerstoffmangels ohnmächtig werden, bis Callum und ich auf unserem eigenen Pferd bei ihnen ankamen.

»Du lässt ihn besser los. Er sieht ziemlich blass aus, Morna.«

»Ach, er ist immer blass. Ich überlege nur gerade noch, ob ich ihn am Leben lassen soll oder nicht.«

Jerry lachte und löste sich von ihr, nur um seinen Arm um sie zu legen und sie festzuhalten.

»Du darfst nicht wütend auf mich sein. In all den Jahren, die wir zusammen verbracht haben, habe ich einen dummen Auftrag nach dem anderen von dir erledigt. Das ist das erste Mal, dass ich etwas getan habe, was du nicht wolltest. Du kannst es mir verzeihen.«

Callum und ich stiegen ab und ließen unser Pferd zum Grasen stehen, während wir zu ihnen hinübergingen.

»Dein Kopf sieht furchtbar aus, Jerry.« Ich umarmte ihn und begutachtete seine Nähte. »Es sieht aber so aus, als hätte sie gute Arbeit geleistet.«

»Ja, das hat sie, Mädchen. Mein Kopf ist in Ordnung. Er ist sehr stabil und groß, weißt du? Ich glaube nicht, dass ich bleibende Schäden davongetragen habe.«

Ich konnte Mornas Besorgnis spüren, als sie auf die Tür der Hütte zeigte.

»Ist sie da drin? Warum versteckt sie sich da drin?«

Jerry seufzte und ich sah die gleiche Traurigkeit in seinen Augen, die ich schon einmal in ihnen gesehen hatte.

»Sie liegt im Sterben, Mädchen. Dir bleibt nicht mehr viel Zeit, um mit ihr zu sprechen.«

KAPITEL 42

Es war eine seltsame Sache, eine Hexe sterben zu sehen. Dem äußeren Anschein nach sah sie gut aus. Das einzige Anzeichen für ein inneres Problem waren ihre Augen. Sie funkelten weniger und ihre Farbe war weniger lebhaft. Morna setzte sich vorsichtig auf die Bettkante und sprach leise, während Jerry sich neben uns stellte, um ihnen etwas Privatsphäre zu geben.

»Was ist passiert, Jerry?«, flüsterte ich, damit ich keine Aufmerksamkeit zu erregte. »Laird Allen hat gesagt, dass er euch beide sicher hierher begleitet hat. Er hat nicht erwähnt, dass Grier krank ist.«

»Das hat er, Mädchen. Und sie war nicht krank. Sie ist auch jetzt nicht krank. Hexen sterben nicht wie der Rest von uns. Sie können zwar getötet werden, aber wenn ihnen kein Schaden zugefügt wurde, geben sie ihre Körper nur dann auf, wenn sie ihre Kräfte freigeben wollen. Grier hat damit begonnen, ihre Kräfte freizusetzen.«

»Warum?« Ich konnte mir nicht vorstellen, weshalb jemand eine solche Entscheidung treffen würde, aber ich hatte ja auch noch so viel vor mir. Wie viele Jahre hatte Grier auf dieser Erde gelebt? Wie viele geliebte Menschen hatte sie verloren? Ich war mir sicher, dass für jeden von uns eine Zeit kommen würde, in der wir tatsächlich bereit waren, zu gehen.

»Warum kommst du nicht näher und hörst zu? Sie erklärt Morna jetzt alles.«

Ihre Begrüßung war knapp, aber ich sah, wie Morna sanfter wurde, als sie sich neben sie setzte und sogar nach ihrer Hand griff, um sie in ihrer eigenen zu halten.

»Morna, ich werde dich nicht anlügen und sagen, dass ich die letzten Worte, die ich zu dir gesagt habe, nicht so gemeint habe. Damals habe ich es ernst gemeint. Ein Jahr lang, sogar zwei, habe ich sie ernst gemeint. Aber dann, wie die Zeit es eben so macht, hat sie mir den wahren Lauf der Dinge gezeigt. Keiner von euch wollte mich verletzen. Ihr habt einfach getan, was ihr tun musstet.«

Morna rieb die Hände der alten Hexe und sprach dabei in einem beruhigenden Ton. »Was hat dir geholfen, Grier? Du warst so wütend, so verbittert.«

Grier lächelte, und für einen Moment erstrahlte das schwindende Licht in ihren Augen wieder.

»Ich habe denjenigen gefunden, für den meine Seele wirklich bestimmt war. Es war nicht Jerry. Das wusste ich sofort, als ich meinen Osgar traf. Nachdem ich ihn kennengelernt hatte, verbrachte ich jeden Tag an seiner Seite, bis auf das letzte Jahr. In dem Moment, als ich ihm mein Herz schenkte, hob ich den Fluch auf, den ich euch beiden auferlegt hatte.«

»Er ist gestorben?«

Griers Stimme brach, als sie antwortete, und eine einzelne, herzzerreißende Träne lief ihr über das Gesicht. »Ja. Ich wusste an dem Tag, an dem er diese Welt verließ, dass ich ihm bald folgen würde, aber ich konnte mich nicht dazu durchringen, zu gehen, bevor ich nicht alle gesehen hatte, die ich geliebt habe und die mir wichtig waren. Das Erste, was ich sehen wollte, war die Festung Cagair, am Tag des Feuers. Das Nächste war Jerry. Ich konnte den Schaden sehen, der sich in seinem Herzen zusammengebraut hat, und ich wusste um deinen Schwur, niemals Magie auf ihn anzuwenden. Ich habe ihm kein solches Versprechen gegeben, und ich wusste, dass ich um deinetwillen dafür sorgen musste, dass er überlebt.«

Grier hielt inne und winkte Jerry heran, damit er sich zu ihnen setzte. Sie sprach erst weiter, als er sich auf ihrer anderen Seite niederließ.

»Sydney und Callum waren die Dritten, obwohl ich sie eigentlich nur um der alten Zeiten willen zusammengebracht habe. Wir hatten früher so viel Spaß, nicht wahr, Morna?«

Morna nickte und drehte sich um, um Callum und mich anzulächeln.

»Ja, das hatten wir.«

»Du und Jerry, ihr seid alles, was ich noch habe. Ich musste mit euch sprechen, damit ihr wisst, dass ich euch beide immer noch liebe und immer geliebt habe. Wenn ich meine Macht loslasse, gebe ich sie an dich weiter, Morna. Das Portal in der Festung Cagair, dieses Gebiet wird dir gehören. Ob du es wieder öffnest oder nicht, liegt an dir. Jetzt küsst mich beide, denn ich bin müde.«

Grier starb lächelnd und zufrieden.

»Sag mir, dass du vorhast, sie zu heiraten, Callum.«

Callum drehte sich um und hielt Ausschau, um

sicherzugehen, dass Sydney sie nicht hören konnte. Er ging Arm in Arm mit Morna zurück zum Portal, damit die Hexe es zum ersten Mal in ihrem Herrschaftsbereich eröffnen konnte.

Er lächelte über ihre Frage. Er hatte in den letzten Tagen viel darüber nachgedacht.

»Ja, ich habe vor, sie zu fragen, aber jetzt noch nicht.«

»Warum? Das, was wir gerade erlebt haben, hat doch bewiesen, dass du die, die du liebst, so fest wie möglich an dich binden solltest. Denn du wirst sie mehr vermissen, als du dir jemals vorstellen kannst, wenn sie nicht mehr da sind.«

Er drückte Mornas Arm, um sie zu trösten.

»Ich werde sie für den Rest meines Lebens jede Nacht fest im Arm halten, aber es gibt nichts in Sydneys Leben, das sie mehr liebt als ihre Familie. Ich halte es nicht für richtig, sie zu fragen, ohne sie vorher kennengelernt zu haben.«

»Ah, Callum, du bist der weiseste aller Männer. Du bist rücksichtsvoll und freundlich, und dafür wird sie dich lieben. Wirst du sie also auf die Burg einladen?«

»Ja. Aber es gibt etwas, worüber ich mit dir sprechen wollte. Ich finde es nicht fair, sie zu bitten, für ihren Flug zu bezahlen …«

Morna unterbrach ihn mitten im Satz.

»Mach dir darüber keine Sorgen, Junge. Ich habe ein paar magische Kreditkarten, die gut funktionieren und nichts kosten.«

Callum lachte, aber er würde Mornas Hilfe bereitwillig annehmen. Er hatte im 21. Jahrhundert nur wenig Geld zur Verfügung.

»Ist das denn kein Betrug?«

»Natürlich ist es Betrug, aber ich bin eine Hexe und keine Heilige. Wirst du mir nun helfen, oder nicht?«

Hastig gab er ihr sein Einverständnis. »Ja, sehr gerne sogar. Ich möchte dich aber auch in einer anderen Sache um Rat fragen.«

Morna wusste, was er fragen wollte, bevor er es aussprach.

»Ja, Junge. Du musst es ihrer Familie sagen, aber lass uns das besser machen als bei Sydney, ja? Wie ich das Mädchen kenne, wird sie nicht bereit sein, ihren Job auf der Burg aufzugeben, was bedeutet, dass ihr beide in zwei verschiedenen Zeiten leben werdet. Es wird viel einfacher für sie sein, wenn ihre Familie Bescheid weiß.«

Er stimmte zu. Er wusste nur nicht, wie er es ihnen sagen sollte. Es war immer so umständlich, einer neuen Person davon zu erzählen.

»Wie sollen wir es ihnen sagen?«

»Wie wäre es mit Folgendem, Junge? Ich wäre sowieso gerne dabei, wenn du sie fragst. Warum sagst du mir nicht Bescheid, wenn du genau weißt, wann ihre Familie kommt, damit Jerry und ich euch an diesem Wochenende wieder besuchen kommen können? Ich werde ihnen eine Kleinigkeit geben, damit sie die Nachricht etwas besser aufnehmen. Wenn du willst, erzähle ich es ihnen sogar selbst und sorge dafür, dass sie es wissen und glauben, bevor Sydney überhaupt weiß, dass sie angekommen sind.«

Callum lächelte, als sie die Treppe erreichten, an deren Ende das Portal gewesen war. Er hätte sich selbst keinen besseren Plan einfallen lassen können.

»Ich wusste, dass ich dich aus gutem Grund liebe, Morna. Jetzt öffne das Portal, damit wir diesen Tag für immer hinter uns lassen können.«

KAPITEL 43

Festung Cagair – Gegenwart – Einen Monat später

»Bist du sicher, dass du sie ablenken kannst, bis ich sie hole?«

Callum wusste nicht, was er sich dabei gedacht hatte, seinen Bruder mit der Bewachung von Sydney zu betrauen, aber da alle mit den Vorbereitungen beschäftigt waren, hatte er keine andere Wahl.

»Aye. Ich weiß schon, was ich ihr sagen werde. Sie wird den Morgen allein in deiner Burg genießen, da bin ich mir sicher.«

Callum hatte keine Zeit, sich weiter Gedanken zu machen. Morna sprach in diesem Moment mit Sydneys Eltern und ihrer Schwester. Sobald sie fertig war, würde er ein sehr wichtiges Gespräch mit ihrem Vater führen.

»Gut. Dann geh, bevor sie ihre Joggingrunde beendet und merkt, dass ich durch das Portal gekommen bin. Ich weiß nicht, wie lange es dauern wird, bis ich fertig bin, aber lass sie nicht durch das Treppenhaus gehen, bevor ich zurück bin.«

Adwen gab sein Wort und rannte in Richtung des Portals. Immerhin konnte Callum jetzt seine Nerven beruhigen, bevor er sich auf den Weg machte, um zu sehen, ob es Morna gelungen war, Sydneys Familie über die magische Wahrheit zu informieren.

Er hatte sie bereits auf der Fahrt vom Flughafen kennengelernt und sich mit ihnen unterhalten. Callum fand sie so nett, liebenswert und lebensfroh, wie Sydney es war, und er konnte es kaum erwarten, sie als Familie zu betrachten. Vorausgesetzt natürlich, ihr Vater würde ihm die Erlaubnis geben, überhaupt erst um ihre Hand anzuhalten.

Vorsichtig spähte er ins Wohnzimmer, um Mornas Worten zu lauschen. Sie schien seine Anwesenheit bemerkt zu haben, denn sie drehte sich sofort um und winkte ihn mit einem breiten Lächeln ins Zimmer.

»Komm her, Callum. Ich habe Sydneys Familie gerade erzählt, dass Sydney den Morgen im siebzehnten Jahrhundert verbringt. Sie finden es wundervoll.«

Callum stellte sich hinter Mornas Stuhl, von wo aus er den Gesichtsausdruck von Sydneys Eltern sehen konnte. Sie wirkten weder verzaubert noch hypnotisiert. Sie sahen einfach aus, als wäre es eine ganz normale, alltägliche Sache, über die man häufig sprach.

Er blickte direkt zu Sydneys Vater. »Wahrhaftig? Du hältst es also für möglich?«

Ihr Vater, Gary, zuckte mit den Schultern und nickte. »Nun, es ist sicherlich überraschend, aber wenn wir Menschen auf den Mond befördern können, wüsste ich nicht, warum wir sie nicht auch in die Vergangenheit schicken sollten. Ich kann es kaum erwarten, es selbst auszuprobieren.«

Callum richtete seine Aufmerksamkeit auf ihre Mutter. »Was ist mit dir?«

»Sydney hat schon immer gerne über den Tellerrand geschaut, deshalb überrascht es mich nicht, dass sie mit einem Haufen magischer Leute zusammengelebt hat.«

Er hatte das Bedürfnis, das klarzustellen. »Oh, wir sind nicht magisch. Morna ist die Einzige. Wir nutzen ihre Magie nur sehr häufig.«

»Na ja, wie auch immer. Solange du meine Kleine mit dem Respekt und der Liebe behandelst, die sie verdient, ist es mir wirklich egal.«

Schließlich sah er Liv an. Von den dreien sah sie am skeptischsten aus. »Ich hätte mich gefreut, wenn sie es mir selbst gesagt hätte. Sie erzählt mir alles.«

Callum lächelte, und da wusste er, dass er nicht nur ihren Vater fragen musste. Sie alle liebten sie so sehr, und Sydney würde wollen, dass sie alle ihm ihren Segen gaben.

»Darf ich euch eine Frage stellen? Ich habe euch nicht nur hierher eingeladen, weil ich euch kennenlernen möchte, sondern auch, weil ich sehr in Sydney verliebt bin. Wenn ihr alle einverstanden seid, würde ich sie heute Abend gerne bitten, mich zu heiraten.«

Die ohrenbetäubende Stille, die auf seine Frage folgte, verriet ihm, dass Morna tatsächlich nur ihre Akzeptanz gegenüber der Magie verändert hatte. Alle anderen Meinungen und Gedanken waren so, wie sie es wahrscheinlich immer gewesen wären.

Seine Nervosität wuchs, bis Liv aufstand und mit einem breiten Lächeln auf ihre Eltern zeigte. »Ich habe euch doch gesagt, dass es darum geht. Ja! Endlich darf ich bei einer Hochzeit dabei sein.«

Ein überwältigender Glückwunsch von Sydneys Eltern folgte auf Livs Aufregung und als Callum sie zum Dank umarmte, befürchtete er, dass sein Herz vor Glück zerspringen würde.

KAPITEL 44

1650

Als ich von meinem morgendlichen Jogging zurückkam, war Callum nicht mehr in der Burg und Adwen stand an seiner Stelle vor unserem Fenster.

»Guten Morgen, Sydney. Bist du so nett und kommst einen Moment runter?«

Ich lehnte mich aus dem hohen Fenster, um ihm zu antworten.

»Ja, klar. Warte kurz, ich muss mich umziehen. Wo ist Callum?«

»Oh, er ist für ein paar Stunden ins Dorf gereist. Anne hat mich gebeten, vorbeizukommen und mit dir zu reden.«

»Okay. Ich komme gleich.«

Hastig zog ich mich an und lief die vielen Stufen der Burg hinunter. Als ich draußen ankam, lief Adwen nervös auf und ab.

»Macht sie sich Sorgen wegen des Frühstücks oder so? Es ist

Samstag, also dachte ich, dass sie es etwas später haben wollen würde. Ich wollte gerade durch das Portal kommen.«

Er hielt eine Hand hoch, um mich zu unterbrechen.

»Nein, nichts dergleichen. Sie hat mir sogar gesagt, ich solle kommen und dir sagen, dass du heute Morgen nicht in die Küche zu kommen brauchst. Du hast den Tag frei.«

In meinem Kopf schrillten sofort die Alarmglocken. Es gab absolut keinen Grund, warum ich den Tag frei haben sollte.

»Was redest du denn da? Es kann nicht sein, dass Anne das gesagt hat.« Ich versuchte, an ihm vorbeizugehen, aber er stellte sich mir wieder in den Weg.

»Doch, das hat sie. Sie gibt heute Morgen eine Party für eine Gruppe von Frauen, die sie kennt und sie …« Er hielt inne und kratzte sich am Kopf, als könnte er nicht die richtigen Worte finden. »Wie heißt es, wenn man jemanden dafür entlohnt, einem Essen zu bringen?«

Ich kreischte das Wort förmlich heraus. »Sie hat einen Catering-Service bestellt? Oder hat sie eine einzelne Person angeheuert? Sag mir, dass du Witze machst.«

Adwen lächelte und bemerkte meine eskalierende Wut offensichtlich nicht. »Ja, genau. Das hat sie gemacht. Sie dachte, dass du vielleicht den Vormittag frei haben willst.«

Ich stemmte beide Hände in die Hüften und wollte mich am liebsten auf ihn stürzen.

»Ich will sicher sein, dass ich das richtig verstanden habe. Anne gibt nicht nur eine Party, zu der sie mich nicht eingeladen hat, sondern sie fand auch, dass meine Kochkünste dafür nicht gut genug sind?«

Adwen nickte, scheinbar zufrieden mit sich selbst.

»Aye, genau.«

»Da stimmt etwas nicht. Du lügst.«

Sein Lächeln verschwand. »Nein, ich lüge nicht, und du kannst nicht durch das Portal gehen. Du würdest ihre Party stören, wenn du das tust. Es wird euch beiden nur peinlich sein.«

Ich reckte meinen Kopf von einer Seite zur anderen und versuchte, den besten Weg zu finden, um an ihm vorbei zu kommen. Er war groß und schnell. Ich würde nicht so leicht an ihm vorbei kommen.

»Das ist mir egal. Ich blamiere mich sowieso regelmäßig.«

Ich rannte direkt auf ihn zu und hatte bereits damit gerechnet, dass er mich packen würde, als er das tat. Ich wartete, bis er mich so weit hochgehoben hatte, dass beide Füße vom Boden abgehoben waren, und dann schwang ich meinen rechten Fuß heftig und schnell in seine Kronjuwelen.

Er schrie auf, als er mich losließ, und ließ sich in der Fötusstellung auf den Boden fallen.

»Tut mir leid. Du hast mir keine andere Wahl gelassen.«

Ich rannte zum Portal und begann, Annes Namen zu schreien, noch bevor ich hindurchging. Wenn Adwen gelogen hatte, wollte ich genau wissen, was los war. Wenn nicht, dann würden Anne und ich gleich ein Wörtchen miteinander reden.

»Anne. Anne.« Ich rief weiter ihren Namen, als ich ins einundzwanzigste Jahrhundert zurückkehrte und die Treppe zur Burg hinauflief.

Als ich die Haupttür aufstieß, standen schon einige Leute im Foyer. Vor Schock brauchte ich einen Moment, um zu erkennen, wer sie waren.

Meine Eltern. Freudentränen schossen mir in die Augen, als ich zu ihnen eilte.

KAPITEL 45

»Mom? Dad? Liv?« Ich konnte es kaum glauben, als ich sie umarmte und küsste. »Was macht ihr denn hier? Ich habe vor drei Tagen mit euch gesprochen, und ihr wart zu Hause. Hiervon habt ihr nichts gesagt.«

Meine Mutter legte ihren Arm um meine Schulter und deutete auf Callum, als ich ihn mit verweinten Augen ansah.

»Callum hat uns eingeladen. Es war schon seit Wochen geplant. Er wollte dich überraschen. Er hat uns heute Morgen sogar vom Flughafen abgeholt. Er hat uns alles über seine Pflichten als Laird erzählt und über den Unterschied zwischen dieser Cagair Burg und der Cagair Burg seiner Zeit.«

»Was?« Als sie das erwähnte, war ich sicher, dass ich träumte.

»Sie wissen es, Mädchen. Morna hat es ihnen gesagt. Sie hat ihnen geholfen. Sie es ihnen leichter gemacht, es zu verstehen … es zu akzeptieren.«

Ich löste mich für einen Moment von meiner Mutter, damit ich außerhalb ihrer Hörweite mit Callum sprechen konnte. Ich ergriff seine Hände und führte ihn ein paar Schritte weg.

»Morna ist hier?«

»Ja. Sie und Jerry sind kurz nach deinen Eltern angekommen. Sie hat sich bereit erklärt, mir zu helfen, damit sie das mit der Magie nicht so schwer nehmen wie du damals.«

Ich küsste ihn. Ich wusste nicht, ob ich jemals so glücklich gewesen war.

»Callum, das ist wunderbar. Du kannst dir nicht vorstellen, was es mir bedeutet, dass sie hier sind und alles wissen. Es bedeutet mir alles, wirklich alles. Ich liebe dich so sehr.«

Er gab mir einen Kuss auf die Stirn und hielt mein Gesicht in seinen Händen.

»Ich liebe dich auch, Mädchen. Ich muss mich heute um ein paar Dinge kümmern. Bitte verbringe den Tag mit deiner Familie. Wir treffen uns dann zum Abendessen.«

Die Erwähnung von Essen erinnerte mich an Adwen, und ich biss mir schuldbewusst auf die Unterlippe.

»Callum, du solltest vielleicht erst nach deinem Bruder sehen. Ich habe ihn irgendwie … Na ja, ich habe ihn ein bisschen zu fest getreten.«

Callum wich überrascht von mir zurück. »Warum hast du das getan?«

»Er hat mir erzählt, dass Anne eine Party gibt, zu der ich nicht eingeladen war, und dass sie einen Catering-Service engagiert hat. Das hat mich wütend gemacht und er wollte mich nicht durchlassen, also habe ich ihn außer Gefecht gesetzt, um an ihm vorbeizukommen.«

Callum fuhr sich entnervt mit der Hand durchs Haar. »Ich wusste, dass er die falsche Person war, um dich abzulenken, aber nicht alles, was er gesagt hat, war gelogen. Ich habe Anne gebeten, einen Catering-Service für die Woche zu beauftragen. Ich wollte nicht, dass du kochst, während deine Familie hier ist. Ich wollte, dass du jeden Moment mit ihnen genießen kannst.«

Ich schnaubte und fühlte mich von Sekunde zu Sekunde schuldiger.

»Ich glaube, ich muss mich bei Adwen entschuldigen.«

»Das kannst du später tun. Ich werde mich jetzt um ihn kümmern. Geh und genieße die Zeit mit deiner Familie. Wir sehen uns beim Abendessen.«

Zu meinem Leidwesen war das Essen köstlich und die Gesellschaft so wunderbar, dass ich dachte, mein Herz könne sich nicht mehr freuen. Nach dem Essen führte Callum alle ins Wohnzimmer, wo er ein großes Feuer angezündet und die Möbel so aufgestellt hatte, dass wir uns alle darum versammeln konnten.

Alle unterhielten sich angeregt, auch wenn ich das meiste davon nur vage mitbekam. Ich war zu sehr von meinen Gedanken an Callum abgelenkt – von meiner überwältigenden Dankbarkeit und meinem Unglauben über seine Fürsorglichkeit.

Erst als er sich zum ersten Mal während des Gesprächs zu Wort meldete, hörte ich zu.

»Aiden, warum erzählst du uns nicht von dem Moment, in dem dir klar geworden ist, dass du Anne liebst?« Es schien eine seltsame Frage zu sein, die Callum ihm stellte, aber ich war neugierig auf die Antwort. Ich wusste, dass sie beiden verrückt nacheinander waren, aber so viel Zeit ich auch mit Anne verbracht hatte, ihre Beziehung zu Aiden war nie zur Sprache gekommen.

Aiden beantwortete diese Frage mit Freude.

»Wir waren zusammen an der Universität. Sie kam hierher, um Gälisch zu studieren, obwohl ich weiß, dass sie in Wirklichkeit nur hierhergekommen ist, um gälische Männer zu studieren. Im ersten Semester hatten wir drei gemeinsame Kurse und ich wollte mich immer hinter sie setzen, um zu sehen, wie ihre goldenen Haare im Licht glänzen. Etwa in der Mitte des Semesters drehte sie sich zu mir um und sagte ...« Er hielt inne und zeigte auf Anne, damit sie die Geschichte für ihn beendete.

Sie lächelte und schmiegte sich dabei dicht an ihn.

»Ich drehte mich zu ihm um und sagte: ›Meine Lieblingsblumen sind Lilien. Ich werde eine Vase und etwas Wasser bereithalten, wenn du mich um acht abholst‹.«

Alle lachten, als er sich zu ihr beugte, um sie zu küssen.

»Da wusste ich, dass ich sie heiraten würde.«

Callum zeigte auf Adwen und stellte die gleiche Frage. Obwohl er eine Tüte gefrorener Erbsen in seinem Schoß hielt, antwortete er freudestrahlend.

»In dem Moment, als Jane Orick geküsst hat, nur um mich zum Schweigen zu bringen, hat sie mein Herz erobert. Das wusste ich, weil ich in meinem ganzen Leben noch nie so eifersüchtig war.

»Orick, was ist mit dir?«

Callum ließ alle anwesenden Paare die gleiche Frage beantworten. Und so hoffnungslos romantisch, wie ich war, genoss ich jede Minute.

Orick hob die Hand, um seiner Frau das rote Haar von der Schulter zu streichen, als er die Frage beantwortete und dabei nur zu ihr sprach.

»Ich habe dich bereits geliebt, bevor ich dich getroffen habe.

Ich sah dich in einem Fenster und wusste, dass du das einzige Mädchen bist, dem mein Herz jemals gehören wird.«

Meine eigenen Eltern waren die nächsten, und ihre Geschichte kannte ich bereits. Dad war mit seiner damaligen Freundin in Italien unterwegs gewesen, aber sie hatte ihn in Rom für einen anderen Mann verlassen, und er hatte seine Reise ohne sie fortgesetzt. Als er in die USA zurückgekehrt war, hatte er meine Mom mitgebracht.

Schließlich waren Jerry und Morna an der Reihe. Auf ihre Geschichte war ich am meisten gespannt.

Jerry legte Morna eine Hand auf das Knie, während er sprach. »Ich kann es nicht mit Sicherheit sagen, denn ich bin mir ziemlich sicher, dass sie mich gegen meinen Willen dazu gebracht hat, sie zu lieben.«

Alle lachten, außer Morna, und sie zögerte nicht, ihn zu berichtigen.

»Blödsinn. Du hast fast ein Jahr gebraucht, um mich davon zu überzeugen, dich auch nur in Erwägung zu ziehen. Ich kann dir genau sagen, wann du dich in mich verliebt hast. Das war, als wir zum ersten Mal miteinander getanzt haben.«

Jerry führte Mornas Hand zu seinem Mund und küsste sie, bevor er zu Callum sprach.

»Und was ist mit dir, Junge? Ich glaube, du bist der Einzige, der noch übrig ist.«

Ich drehte mich so, dass ich ihn ansehen konnte, während er es uns erzählte. Ich war selbst sehr neugierig auf die Antwort. Er sah mich an, lächelte und stand dann auf.

»Ich werde es euch sagen, aber zuerst muss ich das entfernen, was mich den ganzen Tag in die Seite gestochen hat.«

Er ging auf ein Knie, als ich den Ring in seiner Hand

bemerkte. Mein plötzlicher Atemzug ließ meine Lippen zittern, als ich ihn beobachtete.

»Callum …«

Er unterbrach mich, bevor ich etwas anderes sagen konnte.

»Nein, schöne Maid. Jetzt bin ich an der Reihe, zu erzählen, wann ich wusste, dass ich dich liebe. Die Antwort ist: Ich weiß es nicht. Mir fällt kein einziges Beispiel ein, kein einziges Wort, kein einziger Blick, mit dem du mein Herz erobert hast. Du bist nicht wie ein Blitz in mein Leben eingeschlagen. Stattdessen bist du der sanfte Regen, der die Blumen langsam, aber sicher zum Leben erweckt.

»Ich mochte dich, ich habe dich von Anfang an gemocht, aber die Liebe zu dir hat sich langsam aufgebaut, Tag für Tag, Stunde für Stunde. Und ich glaube nicht, dass sie jemals aufhören wird, zu wachsen. Ich werde dich jeden Tag mehr lieben, bis ich meinen letzten Atemzug tue, und wenn du mich bei dir haben willst, werde ich genau das tun.«

Er hielt den Ring hoch – ein silbernes Band mit einem grünen Stein, der so schön und groß war, dass ich Angst hatte, er würde auf meinem Finger zu viel wiegen. Dann sagte er die Worte, die mir erneut die Tränen in die Augen trieben.

»Heirate mich, Sydney. Heirate mich, und ich werde dich nie daran hindern, das Mädchen zu sein, das du sein willst, egal ob in dieser Zeit oder in meiner eigenen. Wir können beides bewältigen. Willst du das?«

»Natürlich will ich das.« Ich küsste ihn zwischen Freudenschluchzern, und meine Hand zitterte fürchterlich, als er mir den Ring an den Finger steckte.

Wenn mich die Monate auf der Festung Cagair etwas gelehrt hatten, dann war es, wie man lebte. Wie wenig ich das vorher getan hatte, war mir erst klar geworden, als ich durch die großen Eingangstüren der Burg gekommen war.

Diese Steinwände waren von so vielen Menschen und Emotionen erfüllt – Angst, Wut, Trauer – aber es hatte auch viele glückliche Momente gegeben, viel Freude und Liebe.

Als ich Callum in die Arme fiel und seinen Heiratsantrag mit den Menschen feierte, die ich liebte, wusste ich, dass ich mein Leben so lange richtig genießen würde, wie ich die Liebe zuließ. Egal, wie viel Ärger, Schmerz und Trauer auch kommen würden.

Am Ende würde alles gut werden, solange wir einander zur Seite standen.

EPILOG

Morna & Jerrys Zuhause

Morna kroch neben ihrem Mann ins Bett, und sie glaubte nicht, dass sie jemals so glücklich gewesen war.

»Jerry, versprich mir, dass wir dieses Haus wenigstens bis Weihnachten nicht mehr verlassen müssen. Dieses Jahr hat mich völlig ausgelaugt.«

Das Lachen ihres Mannes, alt und doch stark, kitzelte sie im Nacken, als er sich näher an sie schmiegte.

»Das wäre mir recht, Mädchen. Du bist doch diejenige, die mich immer so herumscheucht.«

»Hmm …« Sie driftete in den Schlaf ab, zufrieden in Jerrys Armen, aber sie wachte wieder auf, als sie seine Stimme hörte.

»Morna, darf ich dich etwas fragen? Du hast damals nicht wirklich die Wahrheit gesagt – als Callum gefragt hat, wann ich gewusst habe, dass ich dich liebe. Warum?«

Sie schürzte die Lippen, und Erinnerungen an die Zeit, die so lange zurücklag, durchfluteten ihren Geist.

»Ich habe sie nicht komplett angelogen. Wir haben wirklich oft miteinander getanzt, nicht wahr? Was ich ihnen gesagt habe, war alles, was sie in dem Moment hören mussten. Der Rest kann warten.«

Es war nicht mehr lang, das wusste sie. Die Erinnerungen ließen sich einfach nicht länger aufschieben. Es war Zeit, dass ihre Geschichte – die wahre Geschichte – erzählt wurde.

ENDE

VORSCHAU AUF EIN MCMILLAN-WEIHNACHTEN (BUCH 10)

Kapitel 1

Auf einer unbekannten Straße in Schottland – 18. Dezember 2016

Ich konnte die Straße vor mir kaum sehen. Dicke, münzgroße Schneeflocken fielen so schnell, dass meine Scheibenwischer nicht mithalten konnten. Sobald eine Schneeschicht von den Scheibenwischern weggebürstet wurde, kam eine neue hinzu. Die billigen Reifen meines Standardmietwagens fühlten sich auf den vereisten schottischen Straßen nicht sicher an, und zu allem Überfluss hatte ich mich auch noch verfahren.

Für die Strecke vom Flughafen zum neuen Haus meiner Großeltern in den Highlands hätte ich ihnen zufolge höchstens drei Stunden brauchen sollen. Es war jetzt zwei Uhr nachmittags und ich hatte bereits fünf Stunden Fahrt hinter mir.

Das plötzliche Vibrieren des Handys in meiner Manteltasche

erschreckte mich so sehr, dass ich blitzschnell auf die Bremse trat und in die erste Ausfahrt lenkte, die ich entdecken konnte.

Ich holte das Handy aus der Tasche und nahm hastig ab, bevor der Anrufbeantworter meine Großmutter abfangen würde.

»Hey, Oma. Ich weiß, ich bin spät dran, aber das Wetter wird immer schlechter, je weiter ich nach Norden komme. Um ehrlich zu sein, könnte es Tage dauern, bis ich ankomme. Die Sicht ist sehr schlecht und ...« Ich verstummte, als die gebrochene Stimme meiner Großmutter meine Ausführungen unterbrach.

»Harper ... Harper ... Ich kann dich nicht hören. Wo bist du?«

Natürlich war der Empfang schlecht. Sobald ich den Stadtrand Edinburghs verlassen hatte, war der Empfang ausgefallen. Ihr Anruf war das erste Anzeichen dafür, dass ich kurzzeitig Empfang gehabt hatte. Das war einer der Gründe, warum ich mich verfahren hatte. Die Autovermietung hatte kein GPS-Navigationsgerät zur Verfügung gestellt, und der Handyempfang war so schlecht, dass ich auch die Maps-App auf meinem Handy nicht benutzen konnte, um den Weg zu finden.

»Oma, ich rufe dich zurück. Ich stecke in einem Funkloch. Lass mich schnell auf diesen Hügel fahren, dann versuche ich, dich zurückzurufen.«

Ich wartete nicht auf ihre Antwort. Ich beendete den Anruf, legte den Gang ein und fuhr langsam zu einem höher gelegenen Punkt vor mir. Es dauerte länger als erwartet. Ich musste viermal wegen Gegenverkehrs anhalten. Auf der langen, kurvenreichen, einspurigen Straße schien ich die Einzige zu sein, die nach Norden fuhr. Das bestätigte nur, was ich bereits wusste – nach Schottland zu kommen war ein Fehler gewesen.

Ich hatte es schon an dem Tag geahnt, an dem ich mein Ticket gebucht hatte, und es gewusst, als ich das Flugzeug betraten hatte, aber zu sehen, wie ganz Nordschottland nach Süden flüchtete, bestätigte mir diese Befürchtungen voll und ganz. Mir war kalt, ich war frustriert und den Tränen nahe. Ich hielt noch einmal an und rief meine Großmutter zurück.

»Oma, ist das besser? Kannst du mich hören?«

»Ja, ich kann dich gut hören. Weißt du, wo du bist?«

Ich hatte nicht den geringsten Anhaltspunkt. Fünf Jahre waren seit meinem letzten Besuch in Schottland vergangen und ich war bisher nur mit Kamden in diesem Teil des Landes gewesen. Damals war ich – so jung und dumm – zu sehr in ihn vertieft gewesen, um zu bemerken, was um mich herum vor sich gegangen war.

»Ich weiß es wirklich nicht. Ich musste zwei Stunden bei der Autovermietung warten und dann hatten sie nur einen Kleinwagen ohne GPS. Ich habe mein Bestes getan, um euren Anweisungen zu folgen, aber ehrlich gesagt, weiß ich nicht, wie ihr euch hier zurechtfindet. Nichts ist klar gekennzeichnet und das Wetter ist so schlecht, dass ich nicht sicher bin, ob ich die richtige Beschilderung sehen könnte, selbst wenn es sie gäbe.«

Jetzt, da ich völlig aufgewühlt war, atmete ich tief durch und zwang mich, meinen Tonfall zu mäßigen, bevor ich noch einmal sprach.

»Es tut mir leid, Oma. Ich kann es nicht erwarten, euch zu sehen. Es ist alles in Ordnung. Ich werde schon noch ankommen. Es könnte aber bis Mitternacht dauern. Lasst das Licht für mich an. Wusstest du, dass das Wetter so ausarten würde?«

Ich hätte es selbst überprüfen sollen. Ich wusste, dass es in Schottland um diese Jahreszeit viel schneite. Ehrlich gesagt waren mir beim Packen zu viele Erinnerungen durch den Kopf gegangen, als dass mir das Wetter in den Sinn gekommen wäre.

Omas lange Pause war Antwort genug. Als ich nichts sagte, lenkte sie schließlich ein.

»Ja, ich wusste, dass die Chance bestand, aber das, was sie im Wetterbericht behaupten, entspricht selten der Realität. Ich hatte Angst, dass du nicht kommst, wenn ich es dir sage. Das alles ist meine Schuld. Ich kann dir gar nicht sagen, wie leid es mir tut. Dein Großvater hat mir schon gesagt, ich solle dich warnen, aber ich wollte dich unbedingt sehen. Jetzt habe ich dich den ganzen Weg nach Schottland fliegen lassen und kann dich wahrscheinlich trotzdem nicht sehen.«

Omas Stimme zitterte, und mein Herz schnürte sich unangenehm zusammen. Hastig versuchte ich, sie zu beschwichtigen.

»Hey, ist schon okay. Du kannst nichts für das Wetter. Natürlich wirst du mich sehen – nur vielleicht nicht heute, sondern morgen. Es wird schon gut gehen. Es sind noch ein paar Tage bis Weihnachten, und ich bleibe bis Neujahr.«

»Oh, Liebes, du verstehst nicht. Ich habe versucht, dich anzurufen, sobald ich gesehen habe, dass dein Flugzeug gelandet ist. Ich wollte dir sagen, dass du dir ein Hotel am Flughafen suchen sollst, bis du einen Flug nach Hause nehmen kannst, aber es hat nicht geklappt.«

»Einen Flug nach Hause? Warum sollte ich einen Flug nach Hause buchen?«

»Harper, wir sind völlig eingeschneit. Die Straße zu unserem Haus ist unpassierbar, und es wird wahrscheinlich noch viel schlimmer werden, bevor es besser wird. Morgen früh wird ein Großteil Schottlands unter Schnee begraben sein.«

Meine Großmutter redete weiter, aber ich hörte nicht mehr

zu, als ich ihre Worte in meinem Kopf wiederholte. Eingeschneit? Unpassierbar? Was zuerst nur ein Ärgernis gewesen war, stellte sich jetzt als echte Gefahr heraus. Zu dieser Jahreszeit würde es in nur wenigen Stunden dunkel werden. Dem weiten, unbewohnten Land nach zu urteilen, bezweifelte ich, dass ich irgendwo in der Nähe eine Unterkunft finden würde. Wenn die Straße zum Haus meiner Großeltern unpassierbar war, dann war das sicher auch für viele andere Straßen der Fall.

»Harper, kannst du mich hören? Hörst du mich?«

Die Sorge in der Stimme meiner Großmutter holte mich zurück in unser Gespräch.

»Ja, tut mir leid. Ich höre dich. Ich bin mir nur nicht sicher, ob ich etwas finden werde, bevor die Straßen zu verschneit sind, und ich glaube nicht, dass ich genug Benzin habe, um mein Auto über Nacht zu heizen.«

Das Knistern, als der Telefonhörer den Besitzer wechselte, zeigte mir, wie viel Angst meine Großmutter um mich haben musste. Sie hatte noch nie gut mit Krisen umgehen können, und mein Großvater war immer da, um für sie einzuspringen und den Tag zu retten. Wenn nur alle Männer so wunderbar wären wie er.

Ich lächelte, als seine tiefe, beruhigende Stimme über das Handy ertönte.

»Du und deine Großmutter seid aus dem gleichen Holz geschnitzt. Ihr beiden Mädels müsst erst einmal tief durchatmen und euch beruhigen. Habt ihr beide überhaupt kein Vertrauen in mich? Ich werde euch nicht im Schnee erfrieren lassen. Wenn wir herausfinden, wo genau du bist, finde ich bestimmt einen Ort, an den du gehen kannst. Ich kenne dieses Land wie die meine Westentasche. Wenn du dich wirklich verirrt hast, werde ich mir ein Schneemobil besorgen und nach dir suchen.«

Ich lächelte über die selbstbewusste Heiterkeit in seiner Stimme. Er war bestimmt genauso besorgt wie Oma, aber er versteckte es gut. In diesem Moment hätte ich alles dafür gegeben, ihn auf einem Schneemobil über die schneebedeckte Landschaft sausen zu sehen.

»Okay, vielen Dank dafür. Ich habe keinen Zweifel, dass du mich finden würdest, wenn es wirklich so weit käme, aber hoffen wir, dass das nicht nötig sein wird. Ich habe wirklich keine Ahnung, wo ich bin. Wie soll ich es dir denn beschreiben?«

»Erstens: Pack dich schön warm ein und lass dein Auto laufen. Du hast doch Winterwanderschuhe an, oder?«

»Ja.«

»Bürste den Schnee von der Motorhaube und klettere auf das Dach, damit du besser sehen kannst. Halte dein Handy in der Kapuze deines Mantels und sag mir, was du siehst.«

Die Aussicht, mich in die eisige Kälte zu begeben, reizte mich nicht, aber ich wusste, dass ich meine Umgebung besser in Augenschein nehmen musste, wenn ich meinen Standort ermitteln wollte. Ich schaltete die Freisprecheinrichtung ein und legte mein Handy auf das Armaturenbrett, damit ich mich auf die winterliche Kälte vorbereiten konnte, die mich draußen erwartete.

»In Ordnung, gib mir eine Sekunde. Kannst du dranbleiben? Leg nicht auf. Ich sage dir Bescheid, wenn ich etwas sehen kann.«

»Natürlich, Mädchen. Ich gehe nirgendwohin, bevor wir nicht wissen, dass du heute Nacht in Sicherheit bist.«

Mit zugezogenem Mantel, Mütze und Handschuhen steckte

ich das Handy in meine Tasche, griff nach dem Scheibenkratzer auf dem Rücksitz und stieg aus. Ich hatte erst zehn Minuten geparkt, aber auf dem Auto hatten sich bereits mehrere Zentimeter Schnee angesammelt. Es kostete mich einiges an Anstrengung, den Großteil des weißen Pulvers zu entfernen. Als ich es geschafft hatte, kletterte ich auf das Auto und griff wieder in meine Tasche nach meinem Handy.

»Okay, ich bin auf dem Dach. Dann wollen wir mal sehen …« Ich hielt inne und nahm die Landschaft um mich herum wahr. Ich stand auf der Spitze eines Hügels mit einem tiefen Tal zu meiner Linken und einem erhöhten Gelände zu meiner Rechten. Vor mir lagen schneebedeckte Hügel. »Alles klar. Ich bin gerade einen ziemlich steilen Anstieg hochgefahren und wenn ich hinter mich schaue, geht es einen steilen Abhang hinunter. Zu meiner Linken liegt ein großes Tal. Von hier aus kann ich keine Gebäude oder Orientierungspunkte sehen. Vor mir liegt eine kurvige Straße mit drei deutlichen Senken und Hügeln. Auf der rechten Seite befindet sich ein ziemlich felsiges Gelände. Ich hoffe, dass durch den Schnee keine Steine abrutschen, denn ich bin mir ziemlich sicher, dass ich plattgemacht werden würde, wenn einer herunterfallen würde.«

Eine Zeit lang herrschte Schweigen. Ich konnte mir gut vorstellen, wie Opa mit Daumen und Zeigefinger über seinen dichten Bart strich, während er versuchte, sich all das vorzustellen, was ich ihm erzählt hatte.

Als er schließlich das Wort ergriff, klang sein Tonfall noch amüsierter als zuvor.

»Hast du gesagt, dass vor dir drei Gipfel liegen?«

Ich hob meine Hand an die Stirn, um den Schnee

abzublocken, der mir in die Augen wehte, und versuchte, mich zu vergewissern.

»Ja.«

»Schau nach oben. Gibt es auf der Spitze des Berges einen Felsen, der einem Affen ähnelt?«

Durch den Schnee war es schwer zu erkennen, aber wenn ich mich konzentrierte, konnte ich die Andeutung einer solchen Form ausmachen. Eine Erinnerung zerrte an den Rändern meines Bewusstseins.

»Ja. Der Schnee macht es ein bisschen unscharf, aber ich glaube, ich kann es sehen.«

»Mädchen, ich weiß genau, wo du bist. Ich glaube, du weißt es auch.«

Die Erinnerung kam mit voller Wucht zurück. Ich hatte schon einmal über genau dieses tiefe Tal hinausgeblickt und den Affenfelsen betrachtet.

Ich wusste genau, was vor mir lag – die McMillan Burg … und der Mann, der mir das Herz gebrochen hatte.

Lesen Sie jetzt den Rest der Geschichte.

BETHANY CLAIRE ist eine USA Today-Bestsellerautorin von mitreißenden, schottischen Liebes- und Zeitreise-Romanen. Bethany liebt es, ihre Leser in Welten eintauchen zu lassen, die mit üppigen Landschaften, gutaussehenden Schotten, viel Magie und Happy Ends gefüllt sind.

Sie hat zwei quengelige Pelzbabys, spielt jeden Tag Klavier und liebt Disney und Yogahosen mehr, als eine Frau in den Dreißigern es sollte. Am kreativsten ist sie nach ausreichend Schlaf und der perfekten Tasse Kaffee. Wenn sie nicht schreibt, reist Bethany so viel wie möglich und verlässt ihr Zuhause nie ohne ein gutes Buch, das ihr Gesellschaft leistet.

Wenn Sie mehr über Bethany lesen möchten oder neugierig sind, wann ihr nächstes Buch erscheint, besuchen Sie bitte ihre Website unter: www.bethanyclaire.com. Dort können Sie sich auch anmelden, um E-Mail-Benachrichtigungen über Neuerscheinungen zu erhalten.

www.ingramcontent.com/pod-product-compliance
Lightning Source LLC
Chambersburg PA
CBHW062021170626
46813CB00001B/241